Röschen Taschenbuch

Röschen-Verlag

Johanna-Kirchner-Str. 20, D-60488 Frankfurt/Main
Internet: www.roeschen-verlag.de
E-Mail: frankdemant59@yahoo.de

Umschlaggestaltung: kivee media design
Lektorat: Stefanie Reimann
Satz: SLG Peter Ripper · peter.ripper@t-online.de
Druck: Prisma-Druck, Saarbrücken
1. Auflage

Tödliche Verstrickung

Ein Kriminalroman von Lutz Ullrich

Eine Affäre in der hessischen Steuerbehörde hat es tatsächlich gegeben. Auch wurden Steuerbeamte auf Grund unrichtiger Gutachten in den einstweiligen Ruhestand versetzt. Ferner halten sich Gerüchte über Mobbing im Frankfurter Polizeiapparat. Diese Ereignisse bilden aber lediglich die Grundlage dieses Romans.

Handlung und Personen sind – abgesehen von historischen Personen und solchen des Zeitgeschehens – frei erfunden. Ähnlichkeiten mit lebenden oder bereits verstorbenen Personen sind rein zufällig und nicht beabsichtigt.

Für Paulina und Anton

Irgendetwas frisst an deiner Seele
irgendetwas lässt dich nicht in Ruh
Irgendetwas, irgendetwas drückt dir deine Kehle einfach zu.

(Rainhard Fendrich)

Der Autor

Lutz Ullrich, Jahrgang 1969, studierte Politik und Rechtswissenschaften, schrieb für verschiedene Zeitschriften, betätigte sich in der Politik und arbeitet heute als Rechtsanwalt. Er lebt mit seiner Familie in der Nähe von Frankfurt. Mehr Informationen gibt es unter www.lutzullrich.de.

In der Tom-Bohlan-Reihe sind bisher folgende Bücher erschienen:

Der Kandidat (2009)
Tod in der Sauna (2010)

Prolog

Claudius Jäkel ging schon eine ganze Weile hinter der jungen, groß gewachsenen Frau her, die einen kurzen schwarzen Rock trug, der ihr nur knapp über den Hintern reichte. Ihre langen dunkelblonden Haare wippten im Rhythmus ihres Schritts über den Rücken. Eine weiße Handtasche aus Leder hing an ihrem Arm. In der Hand hielt sie ein iPhone, auf das sie ab und zu einen Blick warf. Dann und wann streifte sie aufreizend langsam mit der Hand ihren Rock glatt, beinahe so, als sei diese Geste allein für Jäkel bestimmt. Doch das konnte nicht sein, denn er war es, der sie seit einigen Tagen beobachtete, nicht umgekehrt. Obwohl er alle Dinge bedacht hatte, die es zu beachten galt, war etwas passiert, das eigentlich nicht passieren durfte. Jäkel fühlte sich von dieser Frau angezogen wie ein Metallstück von einem Magnet. Er hatte seinen Schritt verlangsamt, um den Abstand zu ihr konstant zu halten.

Jäkel war elektrisiert und spielte seit einiger Zeit mit dem Gedanken, die Frau anzusprechen. Aber es gab zwei Gründe, die ganz klar dagegen sprachen: sein Job und sein Naturell. Jäkel war ein ausgekochter Schnüffler, aber zugleich ein schüchterner Junge, was Frauen anbetraf. Sein Auftrag war die Observation, nicht die Kontaktaufnahme. Jäkel starrte zur Ablenkung die Häuserfassaden entlang, um seinen Blick für einen Moment von der Frau zu lassen. Als er wieder nach vorne sah, war es zu spät. Die Frau hatte sich umgedreht und er lief ihr geradewegs in die Arme.

„Nicht so stürmisch.“ Die Frau schob die Sonnenbrille nach oben und der Duft eines süßlichen Parfüms drang in Jäkels Nase.

„Entschuldigung. Ich war in Gedanken“, stammelte Jäkel.

„Das kann manchmal gefährlich sein. Sie müssen wachsam sein.“

Jäkel versuchte ein Grinsen und ärgerte sich, dass er aufgeflogen war. Jede weitere Observation war für ihn nun tabu. Er würde jemand anderen damit beauftragen müssen, was unnötige Kosten produzieren würde.

„Was halten Sie von einem Kaffee?“ Die Frau ließ ihr iPhone in der weißen Handtasche verschwinden und streckte ihm ihre Hand entgegen.

„Miriam Faust.“

Als ob Jäkel ihren Namen nicht wüsste. Er überlegte kurz und versuchte ein entschuldigendes Gesicht.

„Tut mir leid, aber ich habe einen dringenden Termin."

„Machen Sie sich doch nicht lächerlich. So eilig kann der Termin nicht sein, wenn Sie seit einer halben Stunde hinter mir herlaufen."

Jäkel war total perplex. War er wirklich so dilettantisch vorgegangen? Er ließ die vergangenen Minuten vor sich abspulen. Wie hatte sie es gemerkt? Wie war sie ihm auf die Schliche gekommen? Doch so sehr er sich anstrengte, er kam nicht drauf. Aber das war jetzt auch völlig unwichtig. Er musste sich auf die neue Situation einstellen und zwar schnell. Die Gedanken ratterten durch sein Gehirn und er traf eine fatale Entscheidung.

„Sie haben Recht, ich habe keinen Termin." Er machte eine kurze Pause, bevor er betont lässig hinzufügte: „Ich würde sehr gerne einen Kaffee mit Ihnen trinken."

„Dachte ich mir doch." Miriam Faust lächelte. „Dort vorne ist eine schöne Café-Lounge." Sie drehte sich um und lief noch eine Spur aufreizender als zuvor. Claudius Jäkel grübelte. Was hatte dies alles zu bedeuten? Auf was steuerte er zu? Warum wollte Miriam Faust mit ihm einen Kaffee trinken?

Sie erreichten die Café-Lounge. Miriam Faust peilte einen Tisch in der hinteren Ecke an. Sie nahmen Platz und orderten zwei Latte Macchiato. Jäkel starrte Faust an und schwieg. Faust lehnte sich zurück, schlug ihre Beine übereinander und kramte eine Zigarettenschachtel aus ihrer Tasche.

„Darf ich Ihnen eine anbieten?"

„Danke, ich rauche nicht."

„Ist auch besser für die Gesundheit. Ich habe es allerdings aufgegeben, mir jedes Laster abgewöhnen zu wollen." Sie steckte sich eine Zigarette in den Mund, zündete sie an und blies genüsslich den Rauch hinaus.

„Dann erzählen Sie mir mal, warum Sie mich beobachten." Jäkel fühlte sich ertappt. Er merkte, wie sein Körper anfing zu transpirieren. Sein Herz klopfte, er versuchte sich zu beruhigen und möglichst cool zu wirken. Faust fixierte ihn. Der Blick aus ihren grünen Augen nagelte ihn an die Wand. Jäkel wusste von diesem Augenblick an, dass er dieser Frau hoffnungslos unterlegen war. Dennoch versuchte er, sich aus der Situation herauszulavieren.

„Also gut. Ich will ehrlich mit Ihnen sein. Ich laufe schon einige Zeit hinter Ihnen her, weil ich Sie äußerst attraktiv finde. Ich weiß, man sollte so etwas nicht machen, aber ich war Ihrer Anziehungskraft ausgeliefert. Ich konnte nicht anders."

Jäkel war sich nicht sicher, ob diese Geschichte fruchten würde. Doch die Tatsache, dass er noch nicht einmal gelogen hatte, obwohl er den wahren Grund der Observation verheimlichte, erleichterte ihm den Schwindel und er schaffte es, Faust die ganze Zeit in die Augen zu sehen. Ein leichtes Lächeln huschte ihr über die Lippen. Für einen Moment war sich Jäkel nicht sicher, ob es Genugtuung oder Spott war. Er hoffte auf Ersteres.

„Ich hatte gehofft, dass Sie so etwas sagen. Sie sind mir vorhin schon aufgefallen. Ich finde Sie auch sehr attraktiv."

Jäkel traute seinen Ohren nicht. Er lächelte unsicher und trank einen Schluck Kaffee.

Faust löffelte ein wenig Milchschaum. Dann kramte sie ihr iPhone aus der Tasche.

„Sie entschuldigen mich bitte einen Moment. Ich muss mal eben telefonieren. Laufen Sie bitte nicht weg. Ich habe noch einiges mit Ihnen vor."

Jäkel schaute Faust hinterher, die das Café verließ und auf dem Trottoir zu telefonieren begann. Er konnte sein Glück kaum fassen. Sie schien nicht nur seine Geschichte geschluckt zu haben, sie fand ihn auch noch attraktiv. Hätte er das bedacht, was er über Miriam Faust in den vergangenen Wochen ermittelt hatte, er wäre vorsichtiger gewesen. Gedankenverloren trank er seinen Kaffee aus.

Samstag

Hauptkommissar Tom Bohlan stocherte im Nebel. Ein eiskalter Wind wehte ihm um die Nase und schoss kleine Eiskristalle auf die geröteten Wangen. Sein Vordermann verschwand gerade in der Nebelwand, die knapp hinter der nächsten Pistenmarkierung begann. Bohlan versuchte, sein Fahrtempo zu erhöhen, um den Anschluss an die Gruppe nicht zu verlieren. Er befand sich auf unbekanntem Terrain und er war unvorbereitet. Sein letzter Skiurlaub lag Jahre zurück. Seitdem hatte sich nicht nur sein skifahrerisches Können dramatisch verschlechtert, auch die Lifte und Pisten auf dem Pitztaler-Gletscher waren einer dramatischen Veränderung unterlegen und zollten der Klimaerwärmung Tribut. Zentimeter für Zentimeter der jahrtausendalten Eisschicht plätscherten jedes Jahr mit der Schneeschmelze den Hang hinunter und leisteten ihren Beitrag zur Anhebung des Meeresspiegels. Mit allen Mitteln und unter Einsatz immenser finanzieller Ressourcen versuchten die Alpen-Gemeinden sich gegen die Auswirkungen der Klimaerwärmung zu stemmen. Der Verlust des Gletschers wäre der Untergang des Tourismus im Tal. Um ihn vor den warmen Sonnenstrahlen zu schützen, wurde er in den warmen Monaten mit weißen Folien abgedeckt. Im Winter lieferten riesige Schneemaschinen tonnenweise Kunstschnee. Im letzten Jahr hatte die Betreibergesellschaft nochmals einige Millionen Euros in eine Neuentwicklung aus Israel investiert, die Schnee auch bei Plusgraden produzieren konnte. Während Bohlan über all dies nachdachte, passierte das Unvermeidliche. Er verlor die Kontrolle über seine Ski, geriet von der Piste und schnellte in unwegsames Gelände, wo er die Kontrolle über seine Körperbalance vollends verlor. Die Schaufeln der Ski blieben im Tiefschnee stecken und der Kommissar überschlug sich. Für einige Sekunden blieb er benommen liegen.

Er hatte sich von seinem alten Freund Peter Wengen, den er im letzten Sommer zufällig auf einem Sportplatz in Niederrad wiedergetroffen hatte, zu diesem Vatertagstrip in die österreichischen Berge überreden lassen. Seit zwei Tagen verweilten die fünf gestandenen Männer nun schon im Pitztal, verbrachten den Tag auf den Brettern und die Abende in den wenigen Gaststätten, die noch geöffnet hatten. Das Essen war deftig und süß. Weizenbier und Obstler flossen reichlich. Bohlan hatte bislang jede Sekunde genossen.

„Ist alles okay?“

Bohlan blickte in eine Nebelwand und erahnte eine menschliche Gestalt. Er vergewisserte sich, dass noch alle Gliedmaßen funktionsfähig waren.

„Ja. Geht schon. Vielen Dank.“

Der Kommissar berappelte sich, klopfte den Schnee von den Skischuhen und stieg wieder in die Bindung. Er schob sich mit beiden Stöcken wie ein Rennläufer beim Start an und beeilte sich, zur Talstation der Gondel zu gelangen, die immerhin noch auf einer Höhe von 1800 Metern lag.

„Da bist du ja. Wir wollten schon die Bergwacht verständigen", wurde er von Peter Wengen empfangen. Die anderen drei Männer lachten.

„Alles halb so schlimm. Hab nur schnell den Schnee geküsst."

„Dann können wir ja." Wengen gab Bohlan einen Klaps auf die Schulter. Die Männer bestiegen die nächste Gondel. Anstehen mussten sie nicht. Das Skigebiet war ziemlich leer, was zum einen am miesen Wetter und zum anderen daran lag, dass es das letzte Wochenende der Saison war. Mitte Mai Skizufahren war eine Verrücktheit, die sich nicht allzu viele leisten wollten. Als die Gondel die Talstation verließ, verdichtete sich der Nebel erneut.

„Wäre das nicht die perfekte Kulisse für einen Horrorstreifen? Die Insassen sehen, wie die Gondel vor ihnen langsam, an einem Drahtseil gezogen, im Nebel verschwindet. Leichtes Unbehangen macht sich breit, obwohl der Verstand sagt, dass es nur Nebel ist. Die Gondel durchbricht die Nebelwand, taucht in sie ein und verschwindet. Nun ist es die eigene Gondel, die sich langsam, aber unaufhaltsam der Wand nähert. Es herrscht eine beängstigende Stille. Keiner sagt etwas. Alle starren auf den Nebel. Dann … die Gondel taucht in den Nebel ein. Es ist nichts mehr zu sehen, außer einem unendlichen Weiß. Die Gondel schwebt weiter. Man sieht das Ende des Drahtseils auf sich zukommen. Jemand will schreien, aber der Schrei verhallt ohne einen Laut. Die Gondel rollt vom Seil. Alle warten auf den Absturz, aber nichts passiert. Das Seil ist weg, aber die Gondel schwebt weiter im Raum. Erst verschwindet das Dach, dann reihum die Seitenteile. Die Skifahrer sitzen auf den Bänken, der Boden entschwindet. Jeder ahnt das Ende voraus, aber wen wird es als Ersten treffen? Wer wird sich zuerst im Nebel auflösen …" Robert Neumann machte ein ernstes Gesicht.

„Du bist echt ein Meister des Grusels", entfuhr es Martin Müller und die anderen waren froh, dass die Geschichte ein Ende hatte und der Nebel sich ein wenig zu lichten begann.

„Ja, das wahre Kino findet im Kopf statt. Man braucht nicht viel Aktion, um ein richtiges Gruselgefühl zu erzeugen", antwortete Robert Neumann, von dem Tom Bohlan nicht viel wusste, außer dass er einmal als Steuerfahnder tätig war und nun Bücher schrieb. Der Mann neben ihm, Klaus Horn, kramte einen Flachmann aus seinem Rucksack.

„Auf den Schreck muss ich erst einmal einen trinken." Der Deckel des Flachmanns machte die Runde und die Gondel fuhr in die Bergstation ein.

Montag

Tom Bohlan parkte seinen Lupo vor dem Polizeipräsidium. Obwohl er guter Laune war und seine Batterien durch den Ski-Trip aufgeladen waren, legte er vor dem Betreten eine kurze Pause ein und schaute grübelnd nach links und rechts. Die dunkle Fassade schien kein Ende zu nehmen. Kopfschüttelnd trat er durch die Eingangstür, nickte der Empfangsdame, die hinter einer dicken Scheibe aus Panzerglas saß und gelangweilt auf ihren Bildschirm starrte, freundlich zu. Er kramte umständlich seine Dienstkarte, die ein elektronischer Schlüssel war, aus seiner Jacke und hielt sie an das Magnetfeld. In den letzten Jahren hatte er sich an seinen Arbeitsplatz gewöhnt und fand ihn nicht mehr so uneinladend wie bei seiner Rückkehr in den Dienst an einem Oktobertag vor drei Jahren. Nur manchmal überkam ihn der Blues und er sehnte sich das altehrwürdige Präsidium zurück, das in einem alten Bau in der Nähe des Hauptbahnhofes gelegen hatte. Bohlan durchschritt einen der acht quadratischen Innenhöfe und schaute die gläserne Fassade hinauf. So sehr die Architekten die Außenfassade auf abweisend getrimmt hatten, so sehr hatten sie sämtliche Innenfassaden mit Glas und Aluminium verziert, um ihnen eine gewisse Leichtigkeit zu verleihen.

Heute war kein Tag für den Blues. Heute fühlte sich Bohlan fit und munter und es erfüllte ihn sogar mit einem gewissen Stolz, in dieser hochmodernen Domäne der Kriminalistik arbeiten zu dürfen.

Er verließ den Innenhof und fuhr mit dem Fahrstuhl in den

vierten Stock. Dort betrat er leichten Fußes das Kommissariat. Zu seiner Überraschung war er der Letzte. Julia Will, eine junge Kommissarin Ende zwanzig, hob den Kopf. Ein Lächeln flog über ihre Lippen, als sie Bohlan erblickte.

„Hallo Tom. Siehst erholt aus."

„Bin ich auch. Es war ein richtig schönes Wochenende."

„Und unverletzt scheinst du auch zu sein." Steinbrecher war aufgestanden, um seinen Kollegen zu begrüßen. Er klopfte ihm auf die Schulter und musterte ihn von Kopf bis Fuß: „Ich kann keinen Gips erkennen."

„Ich habe dein Motorrad-Prinzip auf das Skifahren übertragen: Sicherheit durch Geschwindigkeit. Das hat geholfen."

Steinbrecher verzog den Mundwinkel.

„Nein, im Ernst, ich war erstaunt, wie gut ich das noch hinbekommen habe. War immerhin das erste Mal seit über zehn Jahren."

„Willst du einen Kaffee?", fragte Will.

Bohlan nickte und Julia Will stellte ihm einen dampfenden Pott auf den Schreibtisch. Bohlan ließ sich auf seinen Stuhl fallen.

„Dann legt mal los, was hat sich alles ereignet?"

„Du tust ja so, als wärst du Monate weg gewesen."

„So kommt es mir auch vor. Es ist ein Wunder, was so ein Wochenende fern der Heimat alles bewirken kann."

Bohlan rüttelte an der Computermaus. Der Bildschirm sprang an und zeigte das Symbol der hessischen Polizei.

„Eurem Schweigen entnehmen ich, dass nicht viel passiert ist."

„Nur das Übliche. Eine Schlägerei hier, eine Messerstecherei dort. Nichts Spektakuläres. Die Mörder haben gewartet, bis der Herr Kommissar wieder vor Ort weilt."

Bohlan blickte an seinem Bildschirm vorbei. Sein Blick traf auf Julia und sie schauten sich für einige Augenblicke in die Augen. Beide lächelten.

Ein lautes Dröhnen ließ Bohlan aufschrecken. Er blickte nach draußen. Seine Augen suchten den Himmel ab. Er erblickte den Hubschrauber, der seit letzter Woche jeden Morgen die Mitglieder der sogenannten Eifel-Gruppe aus Stuttgart-Stammheim einflog. Es gab schon merkwürdige Dienstanweisungen in Deutschland, dachte Bohlan. Den Mitgliedern dieser kriminellen Vereinigung wurde in Frankfurt der Prozess gemacht. Wegen ihrer Gefährlichkeit aber mussten sie im Hochsicherheitstrakt in Stammheim einsitzen. Jeden Morgen und jeden Abend gab es einen Promiflug gratis im Polizeihelikopter. Bohlan beobachtete, wie der Hubschrauber landete und wandte sich dann wieder seinen E-Mails zu.

Der Vormittag plätscherte mit Routinearbeit dahin. Steinbrecher und Steininger brüteten über einer Einbruchsserie. Julia Will recherchierte irgendetwas im Internet und blickte nachdenklich auf ihren Bildschirm. Bohlan räusperte sich.

„Was liest du eigentlich die ganze Zeit?"

„Ich soll einen Artikel für die Polizeizeitschrift schreiben und zwar über Polizeimeister Kaspar."

„Das ist doch der, nach dem die Straße hier unten vor dem Präsidium benannt ist, oder?"

Will nickte kurz. „Wie viel würdest du aufs Spiel setzten, um etwas Unmenschliches zu verhindern?"

„Wie meinst du das?"

„Loyalität gegenüber dem Staat oder Widerstand gegen ein Menschen verachtendes System. Wofür würdest du dich entscheiden?"

Bohlan zuckte mit den Schultern.

„Was für eine Frage. Natürlich Widerstand. Aber das lässt sich leicht sagen, wenn man in einer Demokratie aufgewachsen ist."

„Ja, genau. Bei Polizeimeister Otto Kaspar war das anders. Er war im Dritten Reich bei der Frankfurter Polizei angestellt. Vermutlich aus Menschlichkeit fälschte er einige Meldekarten und machte aus „jüdischen Glauben" „ohne Glauben". Durch die Eingriffe rettete er unter anderen dem jungen Valentin Senger und seiner Familie das Leben. Die ostjüdische Familie überlebte in Frankfurt die NS-Zeit unerkannt und in ständiger Angst, entdeckt zu werden. Senger schrieb die unglaubliche, an ein Wunder grenzende Geschichte in seinem Buch „Kaiserhofstraße 12" auf. Kaspar schwieg übrigens bis zu seinem Tod über sein Handeln. Selbst seiner Familie verriet er nichts."

„Warum?"

„Er war ein preußischer Beamter. Seine Taten waren allzu menschlich, aber er hatte Meldedaten verfälscht. Fälschungen im Amt, für einen Beamten etwas Unverzeihliches."

In diesem Moment schrillte das Telefon. Bohlan sah Will nachdenklich an, die den Anruf entgegennahm. Als sie den Hörer wieder auflegte, machte sie ein ernstes Gesicht. Sie brauchte nicht viel zu sagen. Bohlan wusste längst, dass es Arbeit gab. Das Verbrechen hatte wieder einmal zugeschlagen.

Als Bohlan und Will den Tatort in der Holbeinstraße in Frankfurt Sachsenhausen erreichten, war es früher Nachmittag. Die Sonne lugte hinter einer dicken Wolke hervor und der Himmel begann aufzureißen. Bohlan parkte den Wagen an der Seite des breiten Grünstreifens, der in der Mitte der Straße entlang führte. Der Tatort lag in einem Mehrfamilienhaus, dessen Eingang bereits abgesperrt und von einigen neugierigen Passanten belagert war. Bohlan hob das weißrote Absperrband nach oben und ließ Will drunter durchgehen, bevor er ihr folgte. Am Hauseingang wiesen sich die beiden mit ihrem Dienstausweis aus und betraten das Treppenhaus des offensichtlich erst vor wenigen Jahren grundsanierten Altbaus. Vor der Wohnung im zweiten Stock stand ebenfalls ein Schutzmann. Bohlan wechselte einige Sätze mit ihm und warf einen Blick auf das Namensschild neben der Klingel: C. Jäkel.

„Wer hat ihn gefunden?"

„Seine Putzfrau. Sie sitzt unten im Einsatzbus", antwortete der Schutzmann. Bohlan nickte und betrat die Wohnung. Sie war groß, hell und aufgeräumt. Die Einrichtung hinterließ einen gediegenen Eindruck. Moderne Möbel wechselten sich mit einzelnen Antiquitäten ab. An den hohen, mit Stuck abgesetzten Wänden hingen moderne Bilder. Die Bodendielen blinkten. Bohlan und Will durchschritten das Wohnzimmer, das durch eine mittig geteilte Schiebetür vom Esszimmer abgetrennt war. Durch eine weitere Schiebetür gelangten sie in ein kleines Arbeitszimmer, das einen Schreibtisch aus dunklem Holz, vermutlich zu Beginn des 20. Jahrhunderts hergestellt, und eine schlichte weiße Regalwand mit unzähligen Büchern beherbergte. Bohlan ließ kurz einen Blick über die Buchrücken schweifen und kam zu dem Schluss, dass der Inhaber ein besonderes Interesse für die deutsche Geschichte seit 1850 gehegt haben musste.

Den Inhaber der Wohnung fanden sie, nur mit einer Unterhose

bekleidet, an der Decke des Schlafzimmers. Er war an Händen und Füßen mit Seilen abgespannt und an vier Haken befestigt. Bohlan stand wie angewurzelt in der Zimmertür, neben ihm seine Kollegin. Sie verharrten einige Augenblicke schweigend, bevor sie das Zimmer betraten. Das Bett, das sich direkt unten dem Toten befand, machte einen zerwühlten Eindruck. Auf dem Nachttisch lag eine leere Flasche Champagner, daneben ein leeres Glas. Das zweite lag auf dem Boden vor dem Bett. Plötzlich stieß Will Bohlan in die Rippe.

„Tom, schau dir das mal an.“ Wills Finger deutete nach oben. Bohlan hob den Kopf und las den mit blauer Farbe geschriebenen Satz, der auf dem Bauch der Leiche geschrieben stand.

„Flieg nicht zu hoch.“

Der Mann mit der dunklen Sonnenbrille vor den Augen hatte das Geschehen vor dem Haus in der Holbeinstraße bereits seit einigen Stunden beobachtet. Er saß in einer dunklen Limousine und rieb sich mit der Hand über die müden Augen hinter der Brille. Dann griff er in das Handschuhfach, zog eine Dose Red-Bull hervor, klopfte mit dem Finger auf die Oberseite und öffnete den Deckel. Er nahm den ersten Schluck und verfluchte die vielen Stunden, die er bereits im Wagen saß und wartete. Als die Fahrzeuge der Spurensicherung vorfuhren, hatte er die Dose zur Hälfte geleert. Die Kriminaltechniker luden ihre Gerätschaften aus und verschwanden im Hauseingang. Der Mann trank die Dose aus, nahm sein Handy und rief seinen Auftraggeber an. In knappen Worten erstattete er Bericht über die letzten Stunden. Er war froh, dass er die Anweisung erhielt, ins Hotel fahren zu dürfen. Es gab nichts, was er jetzt nötiger hatte als ein paar Stunden Schlaf.

Stimmen und Getrampel näherten sich aus dem Treppenhaus. Bohlan ging zur Wohnungstür, winkte die Spurensicherung und den Gerichtsmediziner ins Schlafzimmer und gab einige Anweisungen. Als er sich danach nochmals in der Wohnung umsehen wollte, kam ihm Julia Will aus Richtung Arbeitszimmer entgegen und schwenkte ein Filofax.

„Der Tote ist fünfzig Jahre alt und als Privatdetektiv tätig. Sein

Büro befindet sich in der Textorstraße, das ist quasi direkt um die Ecke."

„Dann lass uns die Zeit nutzen."

„Wollen wir nicht zuerst die Putzfrau befragen?", wandte Will ein.

Bohlan schlug sich mit der Hand an die Stirn: „Hast Recht. Die habe ich glatt vergessen."

Die beiden Kommissare stiegen die Treppe hinunter und hielten nach dem Einsatzbus Ausschau, der wenige Meter vom Haus entfernt geparkt war.

Die Vernehmung dauerte nicht lange. Jolanta Kowalska war Mitte vierzig, stammte aus Polen und lebte seit zwanzig Jahren in Frankfurt. Ungefähr genauso lange verdiente sie sich ihren Lebensunterhalt mit diversen Putzjobs. Seit fünf Jahren war sie für Claudius Jäkel tätig, kam zweimal die Woche für zwei Stunden, putzte die Wohnung und bügelte die Wäsche. Sie hatte den Toten heute Nachmittag gefunden, als sie die gebügelten Hemden in den Kleiderschrank im Schlafzimmer hängen wollte. Sie war total aufgewühlt und brach bei jedem zweiten Satz in Tränen aus. Vor allem konnte sie sich nicht verzeihen, ihren Arbeitgeber erst so spät entdeckt zu haben. Wie montags üblich hatte sie zuerst Küche und Bad geputzt, dann das Wohnzimmer gesaugt und gewischt und zuletzt die Hemden gebügelt. Sie hatte demnach zwei Stunden mit dem Toten in der Wohnung zugebracht, ohne ihn zu bemerken.

Will versuchte Jolanta Kowalska so gut es ging zu beruhigen, nahm ihre Personalien auf und orderte eine Polizeipsychologin. Nach einer halben Stunde verabschiedeten sich die beiden Kommissare und begaben sich auf den Fußweg in Richtung Textorstraße.

„Claudius Jäkel. Detektiv" stand in schwarzer Schrift auf einem Messingschild am Hauseingang. Bohlan zückte den Schlüsselbund, den er vom Haken in Jäkels Wohnung genommen hatte, und suchte nach einem passenden Schlüssel. Bereits der zweite Versuch war erfolgreich. Die Eingangstür sprang auf. Jäkels Büro befand sich im Erdgeschoss auf der linken Seite. Bohlan wollte bereits einen der vielen Schlüssel ins Schloss stecken, als die Tür allein durch die Berührung aufsprang.

„Da war wohl jemand schneller", mutmaßte Bohlan und stieß die Tür mit dem Ellenbogen ganz auf. Ein erster flüchtiger Blick auf vereinzelte Papierschnipsel und herausgerissene Kabel bestätigte seine Vermutungen. Bohlan und Will schlichen mit gezückten Dienstpistolen vorsichtig durch den Flur. Schritt für Schritt arbeiteten sie sich voran. Jäkels Büro war in einer kleinen Wohnung untergebracht, die aus einem langen Flur bestand, von dem jeweils zwei Türen nach links und rechts abgingen. Die ersten beiden führten zu einem kleinen Besprechungsraum und zu Jäkels Büro. Während das Besprechungszimmer fast unangetastet aussah, glich das Büro einem Hort der Verwüstung. Der Fußboden war mit Papieren und entleerten Aktendeckeln überflutet. Die Kommissare begnügten sich zunächst mit einem kurzen Blick und wollten erst den Rest der Räumlichkeiten inspizieren. Die beiden hinteren Türen führten zu einem kleinen Bad und einer Küche, deren Zustand erträglich war. Nachdem Bohlan sich sicher war, dass sich niemand in der Wohnung befand, ließ er die Pistole sinken. Will tat es ihm gleich. Die Anspannung wich sichtlich aus ihren Adern.

„Wer auch immer das hier angerichtet hat, er ist schon weg." Bohlan steckte die Pistole ein und wischte sich über die Stirn.

Er ging den Flur zurück und betrat das Arbeitszimmer. Sämtliche Schranktüren standen offen, die Fächer waren komplett entleert. Der Monitor lag umgestürzt auf dem alten Holzschreibtisch. Die Kabel, die ihn einst mit dem Computer verbunden hatten, baumelten zu Boden. Der Computer selbst war nicht mehr da. Neben allerlei Papieren lagen auch zahlreiche Überwachungsgerätschaften auf dem Boden. Bohlan hob einige Gegenstände auf und betrachtete sie interessiert, während Will im Türrahmen stehen geblieben war.

„Schau mal, Julia, das ist ja wie in einem James-Bond-Streifen." Bohlan hielt seiner Kollegin den silberfarbenen Schlüsselanhänger unter die Nase.

„Sieht aus wie ein USB-Stick, ist aber eine getarnte Überwachungskamera."

„Tom, wir sollten nicht zu viel in die Hand nehmen."

„Hast Recht, Julia."

Bohlan orderte einen Streifenpolizisten, der Jäkels Büro bis zum

Eintreffen der Spurensicherung bewachen sollte. Da diese aber noch einige Zeit mit Jäkels Wohnung beschäftigt sein würde, war mit ihrem Auftauchen in den nächsten Stunden nicht zu rechnen. Erste verwertbare Ergebnisse würde es an diesem Tag wohl nicht mehr geben.

Julia Will schlenderte den breiten Bürgersteig vom Präsidium zum Eingang der U-Bahn-Haltestelle entlang und schaute auf ihre Armbanduhr. Zufrieden stellte sie fest, dass es erst siebzehn Uhr dreißig war. Sie würde es also locker zum Selbstverteidigungstraining schaffen. Vergnügt lief sie die Stufen zur U-Bahn-Haltestelle hinunter und wartete nur wenige Minuten auf die U3, die sie die Eschersheimer Landstraße hinunter nach Niederursel brachte. An der Haltestelle Wiesenau stieg sie aus und lief die wenigen Meter zum Haus ihrer Oma in der Hohemarkstraße, wo sie zwei Zimmer mit Bad im Dachgeschoss bewohnte. Ursprünglich war dieses Domizil nur als Übergangslösung gedacht gewesen, doch mittlerweile hatte sie sich an die Wohngemeinschaft mit ihrer Oma so gewöhnt, dass sie selbst im Traum nicht daran dachte, wieder auszuziehen. Oma Will, eine rüstige Rentnerin, liebte das Leben und war selten zu Hause. Manchmal ging sie ihr mit den zahlreichen Aktivitäten auf die Nerven, vor allem, wenn sie die fehlende Freizeitbeschäftigung ihrer Enkelin bemängelte. Die meiste Zeit jedoch verstanden sich die beiden prima, so wie es oft ist, wenn eine Generation dazwischen liegt. Julia Will liebte die gemeinsamen Backgammonabende auf der Terrasse bei einem Glas Wein oder im Winter vor dem wärmenden Holzofen. Heute jedoch fand Julia Will nur einen Zettel auf dem Küchentisch, der ihr einen schönen Abend wünschte und ihre Oma entschuldigte, die sich auf dem Weg zur Vorstandssitzung der örtlichen Arbeiterwohlfahrt befand. Will schob den Zettel mit einem Lächeln zur Seite und schmierte sich ein Nutella-Brot. Dazu trank sie ein Glas Milch und blätterte durch die neueste Ausgabe des SPIEGEL, den sie auf der Küchenbank gefunden hatte. Gegen achtzehn Uhr dreißig ging sie nach oben in ihr Zimmer, um ihre Sporttasche zu packen. Keine zehn Minuten später verließ sie das Haus und fuhr mit dem Fahrrad zur Sporthalle der Turngemeinde Niederursel, wo das Selbstverteidigungstraining stattfand, das sie seit der Aufklärung der Morde an dem Startrainer Klaus Momsen und dem Manager Henning Thoma im Sommer des letzten Jahres besuchte. Es war eine gemischte Gruppe, das Alter der Sportler betrug zwischen achtzehn und fünfzig. Die beiden Trainer waren genauso nett wie kompetent und nach dem Training besuchte man oftmals gemeinsam eine Kneipe. Will fühlte sich wohl und war froh, dem Drängen ihrer Oma auf mehr Freizeitaktivität nachgekommen zu sein.

Als sie nach dem Training duschte, plauderten die anderen Frauen der Trainingsgruppen wild durcheinander und tauschten den neuesten Klatsch und Tratsch aus. Julia Will stand schweigend unter ihrer Dusche und hörte nicht hin. Sie musste daran denken, dass dies möglicherweise vorerst das letzte Training gewesen sein könnte. Der neue Fall versprach reichlich Überstunden. Vermutlich würde sie die nächsten Trainingstermine streichen müssen. Eine Vorstellung, die sie sehr traurig machte und sie ertappte sich bei dem Gedanken, die Ermittlungen für das Training zu unterbrechen. Ein Gedanke, der ihr im letzten Jahr noch völlig abwegig erschienen wäre.

„Julia, träumst du oder was?"

Die Kommissarin schaute erschrocken auf und stellte fest, dass sie mit Konstanze alleine war.

„Was ist denn heute los mit dir, du bist so schweigsam?" Will schaute in die Augen von Konstanze Beckstein, die unter der Nachbardusche stand. Konstanze, ebenfalls Ende zwanzig, hatte kurze dunkle Haare und war übermäßig schlank. Sie hatte vor wenigen Monaten ihr Studium beendet und arbeitete bei der städtischen Drogenberatungsstelle. Julia Will mochte sie sehr und die beiden hatten in der letzten Zeit des Öfteren zusammen Kneipen und Nachtclubs unsicher gemacht.

„Wir haben einen neuen Mordfall", antwortete Will einsilbig.

„Ach so, ich dachte schon, du hättest einen neuen Traummann aufgerissen."

„Nein. Leider nicht", Will musste ein wenig schmunzeln.

Beckstein ließ den Blick an Will entlang gleiten.

„Eigentlich sehr verwunderlich, dass du bei deinem Aussehen nicht jede Woche mit einem neuen Typen hier aufkreuzt."

Will drehte das Wasser ab und griff nach einem Handtuch.

„Und bei dir, was gibt's Neues?"

Beckstein verzog das Gesicht.

„Nächste Woche ist es endlich so weit, dann habe ich die Wohnung wieder für mich alleine."

„Na, da bin ich mal gespannt." Will konnte Becksteins Gerede zu diesem Thema nicht mehr hören. Seit Monaten gab es mit ihrem aktuellen Freund ein ewiges Hin und Her zwischen Trennung und Versöhnung.

„Du solltest mal mit Alex ausgehen. Der steht total auf dich." Alex war einer der beiden Trainer, Anfang dreißig und überaus attraktiv. Im richtigen Leben arbeitete er als Physiotherapeut. Will ertappte sich dabei, wie ihr Gesicht eine leicht rötliche Färbung annahm.

„Du machst wohl Witze. Warum sollte jemand wie Alex gerade auf mich stehen? Der kann doch jede haben."

Beckstein, die ebenfalls das Duschen beendet hatte, baute sich vor Will auf.

„Schau dich doch mal an. Du bist jung, hübsch, intelligent und schlagfertig. Stell doch mal dein Licht nicht immer so unter den Scheffel. Glaub mir, Alex steht auf dich. Ich habe ihn beobachtet und mein Gefühl täuscht mich selten. Jedenfalls nicht bei so was."

Julia Will stellte sich mit Haarbürste und Föhn bewaffnet vor den Spiegel und begann mit dem Trocknen ihrer langen braunen Haare. Dabei ertappte sie sich, wie sich ihre Gedanken um Alex drehten.

Dienstag

Claudius Jäkel lag auf dem Seziertisch von Dr. Spichal und sah irgendwie glücklich und zufrieden aus. Er hatte den Körper eines Mitte Fünfzigjährigen, mit allen gängigen Gebrauchsspuren wie Falten, Fettansätze an Bauch und Hüfte und wies ansonsten, einmal abgesehen von dem Schriftzug auf seinem Bauch, keinerlei Auffälligkeiten auf.

Tom Bohlan und Julia Will betrachteten erst den Leichnam und dann Dr. Spichal, der ihnen, mit einem weißen Kittel bekleidet, schweigsam gegenüberstand.

„Und, könnt ihr irgendwelche Tötungsmerkmale entdecken?"

Dr. Spichal verschränkte die Arme vor seinem Bauch und blickte die beiden Kommissare herausfordernd an. Bohlan trat etwas näher an den Toten heran und scannte dessen Körper langsam ab, wobei er in kleinen Schritten um den Tisch tippelte.

„Ich kann weder ein Einschussloch noch Messereinstiche noch Würgemerkmale erkennen. Jedenfalls nicht auf den ersten Blick." Bohlan trat einen Schritt zurück und räusperte sich. „Vielleicht sollten wir ihn mal auf den Bauch legen."

„Ich denke, das können wir uns sparen", ertönte Dr. Spichals Baritonstimme. Der Gerichtsmediziner trat etwas näher an die Leiche. „Die hellroten Blutungen an den Schleimhäuten sind doch allzu verräterisch."

Bohlan schaute den Mediziner fragend an. Dieser blickte zu Will, die einen Schritt näher herangetreten war. Nach kurzer Zeit sagte sie: „Wenn ich mich recht erinnere, dann ist dies ein Indiz für Zyankali."

„Sehr gut, Julia. Du hast vollkommen Recht. Die Todesursache ist eine Zyankalivergiftung."

Für einen Moment herrschte betretenes Schweigen. Bohlan blickte zu Will.

„Dr. Spichal hat mir im letzten Herbst ein Buch über Gerichtsmedizin geschenkt. Ist wirklich eine spannende Lektüre. Kann ich dir nur empfehlen."

Der Kommissar wandte sich an Dr. Spichal. „Du solltest mit deinen Geschenken vorsichtiger sein. Wenn die Kommissare zu schlau werden, braucht dich niemand mehr."

„Da habe ich wenige Befürchtungen. Der Wissensdurst der meisten Kommissare ist doch eher gering, jedenfalls was medizinische Sachverhalte angeht. Julia macht sich allerdings wirklich gut. Aber im Ernst." Der Gerichtsmediziner räusperte sich kurz, bevor er fortfuhr. „Hier die wichtigsten Daten für die weiteren Ermittlungen. Kaliumcyanid bildet farblose Kristalle. Sie lösen sich sehr gut in Wasser, aber nur sehr schlecht in Alkohol auf. Markantester Hinweis ist ihr subtiler Geruch nach Bittermandel. Allerdings können diesen Geruch nur etwa 20 – 50 % der Menschen wahrnehmen. Die überwiegende Mehrheit ist dazu genetisch bedingt nicht in der Lage."

Bohlan nickte. „Ich kann mich an einen Versuch im Chemieunterricht erinnern."

„Lang ist es her, aber bestimmte Dinge bleiben in Erinnerung, nicht wahr?“ Dr. Spichal blickte kurz auf die Uhr. „Ich habe nicht mehr lange Zeit. Aber eins noch. Normalerweise wird der Cyanid-Wirkstoff als Zyankali-Kapseln oder als ein anderes Salz der Blausäure verabreicht. Beim Zerbeißen und Verschlucken der Kapsel entfaltet sich die toxische Wirkung. Diese Kapseln sind als Mittel zur Durchführung des Suizid bekannt geworden.“

„Auch das weiß ich noch aus der Schulzeit, allerdings aus Geschichte. Suizid scheint mir allerdings ausgeschlossen zu sein. Alleine wird sich Claudius Jäkel nicht an allen vieren an die Decke gehängt haben können.“

„Da stimme ich dir zu“, schaltete sich Will ein und fügte mit sarkastischem Tonfall hinzu: „Aber wenn es um geschichtliche Beispiele geht, sollten wir den Tod der Goebbels-Kinder nicht außer acht lassen.“

„Mit Morphium betäubt und dann mit Blausäure in den Erstickungstod geschickt – ein möglicher Tathergang.“ Dr. Spichals Blick traf den Toten, bevor er wieder Bohlan anblickte. „Morphium konnte ich nachweisen. Jetzt müsst ihr mich aber wirklich entschuldigen. In zehn Minuten kommen Studenten vorbei und ich habe noch einiges vorzubereiten.“

Dr. Dieter Lessing, einer der angesehensten Psychologen der Stadt, saß in seinem Behandlungszimmer und rieb sich die Augen. Seine Patientin lag – in einen Trance-Zustand versetzt – auf der Couch und stierte blicklos in den Raum. Was sie ihm gerade erzählt hatte, schockierte Dr. Lessing in höchstem Maße. Zwar hatte er schon einige Geschichten und Geständnisse in seinem Leben auf diese Weise erfahren, doch das soeben Gehörte berührte die Wurzeln seiner Seele und er wusste, dass er handeln müsste, wenn nicht jetzt, dann irgendwann später.

Während der Rückfahrt zum Präsidium schwiegen Bohlan und Will lange Zeit und ließen ihren Gedanken freien Lauf.

Bohlan dachte an die vergangene Nacht, die er mit Barbara Weber, einer Sportjournalistin, verbracht hatte. Er hatte sie im letzten Jahr während der Ermittlungen im Mordfall des Startrainers

Klaus Momsen kennengelernt. Seitdem führten sie eine Art Beziehung, die Bohlans Wunschvorstellungen sehr nah kam. Sie trafen sich, wann immer sie Lust dazu hatten. Jeder akzeptierte Freiräume und Freundeskreise des anderen. Da beide einen Job hatten, der sie zeitlich stark in Anspruch nahm, konnte keiner über den anderen meckern. Komplikationen gab es regelmäßig nur dann, wenn sich die beruflichen Wirkungskreise berührten und Bohlan es für zu früh hielt, die Presse über die neuesten Entwicklungen zu informieren. Dann trafen kriminalistischer Spürsinn und journalistische Neugier aufeinander, ein Gemisch, das durchaus explosiven Charakter aufwies. Dies war auch der Grund, warum beide bemüht waren, ihre Beziehung nicht an die allzu große Glocke zu hängen, was bislang auch geglückt war. Jedenfalls waren Webers Kollegen von den anderen Frankfurter Zeitungen noch nicht dahinter gekommen, warum die Boulevardzeitung das eine oder andere Mal schneller an prekäre Informationen gekommen war. Bislang hegte noch niemand einen Verdacht. Insoweit war es von Vorteil, dass Weber im Wesentlichen für den Sportteil zuständig war und Informationen allenfalls an die Kollegen der Lokalredaktion weitergab.

Julia Will hingegen grübelte noch immer über dem Vorschlag, den Konstanze Beckstein am gestrigen Abend gemacht hatte. Der Gedanke, sich mit ihrem Trainer zu verabreden, erschien der Kommissarin gar nicht mehr abwegig, sondern im Gegenteil höchst einladend. Sie musste sich nur noch eine raffinierte Taktik dafür einfallen lassen. Ihn anzusprechen oder einfach anzurufen wäre zwar kein Problem gewesen, allerdings erschien ihr ein solches Vorgehen schlicht als zu simpel. Je länger sie über ihr weiteres Vorgehen nachdachte, desto näher kamen sie dem Polizeipräsidium. Bohlan parkte den Wagen, beide stiegen aus und fuhren auf direktem Weg mit dem Aufzug in den vierten Stock.

Steinbrecher und Steininger hatten den Morgen dazu genutzt, mit Jäkels Familie Kontakt aufzunehmen. Es hatte sich herausgestellt, dass er schon vor Jahren geschieden worden war und seitdem zu seiner Exfrau keinerlei Kontakte pflegte. Sie lebte in München und war dort neu verheiratet. Frau Jäkel hatte ihre Familie verlassen, als die Kinder acht und zehn Jahre alt waren. Claudius Jäkel hatte die

Söhne als alleinerziehender Vater großgezogen, unterstützt durch seine zwischenzeitlich verstorbenen Eltern. Über den Tod ihres Exmannes hatte sich Frau Jäkel zwar geschockt gezeigt, war aber keinesfalls in tiefe Trauer gefallen. Ganz anders die beiden erwachsenen Kinder, die in Frankfurt lebten und einen stetigen Kontakt zu ihrem Vater gepflegt hatten. Von diesen hatten Steinbrecher und Steininger erfahren, dass Jäkel bis vor wenigen Jahren als Steuerfahnder beim Finanzamt Frankfurt tätig gewesen war.

An dieser Stelle hakte Bohlan nach.

„Moment mal, das verstehe ich jetzt nicht. Wie kommt es, dass ein langjähriger Steuerfahnder zum Privatdetektiv mutiert? Wer tauscht denn freiwillig einen Beamtenjob gegen eine eher unsichere Existenz als selbstständiger Privatdetektiv?"

„Vielleicht reizte ihn das große Abenteuer. Eine wildes Leben inmitten von Versprechen, jeden Tag eine neue Liebschaft." Steinbrecher lehnte sich in seinem Stuhl zurück.

„Für einen Easy Rider ist der Highway nie zu Ende", murmelte Bohlan und selbst Steinbrecher musste grinsen, bevor er nachlegte.

„Nein, es gab einen ganz simplen Grund: Burn-Out-Syndrom. Jäkel wurde dienstunfähig und frühzeitig in Rente geschickt. Das mit der Detektei kam erst später."

Jetzt war es Julia Will, die aufhorchte.

„Wann war das? Ich meine, die Frühpensionierung?

„2006, also vor fünf Jahren", antwortet Steininger.

„Und was passierte dann?"

„Jäkel blieb einige Zeit zu Hause, dann machte er sich als Detektiv selbstständig. Finanzielle Probleme hatte er wohl keine. Zum einen hatte er von seinen Eltern ein kleines Vermögen geerbt, zum anderen bezog er Erwerbsunfähigkeitsrente. Für die Kinder war die ganze Geschichte eher unverständlich. Die haben ihren Vater nie als dienstunfähig gesehen. Im Gegenteil. Er sei immer munter und fröhlich gewesen, habe einen vitalen Eindruck gemacht. Sie vermuteten, dass es vielleicht irgendwelche dienstlichen Probleme gegeben habe. Sie hätten ihren Vater mehrfach darauf angesprochen, aber er wollte darüber nicht sprechen. Über Dinge aus seinem Job sei er immer sehr schweigsam gewesen."

Bohlan murmelte etwas Unverständliches und rieb sich mit den Händen übers Gesicht.

„Wann sind Jäkels Eltern verstorben?“, hakte Will nach.

„1999 und 2000.“

„Also bevor er dienstunfähig wurde.“ Es war mehr eine Feststellung als eine Frage. „Könnte es dann nicht sein, dass er aufgrund des Erbes keine Lust mehr hatte, lausigen Steuerbetrügern hinterherzujagen?“ Will schaute fragend in die Runde.

„Ich weiß nicht. Das ist doch schon ein merkwürdiger Bruch in seinem Lebenslauf. Ein Mann, den seine Frau mit zwei schulpflichtigen Kindern sitzen lässt, der sich trotzdem durchbeißt, der leidet doch nicht plötzlich unter einem Burn-Out-Syndrom. Wir sollten das nicht außer Acht lassen und versuchen, mehr über diese Frühpensionierung in Erfahrung zu bringen.“ Bohlans Finger tippelten auf den Tisch. „Haben die Kinder sonst noch etwas Wichtiges ausgesagt?“

„Nein, eigentlich nicht. Sie hatten aber ein sehr gutes Verhältnis zu ihrem Vater und haben sich mindestens einmal die Woche mit ihm getroffen.“ Steinbrecher verklebte eine selbstgedrehte Zigarette und legte sie vor sich auf den Tisch.

„Was ist mit Frauenbekanntschaften?“

„Angeblich soll er seit einiger Zeit eine Geliebte gehabt haben. Er hat es aber als Bettgeschichte bezeichnet und sie den Kindern nicht vorgestellt.“

„Bettgeschichte“, bemerkte Bohlan süffisant. „Das könnte doch ein Ansatz sein, gerade wenn man an diese außergewöhnliche Stellung denkt, in der wir den Toten gefunden haben.“ Der Kommissar trank einen Schluck Kaffee. „Was ist mit seinen aktuellen Aufträgen? Wissen wir, wo er gerade seine Nase hineingesteckt hat?“

„Nicht wirklich. Meistens waren es kleine Dinge. Untreue Ehemänner, klauende Angestellte. So was eben. Manchmal hat er auch für eine Anwaltskanzlei Ermittlungen gemacht, hat der Sohn berichtet. Den Namen der Kanzlei wusste er aber nicht. Da müssen wir uns wohl durch die Geschäftsunterlagen wühlen.“

Es würde wohl nichts anderes übrig bleiben, dachte Bohlan und nickte. Es gab einige Ansatzpunkte für die weiteren Ermittlungen, aber noch keine gescheite Spur.

Am Nachmittag erreichte die Kommissare der Anruf der Spurensicherung. Die Kollegen hatten Jäkels Büro abgesucht, fotografiert und allerlei Fingerabdrücke genommen. Das war der Startschuss für Bohlans Team. Als die vier das Büro in der Textorstraße erreichten, stießen sie auf einen großen, hageren Mann, der verwundert auf das Siegel an der Eingangstür starrte. Er trug einen dunklen, edlen Anzug, weißes Hemd mit roter Krawatte und italienische Lederschuhe. Als er die Kommissare erblickte, wirkte er fast ein wenig verschüchtert.

„Guten Tag, zu wem möchten Sie bitte?“, preschte Bohlan vor.

„Ach nein, es ist doch nicht so wichtig.“ Dem Mann war es sichtlich unangenehm, vor der Tür eines Privatdetektivs angetroffen zu werden. Er wandte sich zum Gehen und wollte an den Kommissaren vorbeihuschen.

Streinbrecher stellte sich ihm in den Weg.

„Würden Sie bitte die Freundlichkeit haben, mich vorbeizulassen.“ Eine Spur Überheblichkeit lag in der Stimme des Mannes, der es offenbar nicht gewöhnt war, von anderen aufgehalten zu werden. Bohlan zückte seinen Dienstausweis.

„Nicht so schnell. Kriminalpolizei. Ich würde Sie bitten, mir ein paar Fragen zu beantworten.“

Der Mann blickte verdutzt zu Bohlan und wirkte jetzt wieder sprachlos. Kleine Schweißperlen bildeten sich auf seiner Stirn.

„Vielleicht sagen Sie uns erst mal, wer Sie sind und was Sie von Claudius Jäkel wollten“, begann Bohlan die Befragung, nachdem sie den Mann in Jäkels Büro bugsiert und ein paar Stühle frei geräumt hatten.

„Mein Name ist Michel Rosenbaum. Ich kann mich gerne ausweisen.“ Der Mann kramte sein Portemonnaie aus der Tasche und zückte seinen Personalausweis. Bohlan nahm ihn mit einem Kopfnicken entgegen, warf einen kurzen Blick darauf, um ihn an Julia Will weiterzugeben, die sich die Daten notierte. Bohlan blickte Rosenbaum in die Augen, dem das Verhör sichtlich unangenehm war, und räusperte sich.

„Sie müssen verstehen, ich hatte noch nie etwas mit der Polizei zu tun.“

„Wenn Sie nichts zu verbergen haben, haben Sie auch nichts zu befürchten."

„Selbstverständlich habe ich nichts zu verbergen. Ich hatte mit Claudius Jäkel einen Termin. Er wollte mich heute über die neusten Ergebnisse seines Auftrages unterrichten."

„Was für ein Auftrag war das denn?"

„Spielt das eine Rolle?", Rosenbaum rutschte unruhig auf dem Stuhl hin und her. Bohlan schaute ihn ernst an.

„Herr Rosenbaum, wir sind hier nicht zum Spaß. Wir haben ein Verbrechen aufzuklären."

„Verbrechen, was für ein Verbrechen?"

„Claudius Jäkel wurde heute Morgen tot in seiner Wohnung aufgefunden."

Rosenbaum saß dem Kommissar wie vom Donner gerührt und sprachlos gegenüber. Sein Blick ging an Bohlan vorbei.

„Haben Sie mich verstanden?", fragte Bohlan nach einiger Zeit. Er hasste es, Leuten die Wörter einzeln aus dem Mund ziehen zu müssen.

„Ja, ich habe Sie verstanden", sagte Rosenbaum mit einiger Verzögerung, fiel dann aber wieder in tiefes Schweigen.

Bohlan entschloss sich in der Hoffnung, Rosenbaum gesprächiger zu machen, mit Informationen in Vorleistung zu treten.

„Der von Ihnen beauftragte Privatdetektiv hat sich vermutlich an einer Zyankali-Kapsel verschluckt. Wir gehen allerdings nicht davon aus, dass er sie selbst eingenommen hat."

„Zyankali-Kapsel, sagen Sie?" Rosenbaum war plötzlich ziemlich aufgeregt.

„Ja. Vielleicht sollten Sie endlich reden, Herr Rosenbaum. Jeder Hinweis ist wichtig."

„Also gut. Die Geschichte ist etwas länger. Es geht um meine Eltern. Meine Mutter verbrachte die letzten Jahre ihres Lebens im jüdischen Altenheim. Sie litt angeblich unter einer fortschreitenden Demenz."

Bohlan sah Rosenbaum fragend an.

„Mein Vater ließ sie dort hinbringen, zusammen mit der gesetzlichen Betreuerin meiner Mutter, einer Rechtsanwältin. Kaum war meine Mutter im Heim, ging mein Vater mit dieser Rechtsanwältin ins Bett. Ich habe mehrfach versucht einzugreifen, allerdings erfolglos. Schließlich starb meine Mutter vor einigen Wochen. Beim Ausräumen der Schränke fand ich Zyankali-Kapseln. Die habe ich sichergestellt und Herrn Jäkel übergeben. Verstehen Sie jetzt, warum mir bei dem Wort Zyankali-Kapsel etwas mulmig wird?"

Miriam Faust saß schon seit einigen Minuten in ihrem Büro. Sie hatte die Tür verschlossen, das Telefon ausgehängt und hockte schweigend auf ihrem Sessel. Sie versuchte das schreckliche Bild zu verdrängen, das sich seit dem Wochenende in ihr Bewusstsein geschlichen hatte. Immer wieder tauchte das Bild des Toten auf, der sie von oben bedrohlich ansah. Was hatte sie getan? War sie wirklich zu so etwas fähig?

Bohlan nickte langsam, sah kurz zu seiner Kollegin, die sich eifrig Notizen machte. Dann wandte er sich wieder an Rosenbaum.

„Sie vermuten, dass Jäkel mit den Kapseln umgebracht wurde, die er von Ihnen erhalten hat?"

„Ist nicht unwahrscheinlich, oder?"

„Da haben Sie Recht. Wie sahen denn die Kapseln aus?"

Rosenbaum überlegte.

„Sie befanden sich in einem kleinen Döschen. Keine Ahnung, wo meine Mutter die herhatte und was sie damit bezweckt hatte. Ich habe sie Jäkel gegeben und der sollte das klären."

Bohlan ließ seinen Blick von Rosenbaum ab und über die Schränke und Wände des verwüsteten Büros gleiten. Er dachte nach. Nach einem kurzen Blickkontakt mit Julia Will wandte er sich wieder an Rosenbaum.

„Gut, ich denke, das reicht uns erst einmal an Informationen. Wahrscheinlich werden wir uns in den nächsten Tagen noch einmal ausführlich mit Ihnen unterhalten müssen, wenn wir hier Klarschiff gemacht haben. Wenn Ihnen noch etwas einfallen sollte, rufen Sie mich bitte umgehend an. Jedes Detail kann wichtig sein."

Bohlan stand auf und streckte Rosenbaum die Hand entgegen, der sie erst ein wenig zögerlich ergriff, dann aber lange gedrückt hielt.

Als die Sonne am Horizont zu versinken drohte, saß Kommissar Bohlan im Westhafen auf Barbara Webers Balkon und blickte auf die Boote, die in dem kleinen Yachthafen vor sich hin dümpelten. Er hatte sich einen dicken Wollpulli übergestreift und klammerte sich mit den Händen an einem heißen Tee mit Rum fest, den Barbara ihm zubereitet hatte, bevor sie zu einem geschäftlichen Termin davongeeilt war; nicht ohne das Versprechen abzuliefern, vor Mitternacht zurück zu sein. Obwohl die Tage schon recht warm waren, verschätzte man sich mit der Abend- und Nachttemperatur schnell. Lange hatte Bohlan im T-Shirt auf dem Balkon verharrt und dem Treiben auf der Uferpromenade zugeschaut. In der letzten Stunde war nur noch wenig los gewesen. Vereinzelt joggte ein Läufer vorbei, ab und an schlenderte ein Pärchen am Ufer entlang, auch das Stimmengewühl und die Lacher aus der Frankfurter Botschaft waren nahezu verstummt. Zwar brannten die Petroleumlichter dort noch, doch die Menschen hatte es in den Gastraum gezogen. Bohlan nahm einen Schluck Tee und verzog kurz seinen Mund. Barbara hatte es mit dem Rum sehr gut gemeint und der Alkoholgeschmack überlagerte den des Tees bei Weitem. Der Kommissar ließ die Ereignisse des heutigen Tages Revue passieren. Je länger er über den toten Claudius Jäkel nachdachte, desto mehr begriff er, wie wenig er über ihn wusste. Er nahm sich einen Notizzettel und begann, alles in kurzen Stichpunkten aufzuschreiben, was er über den Privatdetektiv und ehemaligen Steuerfahnder herausgefunden hatte. Nachdem er eine Seite vollgeschrieben hatte, trank er seine Tasse leer, holte sich die halb volle Rotweinflasche aus der Küche und schenkte sich ein Glas ein. Er griff nach dem Zettel, lehnte sich zurück und las die Notizen mehrfach durch. Dann legte er den Zettel wieder zur Seite, nahm einen zweiten und begann, einige Fragen aufzuschreiben. Diese Arbeit nahm eine halbe Stunde und ein weiteres Rotweinglas in Anspruch. Als er die letzte Frage, die ihm einfiel und die sich mit der geheimnisvollen Geliebten Jäkels beschäftigte, aufgeschrieben hatte, piepste sein iPhone. Bohlan nahm das flache Gerät in die Hand, das er sich erst vor wenigen Wochen zugelegt hatte. Was haben wir eigentlich vor zehn oder zwanzig Jahren gemacht, als es weder Handys noch Computer gab, die sich in der letzten Zeit vermehrt hatten wie die Ratten, dachte Bohlan. Früher konnte man mal für einige Tage abtauchen. Für nichts und niemanden erreichbar sein, einfach von der Bildfläche verschwinden. Und heute? Heutzutage war man immer präsent. Morgens, mittags, abends, am Wochenende, im Urlaub, wann und wo auch immer. Klar konnte man all die kleinen Geräte ausschalten. Solche Knöpfe gab es wirklich. Aber wer macht das schon. Selbst Bohlan hatte diesen Vorsatz längst aufgegeben. Anfangs hatte er noch mit diesem Gedanken gespielt, doch längst war er von der Angst infiziert, er könnte etwas verpassen, wenn er sich aus der digitalen Welt der allumfassenden Vernetzung für einige Stunden oder gar Tage ausklinken würde.

Bohlan entsperrte sein iPhone, indem er einen imaginären Knopf nach rechts schob. Eine kleine rote Eins hinter dem Symbol, das für seine E-Mails stand, machte ihn auf eine neue Nachricht aufmerksam. Sie war von Peter Wengen, der ein paar Fotos vom Skiwochenende schickte und sich nach Bohlans allgemeinem Befinden erkundigte. Bohlan trank einen Schluck Rotwein und klickte sich durch die Bilder. Bei dem einen oder anderen musste er schmunzeln. Es waren schöne Erinnerungen, die in ihm geweckt wurden. Dann blieb er bei einem Bild hängen, das ihn gemeinsam mit Robert Neumann zeigte. Beide hielten ein volles Weizenbierglas hoch und grinsten in die Kamera. Robert Neumann war ein lustiger Lebenskünstler, dachte Bohlan, und dann fiel ihm noch etwas ein. Neumann war auch Steuerfahnder, jedenfalls bis vor ein paar Jahren. Auch er war wegen eines Burn-out-Syndroms aus dem Dienst geschieden und schrieb jetzt Fantasy-Literatur. War das Zufall oder steckte mehr dahinter? Bohlan spürte ein Kribbeln in der Magengegend und eine gewisse Unruhe befiel ihn. Er blickte in den dunklen Nachthimmel, nahm noch einen Schluck Rotwein und klickte in seinem Kontaktordner auf den Buchstaben N. Nach einem kurzen Zögern, immerhin war es schon nach zweiundzwanzig Uhr, rief er an. Es dauerte nicht lange, bis Neumann ans Telefon ging. Wie sich herausstellte saß er an seinem Schreibtisch und schrieb an seinem neuen Buch. Nach kurzem Smalltalk kam Bohlan auf Claudius Jäkel zu sprechen. Bohlan spürte eine merkwürdige Anspannung in Neumanns Stimme, als er sich nach dem Grund für Bohlans Interesse an Jäkel erkundigte. Der Kommissar berichtete in groben Zügen von den Ereignissen der vergangenen Tage. Als er endete, erntete er ein langes Schweigen.

„Bist du noch dran?“, vergewisserte sich Bohlan.

Neuman räusperte sich und antwortete dann mit belegter Stimme: „Ja. Wir müssen uns treffen – so schnell es geht. Am besten gleich.“

Kaum zwanzig Minuten später saß Tom Bohlan am Tresen der Balaleika, einer dämmrig-urig eingerichteten Kneipe in der Schifferstraße. Sie war für einen Wochentag üblich nur mäßig gefüllt. Bohlan orderte ein Pils und hielt Smalltalk mit der Wirtin Anita, einer dunkelhäutigen Amerikanerin, die ihm noch eine Gesangseinlage für den späteren Abend versprach. Anita war seit fast vierzig Jahren Wirtin und Sängerin zugleich und in all den Jahren längst eine Frankfurterin geworden. Ein Pärchen, das im hinteren Eck saß, bestellte zwei Schinken-Toasts. Bohlan trank einen ersten Schluck Pils und wischte sich den Schaum vom Mund. Er musste keine fünf Minuten warten, dann betrat Robert Neumann den Raum.

„Dann mal raus mit der Sprache! Was hast du Wichtiges zu berichten?“, platzte es aus Bohlan heraus, der seine Neugierde kaum zügeln konnte.

Neumann beugte sich weit über den Tisch. Seine Stimme glich einem Flüstern.

„Als du mir vorhin über den Tod von Claudius Jäkel berichtet hast, hat sich mir ein leichter Schauer über den Rücken gelegt.“ Neumann lehnte sich wieder ein wenig zurück, bevor er einen wattierten Umschlag aus seiner Jackentasche zog und Bohlan langsam über den Tisch hin zuschob. Der Kommissar nahm den Umschlag auf und betrachtete ihn eingehend. Ihn zierte eine mit Tinte aufgetragene Adressierung an Robert Neumann. Briefmarke und Stempel wiesen die Dominikanische Republik als Herkunftsland auf. Ein Absender war nicht zu erkennen. Als Bohlan den Brief aus dem Umschlag zog, fielen eine Bankkarte und ein Schlüsselbund heraus. Zwei Männer betraten das Lokal, schauten sich suchend um und nahmen am Tresen Platz. Der Kommissar legte beides mit einem Stirnrunzeln zur Seite, faltete das Papier auseinander und begann zu lesen:

„Lieber Robert, ich sende dir diese Zeilen, weil ich befürchte, dass ich in großer Gefahr schwebe. Ich habe einige Dinge herausgefunden, die auch dich interessieren könnten und einiges erklären, was sich in den letzten Jahren ereignet hat. Ich bin mir noch nicht darüber im Klaren, wie ich weiter vorgehen werde, möchte aber sichergehen, dass die Informationen nicht abhandenkommen, falls mir etwas zustoßen sollte. Mit der Bankkarte und der auf der Rückseite notierten PIN gelangst du in die Schließfachanlage der Frankfurter Bank im Nordwestzentrum. Mit dem Schlüssel kannst du mein Fach öffnen. Alles Weitere erfährst du dort. Alles Gute, Claudius."

Bohlan legte den Brief ab und blickte Neumann in die Augen, der ihn die ganze Zeit über beobachtet hatte.

„Verstehst du jetzt, warum mir heiß und kalt geworden ist?"

Bohlan nickte und bemerkte, dass Neumanns Hände ein wenig zitterten.

„Was meinst du, bin ich vielleicht der Nächste?"

Bohlan schüttelte den Kopf.

„Nein, das glaube ich nicht. Niemand weiß, dass du diesen Brief bekommen hast und momentan wissen wir auch nicht, ob Jäkels Tod etwas mit dem Inhalt dieses Briefes zu tun hat. Dem Mord könnte auch ein ganz anderes Motiv zu Grunde liegen."

Neumanns Stimmung hellte sich deutlich auf, auch wenn ein wenig Unruhe zu bleiben schien.

„Hast du denn irgendeine Ahnung, was für Informationen in dem Schließfach lauern könnten?"

„Ich vermutet, dass es irgendwas mit der Steuerfahndergeschichte zu tun hat."

„Was ist denn das für einen Geschichte?" Bohlan Gesicht glich einem Fragezeichen.

„Vor einigen Jahren wurden eine ganze Reihe von Steuerfahndern, darunter auch Claudius Jäkel und ich, aus der Direktion Frankfurt versetzt oder für dienstunfähig erklärt. Merkwürdigerweise waren es alles Kollegen, die zuvor an den Ermittlungen gegen einige Großbanken beteiligt waren. Jäkel vermutete schon damals einen Komplott und glaubte, dass man uns bewusst aus dem Weg geräumt hat. Beweisen konnte er es bislang jedoch nicht. Über die

Sache wurde auch ziemlich in den Medien berichtet. Es gab einen Untersuchungsausschuss im Landtag. Hast du das wirklich nicht mitbekommen?"

„Doch, natürlich." Bohlan wurde ein wenig mulmig zu Mute. Er hoffte inständig, dass es andere Informationen waren, die in dem Schließfach auf ihn warteten. Sollten sich Neumanns Vermutungen bestätigen, stünde der Mordfall Jäkel möglicherweise in einem direkten Zusammenhang einer der größten Steuer- und Schwarzgeldskandale des Landes und spätestens dann wäre es mit der Ruhe im Kommissariat vollends vorbei. Bohlan wollte sich die möglichen Auswirkungen einer solchen Verstrickung gar nicht ausmalen.

„Was denkst du?", fragte Neumann, der zu erraten schien, was in Bohlan vor sich ging.

„Etwas, das ich lieber nicht denken würde. Lass uns morgen zur Frankfurter Bank gehen und die Unterlagen sicherstellen. Dann sehen wir weiter."

Neumann nickte in dem Moment, in dem Anita zur Gitarre griff und eine alte Bluesnummer zum Besten gab. Für einen Moment vergaßen die beiden Männer die Sorgen, die sich in ihrem Gemüt breit gemacht hatten.

Mittwoch

Tom Bohlan steckte die Bankkarte in das Lesegerät, das an der Wand neben der Zugangstür installiert war. Dann gab er die PIN-Nummer ein, die sich auf der Rückseite des Briefes aus der Dominikanischen Republik befunden hatte. Schließlich legte er den elektronischen Schlüssel auf das Lesegerät. Die Zugangstür sprang auf und gab den Weg zu den Schließfächern frei. Neumann stand währenddessen hinter ihm und kaute nervös auf den Lippen. Bohlan begutachtete den Schließfachschlüssel und fand die Nummer 4723. Er ließ seinen Blick über die zahllosen Schließfächer wandern, die an sämtlichen Wänden des Raumes angebracht waren. Nach kurzer Zeit hatte er das gesuchte Fach gefunden. Er steckte den Schlüssel hinein und drehte ihn. Das Fach sprang auf und gab eine metallene Kassette frei. Bohlan zog sie heraus. Die beiden

Männer setzten sich an den Tisch im Vorraum. Die Kassette vor sich liegend konnte jeder von ihnen die Anspannung deutlich spüren. Bohlans Herz schlug ein wenig schneller als üblich. Nach kurzem Zögern klappte er die Box auf. Es befanden sich nur zwei Gegenstände in ihr: ein kleines goldenes, mit bunten Blumen bemaltes Döschen und eine schwarze externe Festplatte der Marke Toshiba. Bohlan nahm sein iPhone und fotografierte die Gegenstände. Dann streifte er sich die mitgebrachten Latexhandschuhe über und öffnete vorsichtig das Döschen. Es enthielt sieben kleine Kapseln. Die beiden Männer sahen sich fragend an. Bohlan fotografierte die Festplatte, bevor er das Döschen wieder verschloss und alles zusammen in einer Plastiktüte verpackte.

„Was passiert mit den Sachen aus dem Schließfach?", wollte Neumann wissen. Die beiden Männer saßen jetzt im Starbucks, jeder einen Latte Espresso vor sich.

„Ab zur Spurensicherung und dann zur Datenauswertung", murmelte Bohlan und biss in einen Muffin. „Wobei ich nicht glaube, dass die viel finden werden. Interessanter sind vermutlich die Daten auf der Festplatte."

Neumann nickte.

„Wenn ihr Hilfe bei der Datensichtung braucht, kann ich euch gerne unterstützen."

Bohlan überlegte einen Moment, bevor er antwortete. „Das ist gar keine schlechte Idee." Er warf einen Blick auf Neumanns Rucksack.

„Ist da ein Laptop drin?"

„Ja."

Kurze Zeit später hatte Bohlan die in einer Plastiktüte eingepackte Festplatte mittels eines USB-Kabels an Neumanns Laptop angeschlossen. Er richtete auf dem Laptop ein Verzeichnis ein und startete den Datentransfer. Sicher war das ein recht unkonventionelles Vorgehen, doch Bohlan ließ sich von der Überlegung leiten, dass Jäkel die Daten an Neumann geschickt hatte. Es war also davon auszugehen, dass Neumann mit den Daten etwas anfangen konnte, vermutlich auf Anhieb mehr als er selbst. Bohlan verfolgte die gelben Aktenblätter, die über den Bildschirm flogen. Hätte er seine

Aufmerksamkeit auf seine Umgebung gerichtet, wären ihm sicher die beiden Männer aufgefallen, die einige Tische weiter saßen. Einer von beiden blätterte in einer Illustrierten, der andere fotografierte mit seinem Handy das Café.

Julia Will schaute nur kurz auf, als Bohlan das Zimmer betrat.

„Guten Morgen." Er hängte seine Jacke an den Haken und ließ sich in seinen Schreibtischstuhl fallen. Ohne einen weiteren Ton zu sagen, klickte er sich in sein E-Mail-Programm ein. Innerlich platzte er vor Spannung, wollte aber möglichst cool bleiben, bis Steinbrecher und Steininger auch da waren.

„Wo sind eigentlich die Stones?", fragte Bohlan, nachdem er seine E-Mails gelesen und kurz aus dem Fenster geblickt hatte.

„Müssten eigentlich gleich wieder da sein", antwortete Will, ohne vom Bildschirm aufzublicken. „Die wollten einige der beschlagnahmten Papiere aus Jäkels Büro holen."

Bohlan lehnte sich in seinen Stuhl zurück, verschränkte die Hände hinter dem Kopf und spannte seine Muskeln an, um sich zu recken und zu strecken. Danach betrachtete er den Miro-Kunstdruck hinter Wills Schreibtisch und zählte die schwarzen Punkte, die sich klecksartig auf einer Linie vor tiefblauem Hintergrund befanden. Es waren genau zwölf in unterschiedlicher Größe. Neben ihnen befand sich ein roter Strich. Plötzlich hatte Bohlan eine Idee. Er könnte die Zeit dazu nutzen, die Fotos auf seinen Computer zu überspielen. Er holte sein iPhone aus der Jacke und verband es mit dem Computer. Nach weniger als einer Minute waren die Fotos übertragen. Bohlan nickte zufrieden.

„Was hast du denn da für Fotos?", Julia Will schaute ihm über die Schulter. Bohlan hatte gar nicht bemerkt, dass seine Kollegin aufgestanden war. Eine leichte Parfüm-Wolke, etwas stärker dosiert als gewohnt, zog an seiner Nase vorbei.

„Das sind die Gegenstände, die sich in dem Schließfach befanden, das ich heute Morgen geöffnet habe."

„Was denn für ein Schließfach?"

„Das ist eine längere Geschichte. Hast du heute schon einen Kaffee getrunken?"

„Ja, aber ich könnte gut einen weiteren vertragen."

Kurze Zeit später saßen die beiden am Besprechungstisch, jeder einen Kaffeepott vor sich. Bohlans Kaffee war gewohnt schwarz, ohne Zucker und Milch. Will hatte einige Löffel Zucker in den ihren geschüttet. Gerade als Bohlan mit seinem Bericht anfangen wollte, betraten Steinbrecher und Steininger das Büro.

„Das trifft sich gut, dann bekommt ihr die neusten Informationen auch gleich mit." Bohlan setzte die Tasse an und genoss das Koffein, während die Stones die Jacken an Haken hängten. Nachdem sie sich gesetzt hatten, berichtete Bohlan über das Treffen mit Neumann und seine Funde am heutigen Morgen. Als er endete, herrschte verblüfftes Schweigen.

„Was mich am meisten interessiert: Wie konnte Claudius Jäkel einen Brief aus der Karibik schreiben, wo er doch nach unseren bisherigen Ermittlungen die letzten Tage seines Lebens in Frankfurt verbracht hat?", sagte Julia Will.

„Das ist in der Tat äußerst ungewöhnlich", pflichtete Jan Steininger bei, während er seine Brille säuberte.

„Die Frage habe ich mir natürlich auch schon gestellt. Meine Theorie ist die, dass Jäkel die Post gar nicht selbst auf den Weg gebracht hat, sondern einen Mittelsmann benutzte. Ich habe deshalb die Karte ebenfalls ins Labor gegeben. Die Kollegen sollen zur Sicherheit überprüfen, ob sich Jäkels Fingerabdrücke auf ihr befinden", dozierte Bohlan.

„Gute Idee", Will nickte anerkennend. „Bliebe noch die Frage, wie die Schlüssel zum Schließfach in die Dominikanische Republik gelangten und was das Ganze überhaupt sollte. Ich meine, wenn Jäkel Informationen an Neumann geben wollte, wozu der Umweg um die halbe Erdkugel. Das wäre doch auch einfacher gegangen."

„In der Tat. Das ist schon ein merkwürdiges Vorgehen. Ich habe auch schon die halbe Nacht darüber nachgedacht, ohne eine plausible Erklärung zu finden."

„Vielleicht hat Jäkel einfach zu viele James-Bond-Streifen gesehen", warf Steinbrecher ein.

„Ich denke, wir können diese Frage im Moment außer Acht lassen. Wenn sie relevant wird, findet sich auch eine Lösung."

„Hast Recht", pflichtete Will bei. „Was vermutlich interessanter ist, sind die Daten auf der Festplatte. Hast du da schon irgendwas?"

„Nein, wie gesagt, ich habe das alles zu den Spezialisten gegeben und auf dringend gemacht. Die haben mir zugesichert, spätestens heute Abend Ergebnisse zu liefern."

„Und was ist mit den Kapseln? Sind das die, von denen Rosenbaum sprach?", hakte Steinbrecher nach.

„Auch das werde ich heute Nachmittag herausbekommen. Rosenbaum kommt um vier hierher."

„Wir könnten noch versuchen, herauszufinden, wann zuletzt jemand an Jäkels Schließfach gewesen ist", warf Steininger ein und setzte seine Brille wieder auf.

Bohlan schaute überrascht und fragte sich, warum er noch nicht selbst auf diese Idee gekommen war. Es wäre schon interessant zu wissen, wann Jäkel am Schließfach war und was er zuletzt hineingelegt hatte. Es konnte noch nicht allzu lange zurückliegen, da er die Dose erst vor kurzer Zeit von Rosenbaum erhalten hatte.

„Super Gedanke, Jan. Klemmt euch da mal dahinter. Vielleicht wird der Schließfachraum auch Video-überwacht und die Frankfurter Bank hat noch Aufzeichnungen. Ansonsten müssten die mit Sicherheit die Zugangszeiten aus ihrer Software herauslesen können."

Will schaute auf ihre Uhr.

„Wenn Rosenbaum um vier kommt, haben wir noch etwas Zeit. Ich würde gerne noch etwas über seine Familie recherchieren. Das kann nie schaden."

Bohlan nickte zustimmend. Er war mit dem Verlauf der Besprechung höchst zufrieden. Der weitere Gang der Ermittlungen war gesichert und die nächsten Stunden versprachen interessant zu werden, zumal er noch auf einen Imbiss mit Barbara Weber verabredet war. Der Kommissar rechnete fest damit, dass auch sie etwas über die Familie Rosenbaum wissen könnte. Zwar war seine Freundin Leiterin des Sportressorts der Frankfurter Boulevard-Zeitung, aber über Frankfurter Tratsch und Klatsch war sie meist gut unterrichtet.

Seit Miriam Faust einen Stimmungsaufheller eingenommen hatte, ging es ihr deutlich besser. Sie war gerade dabei, einen Mietvertrag über mehrere hundert Quadratmeter Bürofläche fertigzustellen, als ihr iPhone summte. Verärgert schaute sie auf das Display. Doch der eingeblendete Name des Anrufers hellte ihre Laune auf. Ein Umstand, der aber nur von kurzer Dauer sein sollte.

„Hi, Kleiner."

„Hi, entschuldige, dass ich dich störe. Ich weiß, dass du heute viel zu tun hast. Aber es ist äußerst wichtig."

„Schieß los."

„Wir haben ein Problem. Dieser Neumann hat Jäkels Daten."

„Mist." Faust trommelte mit den Fingern auf die Tischplatte. Ihr Kopf war plötzlich merkwürdig leer. „Bist du dir sicher?"

„Ziemlich. Er war heute an Jäkels Schließfach. Aber es kommt noch schlimmer: Neumann hat noch jemanden eingeweiht und sie haben die Daten von einer Festplatte auf Neumanns Laptop überspielt."

„Woher weißt du das?"

„Ich habe meine Quellen."

Faust pfiff durch die Lippen.

Das kleine italienische Restaurant lag direkt am Praunheimer Park und bot Platz für sieben kleine Tische. Der Kellner war groß gewachsen und braun gebrannt. Auch ansonsten wies er alle Attribute auf, die man für gewöhnlich einem italienischen Kneipier zuschreiben würde: lange gewellte Haare, aufdringliches Parfum, Goldkettchen und rosafarbenes Hemd. Er stellte die Flasche Mineralwasser auf den Tisch, dazu einen kleinen Brotkorb, nebst selbstgemachter Kräuterbutter. Bohlan bestellte Spaghetti mit Meeresfrüchten, Weber begnügte sich mit einem Insalta Mista.

„Und, was gibt es Neues in der Welt des Sports?", fragte Bohlan, nachdem der Kellner in der Küche verschwunden war.

„Nicht viel, so kurz vor dem Sommer. Ich bereite gerade eine Serie über den Frauenfußballclub vor. Deswegen war ich auch in der Nähe. Die trainieren am Brentanobad."

Bohlan schmierte ein Olivenbrot mit Kräuterbutter und biss hinein.

„Sag mal, hat zwar nichts mit Sport zu tun, aber kannst du mir was über die Familie Rosenbaum erzählen?"

Weber runzelte die Stirn.

„Rosenbaum, den Namen habe ich schon einmal gehört. Warte mal."

Die Journalistin trank einen Schluck Mineralwasser.

„Soweit ich mich erinnere, gehören einem gewissen Aaron Rosenbaum diverse Wohn- und Geschäftshäuser in bester Innenstadtlage. Er ist Mitglied der jüdischen Gemeinde und stinkreich, lebt aber zurückgezogen. Warum willst du das wissen?“

Bohlan schluckte den letzten Bissen seines Brotes hinunter, bevor er antwortete.

„Ich habe dir doch von diesem ermordeten Detektiv erzählt. Vor seiner Wohnung ist Michel Rosenbaum aufgetaucht. Der hatte ihn mit irgendwelchen Nachforschungen beauftragt. Ich treffe mich heute Nachmittag mit ihm. Ist immer gut, ein paar Hintergrundinformationen zu haben.“

„Tut mir leid, mehr kann ich dir momentan nicht sagen. Ich könnte nachher mal in der Lokalredaktion nachfragen, ob die noch irgendetwas wissen.“

„Ja, mach das.“

Der Kellner brachte das Essen und die beiden verloren kein Wort mehr über den aktuellen Fall. Bohlan genoss die Zeit mit Barbara, von der es vermutlich in den nächsten Tagen nicht sehr viel geben würde. Um die Sekunden festzuhalten, bestellte er noch einen Espresso.

„Schade, ich dachte, wir könnten den Nachmittag zusammen verbringen.“ Die gewisse Spur von Enttäuschung in Aaron Rosenbaums Stimme blieb Miriam Faust nicht verborgen. Sie lächelte den Immobilienmagnaten entschuldigend an.

„Das hätte ich auch sehr schön gefunden, aber leider ist mir ein wichtiger Geschäftstermin dazwischengekommen.“ Sie zuckte entschuldigend mit den Schultern. „Wir holen das nach, Schatz.“

Rosenbaum nickte und schaute betrübt auf seine halbleere Espressotasse. Die Hand, die sich auf seinen Oberschenkel legte, ließ eine leichte Erregung in ihm aufsteigen.

„Ich melde mich, sobald ich kann. Dann stehe ich dir voll und ganz zur Verfügung.“

Rosenbaum blickte in Fausts Augen, die ihn sofort in einen unsichtbaren Bann zogen. Die Hand auf seinem Schenkel rutschte noch ein wenig höher. Rosenbaum zog den Duft, den Fausts Parfüm verströmte, wie eine Droge in sich ein. Er fühlte sich plötzlich jung und stark. Faust drückte ihre Lippen auf die seinen.

„Die Rosenbaums scheinen stinkreich zu sein", trällerte Will Bohlan entgegen, als dieser das Kommissariat betrat.

„Hat Barbara auch gesagt, mehr wusste sie allerdings nicht."

„Dann setz dich mal, ich habe noch einiges herausgefunden."

Bohlan ließ sich in seinen Sessel fallen und schlug die Beine übereinander.

„Aaron Rosenbaum kam mit seinem Vater direkt nach dem Krieg zurück aus Amerika, wohin sie während der Nazizeit geflüchtet waren. Weite Teile der Familie sind in den Konzentrationslagern ums Leben gekommen. Nach und nach bauten sie ein Immobilienvermögen auf. Der Vater starb Ende der fünfziger Jahre, seitdem ist Aaron Rosenbaum der Familienpatriarch. Er heiratete ein Mädchen aus der jüdischen Gemeinde. Sie bekamen zwei Kinder Michel und Selma. Abgesehen davon, dass sich Vermögen und Besitz kontinuierlich vermehrten, traten sie öffentlich nicht groß in Erscheinung. Die Familie führte all die Jahre ein zurückgezogenes Leben."

„Klingt nicht besonders spannend."

„Jedenfalls kam nichts Spannendes an die Öffentlichkeit", Will trank einen Schluck Kaffee, dann fügte sie wie nebenbei hinzu: „Bis vor zwei Jahren."

Bohlan blickte fragend auf.

„Da wurde Aaron Rosenbaum bei einigen öffentlichen Auftritten in Begleitung einer Frankfurter Anwältin gesichtet. Sie war jung, überaus attraktiv und alle Welt fragte sich, was das zu bedeuten hatte. Ich habe die Fotos einmal ausgedruckt."

Will stand auf und kam mit einigen Papierausdrucken wedelnd an Bohlans Schreibtisch. Der Kommissar pfiff laut hörbar durch die Zähne.

„Attraktive Begleitung. Wer ist diese Frau?"

„Eine Frankfurter Anwältin. Soll ich weiter recherchieren?"

„Lass erst mal. Ich bin mir nicht sicher, ob das relevant wird", grummelte Bohlan nachdenklich.

Will nickte und setzte sich wieder an ihren Platz. Bohlan sah ihr an, dass sie mit seiner Entscheidung nicht zufrieden war. Seine Kollegin nahm es mit der Recherche immer äußerst genau und versuchte alle denkbaren Eventualitäten zu berücksichtigen, eine Eigenschaft, die ihnen schon oft zum Erfolg verholfen hatte. Nach kurzem Grübeln murmelte Bohlan: „Wenn du meinst, dass wir etwas über diese Anwältin wissen sollten, dann klemm dich dahinter."

Will lächelte erfreut und machte sich sogleich an die Arbeit. Bohlan grinste. Er war sich ziemlich sicher, dass seine Kollegin sowieso recherchiert hätte.

Als Enrico Concalves aus seinem Schlaf aufschreckte, war es Nachmittag. Benommen schaute er sich in dem Hotelzimmer um. Alles schien an seinem Platz zu sein. Es waren keinerlei Anzeichen für einen Eindringling ersichtlich. Der Südamerikaner stand auf und ging ins Bad, wo er sich einen Strahl kaltes Wasser ins Gesicht spritzte, bevor er den ganzen Kopf unter den Wasserhahn hielt. Irgendetwas hatte ihn aufgeweckt, das war sicher. Concalves ging zurück ins Zimmer, schaute sich um, öffnete den Schrank. Abgesehen von den wenigen Kleidungstücken, die er dort aufgehängt hatte, war er leer. Er stellte sich vor den Spiegel und betrachtete nachdenklich sein braungebranntes Gesicht, das von tiefen Furchen durchzogen war. Dann kämmte er die schwarzen Haare nach hinten. Nachdenklich begab er sich zu dem Schreibtisch, wo sein Handy lag. Es zeigte den Eingang einer SMS an. Das war es also, dachte Concalves. Er hatte vergessen, sein Handy auf lautlos zu stellen. Nachdenklich las er die eingegangene SMS.

„Reisen Sie bitte noch nicht ab. Der Auftrag geht weiter."

Michel Rosenbaum wohnte in einer schnieken Altbauvilla in der Frauenlobstraße in Frankfurt-Bockenheim. Hohe Bäume säumten die Straße und gaben ihr einen alleeartigen Charakter. Vögel zwitscherten aus den Bäumen. Kaum zu glauben, dass sich die laute und geschäftige Innenstadt nur wenige hundert Meter entfernt befand. Die Villa war von einer hohen Mauer umgeben und Bohlan erkannte mehrere Überwachungskameras. Nur wenige Augenblicke nachdem er die Türklingel betätigt hatte, öffnete eine Bedienstete. Will und Bohlan wurden hereingelassen und in ein Zimmer gebeten, das als Besprechungsraum fungierte. Der Boden war mit dunklen Holzdielen ausgelegt, darüber lagen Perserteppiche. Die Einrichtung war antik. Die Kommissare nahmen in Sesseln

Platz und mussten keine fünf Minuten warten, bis Michel Rosenbaum den Raum betrat. Er trug einen dunklen Armani-Anzug und ein weißes Hemd. Aus der Tasche seines Jacketts schaute ein blaues Einstecktuch hervor.

„Schön, dass Sie sich noch mal für uns Zeit nehmen konnten." Bohlan hatte sich erhoben und war einen Schritt auf Rosenbaum zugegangen.

„Das ist doch selbstverständlich. Guten Morgen, Herr Bohlan, Frau Will. Darf ich Ihnen eine Tasse Kaffee oder Tee bringen lassen?"

Die beiden Kommissare schüttelten den Kopf. Rosenbaum nickte der Bediensteten zu, die in der offenen Tür stand und orderte eine Tasse Earl Grey für sich.

„Bei unserem letzten Treffen sprachen Sie davon, dass Sie Claudius Jäkel ein Döschen mit Zyankali-Kapseln übergeben hatten, das Sie bei Ihrer Mutter gefunden hatten."

„Das ist richtig."

Bohlan holte die Fotoausdrucke aus seiner Jackentasche, die er zuvor erstellt hatte.

„Handelte es sich dabei um dieses Döschen?" Bohlan gab die Ausdrucke an Rosenbaum, der einen kurzen Blick darauf warf.

„Ja, das ist das Döschen."

„Können Sie sich erinnern, wie viele Kapseln sich in dem Döschen befanden?"

„Ja, das weiß ich ganz genau. Es waren sieben."

„Warum ist Ihnen diese Zahl noch präsent?"

„Weil die Menora sieben Arme hat. Sie ist das wichtigste Symbol für uns."

Bohlan nickte und gab Rosenbaum einen zweiten Ausdruck, der das geöffnete Döschen zeigte.

„Dann sind die Kapseln noch vollständig vorhanden. Es sind immer noch sieben, wie sie sehen."

Rosenbaum betrachtete sich auch das zweite Foto und nickte.

„Ja, Sie haben Recht. Dann starb Jäkel nicht durch die Kapseln." Es war mehr eine Feststellung als eine Frage.

„Jedenfalls nicht durch eine dieser Kapseln", bestätigte Will.

„Warum hatten Sie eigentlich Jäkel beauftragt?", hakte Bohlan nach.

„Eine Familienangelegenheit?“, antwortete Rosenbaum kurz angebunden und lehnte sich in seinen Sessel zurück.

„Um was genau ging es denn bei dieser … Familienangelegenheit?“, wollte Bohlan wissen.

Rosenbaums Gesicht wirkte versteinert und unnahbar. Es dauerte einige Sekunden, bis er antwortete.

„Wissen Sie, wir Rosenbaums leben sehr zurückgezogen. Wir arbeiten hart für unser Vermögen und legen wenig Wert auf Öffentlichkeit. Am besten ist es, wenn wir gar nicht wahrgenommen werden.“

Scheint eine harte Nuss zu sein, die es zu knacken gilt, dachte Bohlan und grübelte darüber nach, wie er Rosenbaum aus der Reserve locken könnte. Diesmal kam ihm seine Kollegin zuvor. Julia Will zückte das Foto von Aaron Rosenbaum und der jungen Anwältin aus ihrer Tasche und legte es auf den Tisch.

„Hat diese Familienangelegenheit etwas damit zu tun?“

Rosenbaums Blick ging nur kurz zu dem Foto. Seine Miene blieb scheinbar ungerührt. Trotzdem glaubte Bohlan für einen Moment so etwas wie Verachtung in Rosenbaums Blick gesehen zu haben.

„Schon möglich.“

Die Tür öffnete sich und die Bedienstete brachte ein Tablett mit einer Tasse Tee herein.

„Ich kann Ihnen wirklich nichts anbieten?“, fragte Rosenbaum.

Bohlan und Will schüttelten die Köpfe. Rosenbaum gab der Bediensteten ein kurzes Zeichen.

„Herr Rosenbaum, ich verstehe, dass Sie Ihre Familiengeschichte aus der Öffentlichkeit heraushalten wollen, dennoch sollten Sie mit uns zusammenarbeiten. Schließlich wurde der Detektiv, den Sie beauftragt haben, ermordet. Es wäre durchaus möglich, dass es einen Zusammenhang zwischen Ihnen und dem Mord gibt“, sagte Bohlan, nachdem die Bedienstete den Raum verlassen und die Tür geschlossen hatte.

Rosenbaum blieb regungslos sitzen, schien aber nachzudenken und mit sich zu ringen.

„Überlegen Sie mal, wenn wir bei unseren Ermittlungen auf Details aus Ihrem Privatleben, beziehungsweise dem Ihrer Familie stoßen, werden wir sie möglicherweise nicht mehr unter Verschluss halten können. Wenn Sie sich aber kooperativ zeigen und uns unterstützen, dann können wir versuchen, Sie und Ihre Familie bei den weiteren Ermittlungen außen vor zu lassen."

Rosenbaums Blick wanderte mehrfach zwischen Bohlan und Will hin und her, bevor er antwortete.

„Also gut. Ich werde Ihnen eine Geschichte erzählen, wenn Sie mir versprechen, die Angelegenheit vertraulich zu behandeln."

„Selbstverständlich. Sie haben mein Wort", antwortete Bohlan.

Rosenbaum schaute nun Will eindringlich an, die zunächst nicht begriff, dass er auch von ihr eine Bestätigung haben wollte.

„Meins haben Sie natürlich auch."

Rosenbaum wandte sich seiner Teetasse zu und trank. Seine Hand zitterte ein wenig, als er die Tasse zurückstellte.

„Bis vor wenigen Jahren waren wir eine glückliche Familie. Mein Vater und meine Mutter führten eine gute Ehe. Sie waren beide in der jüdischen Gemeinde aktiv. Meine Schwester und ich verlebten eine behütete Kindheit, beendeten unsere Studien. Jeder von uns bekam vom Vater einen Teil seines Vermögens übertragen, mit dem wir uns selbstständig machen und beweisen sollten. Die Übernahme der väterlichen Geschäfte und Immobilien war für einen späteren Zeitpunkt vorgesehen. Dann erkrankte unsere Mutter an Demenz. Die Erkrankung steckte aber noch in den Anfängen und beeinträchtigte sie nur wenig. Trotzdem machten wir uns natürlich Sorgen. Sie zog sich aus dem Geschäft zurück und wurde zu Hause mit allerlei Therapien behandelt. Im Nachklang betrachtet war dies wahrscheinlich der Fehler. Vermutlich wäre es für sie besser gewesen, sie im Geschäft so lange wie möglich zu halten."

Rosenbaum brach ab, wischte sich kurz mit einem Tuch über die Augen und fuhr fort.

„In der Folgezeit veränderte sich mein Vater. Er blieb häufig lange weg, wurde schweigsam und immer merkwürdiger. Dann tauchten diese Fotos auf. Ich stellte ihn zur Rede, aber er verbat sich jede Einmischung in sein Leben. Ich stellte erste Ermittlungen an, zunächst selbst und durch einige Vertraute. Was ich zunächst herausbekam, war, dass es sich bei der Dame auf den Fotos um die Anwältin Miriam Faust handelt. Als die Zusammenarbeit mir ihr begann, war sie noch völlig unscheinbar, ich meine nicht so aufgedonnert und auf sexy gemacht."

Bohlan schaute kurz zu seiner Kollegin, ihre Blicke trafen sich und beide waren sich sicher, dass sie einen Ansatzpunkt für die Ermittlungen gefunden hatten. Rosenbaum fuhr unbeirrt fort.

„Nach und nach wurde Frau Faust immer wichtiger, bis sie zu der führenden Anwältin unseres Unternehmens geworden war. Sie schien meinen Vater in fast allen geschäftlichen Bereichen zu beraten und zur Seite zu stehen. Sie begleitete ihn zu allen wichtigen Terminen und nicht nur das, auch tauchten die beiden bei dem einen oder anderen gesellschaftlichen Anlass gemeinsam auf."

Rosenbaum unterbrach seinen Bericht, um sich erneut mit dem Tuch über das Gesicht zu wischen. Bohlan lagen einige Fragen auf der Zunge, er entschied sich aber dazu, erst mal Rosenbaum zu Ende erzählen zu lassen.

„Meiner Mutter ging es in dieser Zeit deutlich schlechter. Zu ihrer Demenz kam ein bösartiger Knoten in der Brust. Sie musste im Krankenhaus operiert werden und bekam im Anschluss daran eine Chemotherapie. Zunächst dachten wir daran, sie zumindest kurzfristig in einem Sanatorium unterzubringen, doch ihrem Wunsch entsprechend organisierten wir dann doch eine Pflege zu Hause. In dieser Zeit häuften sich die privaten Kontakte meines Vaters zu Frau Faust. Als es meiner Mutter deutlich schlechter ging, wurde sie auf Wunsch meines Vaters in ein Sanatorium in die Schweiz gebracht. Kurz nach ihrer Abreise erwischte meine Schwester meinen Vater und Frau Faust im Schlafzimmer meiner Eltern. In der Folge davon kam es zu einem Eklat. Mein Vater verbat sich jede Einmischung in sein Privatleben. Meine Schwester und ich wollten aber nicht so einfach locker lassen. Ich beauftragte Claudius Jäkel, der uns empfohlen wurde, mit den Ermittlungen. Jäkel machte seine Arbeit immer besser, er konnte sich sogar in die Firma meines Vaters einschleusen. Das war wichtig, weil uns mein Vater in der Folgezeit immer mehr Details vorenthielt und uns systematisch aus der Firma herausdrängte. Ohne Jäkel wären wir niemals an die Informationen gekommen, die wir heute haben, und die sehen so aus: Mein Vater leistete monatliche Zuwendungen von über

10.000 Euro an Frau Faust, zuzüglich der Honorarzahlungen an ihre Anwaltskanzlei. Frau Faust bekam auch Bankvollmacht über alle Konten meines Vaters, unsere Vollmachten wurden gelöscht. Wir versuchten noch ein weiteres Mal mit Vater über die ganze Geschichte zu reden, doch er blockte total ab und erteilte uns – nach einer riesen Schreierei – Hausverbot sowohl für das Elternhaus als auch für das Geschäftshaus. Frau Faust versuchte die Firmen meines Vaters neu zu sortieren. Das Personal wurde nach ihrem Gusto ausgetauscht. Mein Vater besuchte meine Mutter in der Schweiz ganze zweimal und wurde dabei von Frau Faust begleitet. Bei seinem zweiten Besuch brachte er Dr. Dieter Lessing, einen Psychiater, mit. Dr. Lessing untersuchte meine Mutter und erklärte sie für geschäftsunfähig. Mit diesem Gutachten wurde ein Betreuungsverfahren für meine Mutter eingeleitet und zum krönenden Abschluss wurde Frau Faust zur allumfassenden Betreuerin meiner Mutter eingesetzt. Meine Mutter wurde in das jüdische Altenheim nach Frankfurt verlegt. Ab diesem Zeitpunkt wurde mir und meiner Schwester jeder Kontakt mit meiner Mutter verboten. Angeblich habe meine Mutter das selbst so gewollt. In der Folgezeit nahmen die Geldzuwendungen an Frau Faust zu. So übertrug er ihr unter anderem eine Ferienwohnung, ein Einfamilienhaus und schenkte ihr mehrere Autos. Einige Monate später starb meine Mutter im Pflegeheim der jüdischen Gemeinde. Immerhin wurden wir vom Tod benachrichtigt und es gelang mir noch einmal, in ihr Zimmer zu kommen. So konnte ich wenigstens von ihr Abschied nehmen und einige private Gegenstände mitnehmen, so auch das Döschen, das Sie nun in einem Bankfach gefunden haben. Ich habe mich auch mit dem Personal dort unterhalten. Mir wurde gesagt, dass meine Mutter sehr einsam gestorben ist. Sie hat selten Besuch erhalten und sei zunehmend depressiv gewesen. Habe auch oft darüber geklagt, dass ihre Kinder sie nicht mehr besuchen würden. Seitens der Betreuerin hat es die strikte Anweisung gegeben, uns nicht hereinzulassen. Sie können mir glauben, dass wir uns die größten Vorwürfe machen, uns nicht gewaltsam oder wie auch immer Zutritt verschafft zu haben."

Rosenbaum brach ab, holte erneut das Tuch aus seiner Tasche und wischte sich einige Tränen aus dem Gesicht, bevor er aufstand.

„Warten Sie einen Moment. Ich möchte Ihnen noch etwas mitgeben."

Rosenbaum drehte sich um und verließ den Raum. Bohlan sah Will an, die einen zerknirschten Eindruck machte.

„Was hältst du von der Geschichte?", fragte der Kommissar.

„Harte Story. Erschütternd, wie schnell eine Familie zerstört werden kann."

Bohlan nickte. Eigentlich hatte er das Bedürfnis, über die Sache zu reden, doch er fühlte eine Beklommenheit und wusste nicht so recht, wie und wo er anfangen konnte. Zudem würde Rosenbaum jeden Moment zurück sein. So schwieg der Kommissar und da Will es ihm gleich tat, verbrachten die beiden die nächsten Minuten in Stille. Will schaute durch das große Fenster in den Garten. An das Haus schloss sich eine Rasenfläche von vielleicht dreihundert Quadratmeter an, umrandet von einem grünen hohen Wall aus Gebüsch und Sträuchern. In der hinteren Ecke stand eine Gartenhütte, davor zwei Liegestühle aus Hartholz. Daneben eine große Sandkiste und eine Schaukel mit Klettergerüst und Rutsche. Hier wäre ich gerne noch mal Kind, dachte die Kommissarin und sah sich mit Freundinnen über den Rasen toben und die Schrecklichkeit der Welt vergessen. Das Klacken der zufallenden Tür riss sie aus ihrem Tagtraum zurück in die Realität. Rosenbaum hielt eine schwarzgraue Pappschachtel in der Hand und stellte sie auf den kleinen Tisch vor Bohlan.

„Hier, nehmen Sie das mit. Vielleicht hilft es bei Ihren Ermittlungen."

Bohlan nahm die Schachtel und öffnete den Deckel. Er griff nach einem Packen Fotos, die Aaron Rosenbaum in verfänglichen Situationen mit Miriam Faust zeigten.

„Sehen Sie selbst, wie weit das ging. Widerwärtig. Claudius Jäkel jedenfalls hat eine gute Arbeit geleistet. Es ist ein Jammer, dass er dafür mit seinem Leben bezahlen musste."

Bohlan legte die Bilder zurück in die Schachtel und verschloss diese wieder.

„Ich gebe Ihnen auch einen Ordner mit, in dem die Schenkungen aufgelistet sind, die an die Faust geflossen sind."

„Sie meinen, der Mord an Jäkel hat etwas mit Ihrem Vater und dieser Anwältin zu tun?"

„Das liegt doch auf der Hand, wenn Sie mich so fragen. Jäkel ist den beiden auf die Schliche gekommen. Dafür musste er büßen."

Bohlan lehnte sich in seinen Sessel zurück und dachte einen Moment nach, bevor er antwortete.

„Ein Motiv ist das sicher, aber können wir das auch beweisen?"

Miriam Faust parkte ihren Porsche Cayenne in einem kleinen Seitensträßchen in Usingen und hoffte inständig, dass kein anderes Auto in der nächsten Zeit vorbeifahren würde. Einen Kratzer, verursacht von irgendeinem dahergelaufenen Dorftrampel, war das letzte, was sie jetzt gebrauchen konnte. Sie schaute zuerst nach vorne, dann in den Rückspiegel. Niemand war zu sehen. Sie griff nach der großen Ledertasche, die auf dem Beifahrersitz stand und zog sie auf ihren Schoß. Nachdem sie den Reißverschluss geöffnet hatte, kramte sie eine wasserstoffblonde Perücke hervor und zog sie mit geübten Bewegungen auf, gefolgt von einem prüfenden Blick in den Spiegel der Sonnenblende. Sie zupfte noch ein wenig an der Perücke, zog das Rot der Lippen mit dem Lippenstift nach und nickte zufrieden. Dann stieg sie aus und schlenderte das Sträßchen entlang. Nach wenigen Metern stand sie vor dem gesuchten Anwesen. In Gedanken ging sie noch einmal die Geschichte durch, die sie sich auf der Fahrt durch den Taunus überlegt hatte. Dann drückte sie auf den Klingelknopf.

„Meinst du wirklich, dass diese Familientragödie etwas mit unserem Mordfall zu tun hat?", fragte Julia Will, als die beiden Kommissare wieder im Auto saßen.

„Ich will das mal nicht ausschließen."

„Ich weiß nicht, Tom. Mir fehlt schon das Motiv. Überleg doch mal. Selbst wenn Rosenbaum senior oder Miriam Faust Claudius Jäkel auf die Schliche gekommen sein sollten, was hätten sie denn von seinem Tod?"

„Weiß nicht."

„Gar nichts. Die Informationen hatte Jäkel doch längst an Rosenbaum junior weitergegeben."

„Das stimmt. Es könnte aber sein, dass Jäkel noch andere Informationen hatte, die er noch nicht weitergegeben hat."

Will verzog das Gesicht.

„Oder der Mord geschah aus Rache und nicht, um etwas zu vertuschen." Bohlan steckte den Schlüssel in das Zündschloss und startete den Wagen. „Es sind schon Morde aus den abstrusesten Motiven geschehen", setzte er murmelnd hinzu und fuhr die Straße am Markuskrankenhaus entlang über Ginnheim zurück zum Präsidium.

Als Miriam Faust wieder in ihrem Cayenne saß, war sie erschöpft, aber guter Dinge. Ein hartes Stück Arbeit lag hinter ihr. Sie hätte sich nicht vorstellen können, dass es so schwierig sein könnte, einen durchschnittlich erfolgreichen Autor zu einer Privatlesung zu überreden. Gut, der Termin für den heutigen Abend war etwas kurzfristig, aber das angebotene Honorar überstieg mit Sicherheit jeden Betrag, den Neumann für einen Vortrag jemals bekommen hatte. Dennoch war Robert Neumann nicht besonders begeistert gewesen und hatte sich lange geziert. Miriam Faust musste all ihre Reize zum Einsatz bringen, um ihn zu überreden. Sie atmete mehrfach tief durch und riss sich die Perücke vom Kopf. Nur schnell weg, dachte sie und startete den Wagen. Auf der Fahrt durch den Taunus stöpselte sie sich die Kopfhörer des Headsets in die Ohren und tippte hektisch auf dem Display ihres iPhones herum.

„Ich bin's. Alles klar, es hat geklappt. Der Vogel fliegt heute Abend aus, du kannst die beiden losschicken."

Nachdem sie das Gespräch beendet hatte, kurvte sie weiter den Taunus hinauf. Sie musste den weiteren Verlauf des Abends durchdenken. Neumann war zwar ein wenig begriffsstutzig, aber nicht unattraktiv, was die Sache erleichterte. Faust genoss das Leben, das sie führte. Sie war in keinster Weise bereit, davon etwas zu opfern. Die Informationen, die Neumann besaß, stellten eine Gefahr dar. Aber das würde sich in wenigen Stunden erledigt haben. Ohne diese Informationen würde er nicht mehr gefährlich sein. Und für die Unannehmlichkeiten, die er ihr bereitete, würde er heute Abend ein wenig büßen. Faust liebte solche Spiele. Mit einem Mal durchzuckte sie ein Gedanke, der ihr nicht passte. Sie hatte Rosenbaum den Abend versprochen. Entnervt griff sie erneut zum iPhone.

Julia Will machte sich über Rosenbaums Kiste her. Zunächst sortierte sie die Fotos und breitete sie auf dem Tisch aus. Kopfschüttelnd betrachtete sie die Ablichtungen, die Aaron Rosenbaum und Miriam Faust in allen möglichen Situationen zeigten: am Arbeitsplatz, beim vertrauten Spaziergang im Park, bei gesellschaftlichen Empfängen und beim Liebesspiel. Für sein Alter hatte sich der Immobilienmagnat gut gehalten, dachte Will. Sie setzte sich an ihren Schreibtisch und nahm nach und nach die Briefumschläge heraus. Zu ihrer Verblüffung handelte es sich unisono um Briefe, die Aaron Rosenbaum an seine „geliebte Miri" geschrieben hatte. Sie waren gespickt mit Liebesschwüren, romantischer formuliert, als Julia sie jemals gelesen hatte, und zeugten von einer wahren Verliebtheit des Multimillionärs. Julia Will fühlte sich fast wie in einen Liebesroman versetzt und wurde durch ein lautes Donnern aufgeschreckt, als Steinbrecher die Tür aufriss, den Raum betrat und die Tür mit Schwung lauthals ins Schloss fallen ließ. Er warf seine Lederjacke auf den Stuhl und holte sich eine Tasse Kaffee. Dann trat er an den Tisch, auf dem die Fotos ausgebreitet waren.

Julia Will lehnte sich derweil in ihrem Stuhl zurück, spielte mit ihrem Kugelschreiber, ohne Steinbrecher aus den Augen zu lassen.

„Ist das Aaron Rosenbaum?", fragte Steinbrecher.

„Ja."

„Ganz schön heiße Braut, die er sich da angelacht hat." Steinbrecher pfiff durch die Zähne. „Mein lieber Scholli, die haben es ja noch ganz schön miteinander getrieben."

„Was meinst du mit noch? Glaubst du, alte Menschen haben kein Recht auf Liebe?", fragte Will.

„Liebe? Also, wenn du mich fragst, dann sieht das hier eher nach einem Porno aus."

„Die Bilder sind schon heftig. Aber der alte Rosenbaum kann herrliche Liebesbriefe schreiben und die haben wenig mit Pornographie zu tun."

„Zeig mal her", Steinbrecher war an Wills Schreibtisch getreten und nahm sich einen der Briefe.

„Also wenn du mich fragst, dann hat die Faust dem alten Mann ganz schön den Kopf verdreht und willenlos gemacht. Westernhagen hat den perfekten Soundtrack dazu geschrieben."

Wills Gesicht glich einem Fragezeichen.

„Du lässt ihn deine hohen Stiefel lecken. Sexy. Er hat sein altes Weib für dich vom Hof gejagt“, fügte Steinbrecher kurze Zeit später hinzu.

„Also, ich weiß nicht, ich würde das nicht nur auf den Sex schieben“, wandte Will ein.

„Glaub, was du willst. Ich sage, wie es ist. Bei dem Anblick wird jeder Mann schwach und verliert den Verstand. Die Faust weiß das und setzt das bewusst als Waffe ein. Es sind nicht alle Frauen so romantisch veranlagt wie du.“

Will machte ein nachdenkliches Gesicht. Steinbrecher legte den Brief zurück und warf noch einen Blick auf das Foto.

„Woher habt ihr das hier eigentlich alles?“

„Von Michel Rosenbaum und der hat es von Claudius Jäkel.“

Steinbrecher pfiff erneut durch die Zähne.

„Heiße Kiste. Glaubt ihr, dass das was mit dem Mord an Jäkel zu tun hat?“

„Schon möglich. Jäkel war jedenfalls bis zu seinem Tod mit der Sache befasst. Ich denke auch, dass Rosenbaum eine Menge für Jäkels Dienste bezahlt hat.“

„Sehr wahrscheinlich hat er das“, murmelte Steinbrecher.

„Trotzdem erscheint es uns doch unwahrscheinlich, dass Jäkel deswegen ermordet wurde.“

„Auf den ersten Blick erscheint das etwas merkwürdig, aber wissen wir wirklich, was alles hinter dieser Kiste steckt?“ Steinbrecher hatte sich hinter seinen Schreibtisch gesetzt, trank den ersten Schluck Kaffee und verzog das Gesicht.

„Wer hat denn den gekocht? Ist ja total wässrig.“ Er schob den Pott angewidert zur Seite. „Vielleicht hat Jäkel ein doppeltes Spiel gespielt. Vielleicht wollte er Aaron Rosenbaum oder diese Anwältin …“

„Miriam Faust.“

„… genau, diese Faust erpressen. Und was wissen wir wirklich über Michel Rosenbaum? Möglicherweise hat er auch ein Interesse, Jäkel zu beseitigen. Vielleicht waren ihm das zu viele Familiendetails, die Jäkel aus der Versenkung befördert hat.“

„Fragen über Fragen.“

Steinbrecher und Will schreckten auf, als sie Tom Bohlans Stimme hörten, der zwischenzeitlich den Raum betreten hatte, ohne dass die beiden etwas davon bemerkt hatten.

„Möglicherweise werden wir morgen schlauer sein. Die Computerfreaks aus dem dritten Stock sind schon ziemlich weit mit der externen Festplatte. Sie selektieren gerade die Datendateien von den Programmdateien. Scheint jede Menge drauf zu sein. Eine komplette Spiegelung von Jäkels PC, vermuten die." Bohlan machte ein zufriedenes Gesicht. Er war fester Zuversicht, dass bald etwas Licht in das Dunkel scheinen würde.

Enrico Concalves fühlte sich wieder unter den Lebenden. Seitdem er aufgewacht war, hatte er nichts weiter getan, als im Bett zu liegen, Fernsehen zu schauen und zu essen. Eigentlich hatte er geplant, am nächsten Tag zurück nach Hause zu fliegen. Der Auftrag war erledigt und hatte eine ganze Stange Geld in seine Kassen gespült. Nun war es an der Zeit, sich wieder einmal um seine Familie zu kümmern. Doch so, wie es nun aussah, gab es Überstunden. Concalves' Gedanken waren zweischneidig. Zum einen hatte er in den letzten Wochen genug gearbeitet, zum anderen würde es sicher einen saftigen Aufschlag auf sein Gehalt geben. Sein Auftraggeber war sehr vermögend und zahlte gut. Zudem war die Unterkunft, die er ihm besorgt hatte, allererste Sahne. Gerade als er darüber nachdachte, ins hoteleigene Schwimmbad zu gehen, schrillte sein Handy.

Robert Neumann saß in einem Taxi und schaute versonnen aus dem Fenster. Der Wagen fuhr eine schmale Straße entlang, die am Ortsausgang einer Abzweigung der Landstraße entsprungen war. Sie führte durch Felder und an Wochenendgrundstücken vorbei.

„Sind Sie sicher, dass das der richtige Weg ist?"

Der Taxifahrer zuckte mit der Schulter und zeigte auf sein Navigationsgerät. Neumanns Blick folgte dem Finger. Der schwarze Punkt befand sich auf einer Straße und das Taxi fuhr offenbar auf dem richtigen Weg. „In zweihundert Meter haben Sie Ihren Bestimmungsort erreicht", flötete eine helle, freundliche Frauenstimme. Neumann war gespannt darauf, was ihn heute Abend erwarten würde. Er konnte sich beim besten Willen nicht vorstellen, dass hier in der Pampa tatsächlich viele Menschen zu einer Privatlesung seiner Bücher erscheinen würden. Aber die freundliche, äußerst gut aussehende Frau hatte ihn solange bequatscht, dass er entgegen aller Zweifel zugesagt hatte.

Das Piepen des Backofens ließ Julia Will aufschrecken. Sie riss die Augen auf und scannte ihre Umgebung ab. Beruhigt stellte sie fest, dass sie auf dem Sofa in Omas Wohnzimmer lag. Dann kamen die Erinnerungen zurück. Sie hatte sich nach dem Schneiden von Gemüse und Kartoffeln ein wenig ausruhen wollen und war wohl eingeschlafen. Noch etwas benommen schleppte sie sich in die Küche, streifte die Kochhandschuhe über und holte den Brokkoli-Kartoffel-Auflauf aus dem Backofen. Der Duft nach Käse und Gewürzen ließ ihr das Wasser im Munde zusammenlaufen. Sie stellte die Auflaufform auf ein Holzbrett, das auf dem Küchentisch lag, und schaute auf die Uhr. Gleich sieben, stellte sie zufrieden fest. Ihre Oma musste also jeden Moment nach Hause kommen. Will schaltete das Radio ein und holte die Teller aus dem Schrank. Ein Lied vor sich hin summend und voller Vorfreude auf einen durchweg entspannten Abend, deckte sie den Tisch. Zum Abschluss platzierte sie eine Kerze in die Mitte und zündete sie in dem Moment an, in dem ein Schlüssel in das Schloss der Eingangstür gesteckt wurde. Will ging in den Flur.

„Hallo Oma."

Die alte Dame blickte ihre Enkelin erstaunt an.

„Hallo Julia, was machst du denn schon hier?" Sie stellte ihre Nase ein wenig nach oben. „Und was duftet hier so lecker?"

„Ich dachte, wir zwei machen uns einen entspannten Abend. Ich habe für uns gekocht."

Oma Wills Gesicht erstrahlte.

„Das ist eine nette Idee und wie es der Zufall will, habe ich heute Abend tatsächlich nichts vor."

„Vieles im Leben ist Zufall, manches ist Planung", sagte Julia Will, während sie die Jacke ihrer Oma entgegennahm.

„Soll das etwas heißen, du hast in meinem Terminplan geschnüffelt?"

„Schnüffeln ist mein Beruf, das solltest du doch wissen."

„Schon schlimm genug, dass wir in einem Überwachungsstaat leben, selbst zu Hause ist die Polizei."

„Soll ich etwa ausziehen?", entgegnete Julia Will mit gespielter Entrüstung.

„Nein, natürlich nicht."

Die dunkle Limousine parkte einige Meter von Robert Neumanns Haus entfernt. Zwei Männer in schwarzen Anzügen stiegen aus. Obwohl es schon dunkel war, trugen sie Sonnenbrillen. Ihre Haare waren fein säuberlich nach hinten gegelt. Sie liefen an Neumanns Haus vorbei und schlenderten die Straße entlang. Nachdem sie sich vergewissert hatten, dass sie unbeobachtet waren, kehrte einer zu Neumanns Anwesen zurück und öffnete lautlos das Hoftor.

„Mhm, das sieht aber wirklich lecker aus", bemerkte Oma Will, nachdem sie sich an den Tisch gesetzt und einen Blick auf den Auflauf geworfen hatte. „Und der Käse ist schön kross, genau so wie ich es liebe."

Julia Will nickte zufrieden, während sie den Auflauf auf die Teller verteilte und den Rotwein in die Gläser goss.

„Na dann, guten Appetit."

„Auf die junge Köchin", Oma Will hob das Weinglas an. Die beiden prosteten sich zu.

„Was gibt's Neues vom fliegenden Privatdetektiv?", fragte Oma Will nach einiger Zeit.

„Wir sind noch nicht besonders weit. Bisher wissen wir nur, dass er von Rosenbaums Sohn den Auftrag hatte, dessen Vater zu observieren. In der Familie Rosenbaum lag wohl einiges im Argen. Aber was das mit dem Mord zu tun hat, ist völlig unklar."

„Das ist wirklich nicht viel", nickte Oma Will und schob sich eine Gabel Auflauf in den Mund.

„Was gibt's bei dir denn Neues?", fragte Julia Will.

„Ich habe heute gegen google Streetview Einspruch eingelegt."

„Meinst du, das bringt was?"

„Wenn das möglichst viele machen, dann haben die nur weiße Flecken auf ihren Karten. Das wäre doch mal was. Nein, im Ernst, wozu muss jeder in der Welt sehen, wie mein Haus aussieht?"

„Es sieht ja auch jeder dein Bild bei facebook“, warf Julia ein.

„Das ist doch was völlig anderes“, Oma Will machte eine wegwerfende Handbewegung. „Die Bilder dort stelle ich selbst ein und ich bestimme, welche, und wer die sehen kann. Außerdem kann ich mich jederzeit wieder abmelden. Ich will über meine Bilder und mein Leben selbst bestimmen.“

Julia Will trank einen Schluck Rotwein und schaute in die flackernde Kerze. Wahrscheinlich hatte ihre Oma Recht – wie meistens. Es war sowieso ein Wunder, dass sie sich mit so neuen Techniken wie Internet und Sozialen Netzwerken überhaupt beschäftigte. Vermutlich hatte sie mehr Ahnung von der ganzen Materie als sie selbst.

„Dein Auflauf war übrigens ganz vorzüglich. Hätte ich dir gar nicht zugetraut.“ Julia schaute zu ihrer Oma und wollte losmeckern, blickte aber in ein verschmitztes Grinsen. Sie lächelte zurück und räumte das Geschirr weg.

„Lass uns zum Ausklang des Tages noch eine Partie Backgammon spielen.“

Julia Will nahm den Vorschlag ihrer Oma dankend an.

Enrico Concalves saß in einem Wagen, den ihm sein Auftraggeber zur Verfügung gestellt hatte, am Rande einer Waldlichtung und beobachtete die Geschehnisse auf dem etwas heruntergekommenen Anwesen mit äußerstem Interesse. Er hatte seinen Beobachtungspunkt gut gewählt und konnte jede Regung erkennen. Gegen zwanzig Uhr war ein Taxi vorgefahren und ein Mann ausgestiegen, der sich zögerlich auf das kleine Häuschen zubewegte. Der Mann wirkte verunsichert, drückte aber doch nach einiger Zeit auf den Klingelknopf. Eine Frau mit wasserstoffblonden Haaren öffnete die Tür und ließ den Mann herein. Concalves wartete einige Minuten, bevor er ausstieg und sich zu dem Anwesen schlich. Er umrundete das Haus, kehrte schließlich zum Eingang zurück und machte sich an der Tür zu schaffen.

Tom Bohlan verbrachte den Abend allein in seinem Hausboot. Barbara Weber war auf irgendeinem städtischen Empfang im Römer eingeladen. Der Kommissar vermied es, zu solchen Anlässen mitzugehen. Nicht dass er Barbara Weber nicht gerne begleitet hätte, aber das ganze Palaver und Brimborium, das bei solchen Veranstaltungen an den Tag gelegt wurde, ging ihm gehörig auf den Senkel. Zudem war er über jede Minute froh, die er einmal mit sich selbst verbringen konnte. So hatte er seinen Holzofen angezündet, eine Flasche Bier geöffnet und sich mit dem neusten SPIEGEL auf die Couch zurückgezogen. Nachdem er die Titelstory über den deutschen Wiederaufbau aus den Trümmern des Zweiten Weltkrieges gelesen hatte, holte er sich eine zweite Flasche Bier und legte eine Chris Rea-CD in den Player. „The road to hell and back" war eine Live-Aufnahme aus dem Jahr 2006 und schien Bohlan irgendwie passend. Er lauschte den jaulenden Gitarren und der rauchig-brüchigen Stimme. Nach einiger Zeit blätterte er wieder im SPIEGEL und wandte sich der deutschen Innenpolitik zu, die auch etwas von Hölle hatte. Irgendwann schlief er auf dem Sofa ein.

Donnerstag

Bohlan erwachte, als ihm die Sonne in das Gesicht strahlte. Er fühlte sich erholt und ausgeschlafen wie lange nicht mehr. Trotzdem blieb er noch einige Minuten liegen, bevor er die Laufkleidung überstreifte und die Kopfhörer an sein iPhone anschloss. Als er das Gerät in die Tasche seiner Jacke stecken wollte, bemerkte er, dass Barbara Weber ihm gestern Abend eine SMS geschickt hatte. Er öffnete den Ordner und las: „Ich habe einige Infos für dich. Vielleicht können wir uns morgen um 12.00 Uhr treffen? Das kleine Café. Wie immer? Schlaf schön und 1000 Küsse."

Bohlan war in Versuchung, Barbara sofort zurückzurufen, doch er entschied sich dagegen. Vermutlich war sie spät nach Hause gekommen und die Möglichkeit, dass sie noch schlief, war relativ groß. Der Kommissar wählte eine Musikliste aus, drückte auf Play und verließ sein Hausboot. Kühle Morgenluft schlug ihm entgegen und ließ ihn für einige Minuten frösteln. Er lief die Nidda entlang Richtung Frankfurt-Nied. Nach und nach kam sein Körper auf Temperaturen und die Kälte wich. Bohlan erfreute sich an dem klaren, fast wolkenlosen Himmel, ließ die Ruhe des glatten Wassers auf sich wirken und überdachte den Fall, dessen Lösung noch ganz am

Anfang stand. Sie hatten bereits einige Puzzle-Teile gefunden, aber noch passte nichts wirklich richtig zusammen. Da war der Privatdetektiv, der nackt über seinem Bett baumelnd sein Ende gefunden hatte. Einer seiner letzten Aufträge war die Beschattung eines reichen Immobilienmagnaten jüdischer Herkunft, und dessen junger Geliebten. Eine Beziehung, die eine ganze Familie zerstört zu haben schien. Gab es da wirklich einen Zusammenhang? Bohlan schüttelte während des Laufens den Kopf. Er wusste nicht, was, aber irgendetwas störte ihn an dieser Konstellation. Zu wenig wusste er über Jäkel und dessen Leben. Und dann war noch dieser merkwürdige berufliche Werdegang, den er bislang nahezu völlig außer Acht gelassen hatte. Hatte Jäkel noch eine Leiche aus seiner Zeit als Steuerfahnder im Keller? Oder gab es noch einen anderen aktuellen Fall, der Jäkel das Leben gekostet hatte? Bohlan erreichte den Punkt, an dem er meistens wendete, drehte um und lief wieder zurück. Als er die Wörthspitze bereits erkennen konnte, hatte er den weiteren Ablauf für den heutigen Morgen geplant. Steininger und Steinbrecher sollten sich im jüdischen Altenzentrum umsehen, um die letzten Wochen im Leben von Frau Rosenbaum zu durchleuchten. Bohlan hielt dies zwar nicht unbedingt für zielführend, doch man konnte nie wissen. Er selbst wollte sich in Begleitung von Julia Will auf die Suche nach Aaron Rosenbaum machen. Zur Mittagszeit stand das Treffen mit Barbara an und den Nachmittag wollte er sich auf jeden Fall freihalten, um die Ergebnisse der Computeranalyse genauestens unter die Lupe zu nehmen. Tom Bohlan erreichte sein Hausboot, schnaufte ein wenig und war glücklich. Er hatte sein Trainingspensum erfolgreich absolviert und den weiteren Ablauf der Ermittlungen abgesteckt. Jetzt noch ein kleines Frühstück und einen starken Kaffee.

Die beiden Kommissare mussten über eine halbe Stunde in Rosenbaums Besprechungszimmer warten. Das Büro war in einer Gründerzeitvilla im Frankfurter Westend untergebracht, die irgendwann zu Gewerberaum zweckentfremdet worden war. Das Haus war komplett neu saniert und mit allem modernen Schnickschnack ausgestattet. Die Räume waren groß, hoch und mit Stuck verziert. Tom Bohlan trommelte mit den Fingern auf die Tischplatte aus massivem Holz. Julia Will saß nach hinten gelehnt in einem schweren Lederstuhl mit Armlehnen und betrachtete die großflächigen Bilder, die an den Wänden hingen. Sie vermied es, Tom anzusprechen, da dieser in Anbetracht der langen Wartezeit erkennbar gereizt war. Als der Kommissar aufspringen und ins Sekretariat gehen wollte, um sich danach zu erkundigen, ob man sie vergessen hätte, öffnete sich die Tür. Aaron Rosenbaum füllte sofort den Raum aus. Dies war weniger seinem körperlichen Äußeren als vielmehr der persönlichen Aura und Autorität zu verdanken, die ihm vorauszueilen und den Raum auszufüllen schien. Rosenbaum war ein Meter siebzig groß und schlank. Er trug einen dunklen Anzug aus edlem Zwirn, darunter ein weißes Hemd mit Manschettenknöpfen. Schlips und Einstecktuch waren gelb und weiß gestreift. Er hatte graue, fast weiße Haare. Seine Gesichtshaut war gebräunt. Er ging auf die beiden Kommissare zu und begrüßte zunächst Julia Will mit einem Handkuss, bevor er Tom Bohlan die Hand schüttelte.

„Nehmen Sie doch wieder Platz", sagte Rosenbaum, machte mit seinem Arm eine angedeutete Geste und wartete, bis sich die beiden Kommissare wieder gesetzt hatten. Dann nahm auch er Platz.

„Was kann ich für Sie tun?", fragte Rosenbaum.

Bohlan, der sich nicht sicher war, musterte Rosenbaum einen Moment.

„Nun, Herr Rosenbaum, es ist eine etwas delikate Angelegenheit. Vielleicht sagt Ihnen der Name Claudius Jäkel etwas."

Der Immobilienmagnat überlegte einen Moment. Seine Hände lagen ruhig auf der Tischplatte und offenbarten einen goldenen Siegelring.

„Nein, ich glaube nicht, dass ich diesen Namen schon einmal gehört habe", antwortete er nach einiger Zeit. „Sollte ich ihn kennen?"

„Er war ein Privatdetektiv."

„Ich verkehre normalerweise nicht in solchen Kreisen", antwortete Rosenbaum in einem etwas abwertenden Tonfall.

„Privatdetektiv ist ein an sich ehrbarer Beruf."

„So meinte ich das auch nicht. Ich wollte damit lediglich zum Ausdruck bringen, dass ich üblicherweise keine Privatdetektive benötige."

„Sie vielleicht nicht. Aber Ihr Sohn wohl schon."

Bohlan konnte eine gewisse Unruhe in Rosenbaums Augen entdecken, aber nur für einen kurzen Augenblick, dann schien er sich wieder komplett unter Kontrolle zu haben.

„Mein Sohn ist momentan etwas derangiert. Das wird sich wieder geben."

„Um es kurz zu machen: Ihr Sohn hatte Claudius Jäkel beauftragt, Sie und Ihre Anwältin, Miriam Faust, zu beobachten."

Rosenbaum kratzte sich an der Backe.

„Welchen Sinn sollte das haben?"

„Nun, ich glaube, er sorgt sich etwas um Ihren Lebenswandel", entgegnete Bohlan.

„Das ist ganz und gar unnötig. Ich bin im vollen Besitz meiner geistigen Fähigkeiten und weiß sehr genau, was ich tue. Mein Sohn braucht sich da keine Gedanken zu machen."

„Das habe ich auch nicht behauptet. Ihre Familienangelegenheiten sind mir im Übrigen auch egal. Wir haben lediglich den Mord an Claudius Jäkel aufzuklären."

„Moment, Herr Bohlan, sagten Sie Mord?", unterbrach ihn Rosenbaum.

„Ja, Claudius Jäkel wurde ermordet, erwähnte ich das nicht?"

Rosenbaum schüttelte den Kopf. „Nein, bislang nicht."

„Verstehen Sie jetzt, warum ich mich notgedrungen in Ihre Familienangelegenheiten einmischen muss?"

„Nein, was auch immer bei uns im Argen liegt. Mit Ihrem Mordfall hat das mit Sicherheit nichts zu tun."

„Das Problem ist nur, dass Ihre Familienangelegenheiten der letzte Auftrag des Herrn Jäkel waren."

„Herr Kommissar, Sie wissen genau wie ich, dass das Leben vielschichtig ist. Es gibt tausend Gründe für einen Mord. Ich habe damit jedenfalls nichts zu tun. Ich sehe nur, wie die Gier meine Kinder dazu bringt, alles zu zerstören, was ich in den letzten Jahrzehnten aufgebaut habe. Aber das ist meine Sache."

„Ganz schön arrogant, der alte Rosenbaum", bemerkte Bohlan, als er mit Will wieder im Auto saß.

„Er ist ein wenig eingebildet, aber doch ein feiner alter Herr mit guter Kinderstube", antwortete Will und biss in einen Apfel.

„Findest du das wirklich oder hast du dich von seinem Handkuss blenden lassen?“

„Ach, Quatsch. Jedenfalls hat er gute Manieren.“

„Das mag sein, aber was sagt das wirklich über ihn aus? Die guten Manieren und das feine Gehabe sind doch nur Fassade. Hast du in seine Augen gesehen? Die waren kalt wie Eis. Rosenbaum ist ein abgebrühter Geschäftsmann. Der würde im Zweifelsfall auch über Leichen gehen.“

„Warum hast du ihn dann nicht nach seinem Alibi für den Jäkel-Mord gefragt?“

„Weil er sowieso eines hat. So jemand wie Rosenbaum macht sich nicht die Hände schmutzig. Dafür hat er seine Leute.“

Bohlan steuerte den Wagen auf die Eschersheimer Landstraße. Will schaute betroffen aus dem Fenster.

„Klingt ein bisschen wie ein Mafia-Streifen“, sagte Will.

„Ich glaub trotzdem nicht daran, dass er etwas mit dem Mord zu tun hat. Das wäre mir zu einfach.“

Julia Will wollte noch etwas erwidern, doch alles Weitere wäre nur Spekulation gewesen und davon hatten sie schon genug. Es war endlich Zeit für etwas Handfestes. Sie hoffte auf die Computerauswertungen, auch wenn sie wusste, dass das mit unheimlich viel Arbeit verbunden sein würde. Dann fiel ihr ein, dass am Abend wieder Training war und sie sich vorgenommen hatte, in der Sache Alex einen Schritt weiterzukommen. Zu viel Arbeit und eine Nachtschicht kämen ihr da völlig ungelegen.

Sie erreichten das Präsidium zeitgleich mit Steininger und Steinbrecher. Alle vier fuhren mit dem Aufzug in die vierte Etage und betraten ihr Dienstzimmer. Bohlan warf die Kaffee-Maschine an. Als jeder einen Pott vor sich hatte, berichtete Steinbrecher von dem Besuch im jüdischen Altenzentrum.

„Die waren da alle sehr nett und es herrschte eine angenehme Atmosphäre. Scheint eines von den besseren Pflegeheimen zu sein. Frau Rosenbaum bewohnte zwei Zimmer, die mit ihren eigenen Möbeln eingerichtet waren. Seitens der Betreuerin und ihres Mannes sei aber stets darauf gedrängt worden, dass sie abgeschirmt von den anderen Bewohnern lebe. Die Betreuerin hätte das damit begründet, dass Frau Rosenbaum schon immer sehr kontaktscheu gewesen sei."

„Und was hat sie dann den ganzen Tag in ihrem Zimmer gemacht?", hakte Will nach.

„Sie habe viel ferngesehen, gestrickt oder einfach nur in ihrem Sessel gesessen und vor sich hin gestarrt. Aber das sei bei Patienten mit Demenz im fortgeschrittenen Stadium nicht sehr ungewöhnlich."

„Und an was ist Frau Rosenbaum gestorben?"

„Herzstillstand. In der Nacht sanft entschlummert. Eigentlich ein schöner Tod", antwortete Steinbrecher.

„Ist das hundertprozentig sicher?"

„Es gibt für nichts eine Garantie. Aber so steht es in der Krankenakte und den Tod hat der Hausarzt von Frau Rosenbaum festgestellt. Er ist übrigens auch der Arzt, mit dem das Altenzentrum seit Jahrzehnten zusammenarbeitet. Jedenfalls hat an einem natürlichen Tod bislang niemand gezweifelt."

„Außer Michel Rosenbaum", stellte Bohlan fest. „Wie kam der eigentlich in ihr Zimmer? Galt das Abschirmgebot nicht mehr nach dem Ableben?"

„Das ist in der Tat eine merkwürdige Geschichte. Angeblich hat sich der Pfleger, der die Angehörigen benachrichtigen sollte, in der Zeile geirrt und statt Rosenbaum senior Rosenbaum junior angerufen."

Bohlan nickte. Er trank seinen Pott leer und fasste dann das Gespräch mit Aaron Rosenbaum zusammen. Will machte einige Ergänzungen und dann ging man in die Mittagspause.

Tom Bohlan schaute in Barbara Webers schönes, ebenmäßiges Gesicht und vergaß für einige Augenblicke den Stress, den die Ermittlungen ihm bereiteten. Die beiden saßen in einem kleinen italienischen Bistro. Weber hatte einen Salat mit Putenbruststreifen vor sich stehen, Bohlan eine Pizza mit Peperoniwurst. Er berichtete in groben Zügen über die Ereignisse des Morgens und teilte ihr vorsichtig seine Einschätzungen über Aaron Rosenbaum mit. Barbara Weber, die ihm die ganze Zeit aufmerksam zugehört hatte, ließ sich seine Gedanken einen Moment durch den Kopf gehen und kaute währenddessen auf ihrem Salat.

„Ich habe heute Morgen mit einem alten Freund telefoniert, der bei der Frankfurter Zeitung arbeitet, und ihn nach Rosenbaum befragt", erwiderte sie, nachdem sie den Salat hinuntergeschluckt hatte.

„Und?"

„Er sieht es ähnlich wie du. Rosenbaum hat im letzten halben Jahrhundert ein wahres Imperium aufgebaut. Ihm gehören Immobilien im ganzen Stadtgebiet. Und es sind keine Reihenhäuser, wenn du verstehst, was ich meine. Es gibt kaum ein großes Bauprojekt, bei dem er nicht seine Finger im Spiel hat. Trotzdem ist er bemüht, möglichst wenig öffentlich in Erscheinung zu treten. Mit den Entscheidungsträgern der Stadt ist er bestens vernetzt. Man munkelt, dass er regelmäßig große Eurobeträge an alle möglichen Parteien spendet. Aber das ist nur eine Vermutung meines Kollegen."

„Was sind das denn für Immobilien, die Rosenbaum besitzt?"

„Alles mögliche, Einkaufspassagen, Büros, Nobelwohnungen und so weiter."

Bohlan nickte und trank sein Wasser aus. „Und sonst irgendwelche Skandale?"

„Nein, darüber ist nichts bekannt. Er war bislang ein knallharter Geschäftsmann, der seine Geschäfte im Verborgenen abwickelte."

Weber trank ebenfalls ihr Wasser aus und warf einen Blick auf ihre Uhr.

„Oh, ich muss los. Nimm's mir nicht übel, dass ich nicht mehr Zeit habe."

Bohlan lächelte schief. „Ich hab doch auch keine Zeit. Bin froh, dass du es zuerst gesagt hast, dann steh ich nicht als derjenige da, der nur ans Arbeiten denkt."

Weber lächelte zurück.

„Sehen wir uns heute Abend?"

„Das wäre schön. Ich melde mich später noch mal."

Als Tom Bohlan zurück im Präsidium war, wälzte Steininger einige der Aktenordner, die sie in Jäkels Wohnung beschlagnahmt hatten, Steinbrecher las Ausdrucke, die Will erstellt hatte. Julia Will wiederum saß vor einem Bildschirm, die Stirn angestrengt in kleine Fältchen gelegt, und versuchte die Tiefen und Untiefen von Jäkels Festplatte zu ergründen.

„Wie ich sehe, haben die Experten geliefert." Bohlan zog seine Jacke aus und hängte sie über die Lehne seines Lederstuhls.

„Ja, und es ist eine ganze Menge an Informationen auf der Festplatte enthalten", erwiderte Will, ohne aufzublicken.

„Hast du schon erste Erkenntnisse, die uns weiterbringen könnten?"

„Glaubst du an Wunder?", schnaubte Will etwas genervt. „Vor einer halben Stunde kam die Festplatte. Da sind quasi alle Fälle drauf, die Jäkel in den vergangenen Jahren bearbeitet hat. Angefangen vom Ehebrecher bis hin zum dubiosen Antiquitätenhandel, keine Ahnung, was uns davon wirklich weiterhelfen könnte. Es ist wie ein Puzzle mit tausend Teilen, die durcheinander auf einem Haufen liegen."

„Wenn wir das alles durcharbeiten wollen, brauchen wir Wochen, wenn nicht gar Monate. Das ist doch gar nicht zu leisten", stöhnte Steinbrecher und griff nach seiner Tabakpackung. „Ich geh mal eben runter. Ich brauch 'ne Denkpause."

„Meinst wohl eher Rauchpause", raunte Steininger.

„Nennt es, wie ihr wollt. Ich bin dann mal weg."

„Wie viele Fälle hat Jäkel denn bearbeitet"?, fragte Bohlan, nachdem die Tür ins Schloss gefallen war. „Bei einem Ein-Mann-Betrieb muss das doch überschaubar sein."

„Unterschätze das nicht. Da kommt auch bei einem Kleinbetrieb einiges zusammen. Außerdem wissen wir überhaupt nicht, nach was wir eigentlich suchen sollen."

Bohlan fuhr sich mit der Zunge über die Lippen und machte ein nachdenkliches Gesicht. Will blickte vom Bildschirm auf und beobachtete ihren Kollegen.

„Nach was würdest du denn zuerst suchen?", fragte sie nach einiger Zeit. Bohlan zuckte mit den Schultern.

„Ich habe von hinten angefangen und mir zuerst die aktuellen Fälle vorgenommen", sagte Will.

„Warum?"

„Jäkel hat die Festplatte in einem Schließfach deponiert. Ich geh mal davon aus, dass es die Kopie seines Rechners ist. Den Daten nach ist es eine ziemlich aktuelle Kopie, nur drei Tage vor seinem Tod gefertigt. Er muss an etwas Brisantem gearbeitet haben, sonst hätte er sich die ganze Aktion sparen können." Will schaute Bohlan an und fuhr fort: „Er macht ein komplettes Update seines PCs, legt dieses in ein Bankschließfach und beauftragt irgendjemanden in der Dominikanischen Republik, einen Brief an Robert Neumann zu schreiben. Er muss doch irgendwas gespürt oder geahnt haben."

Bohlan nahm die Füße vom Tisch, schnellte nach vorn und schlug mit der Faust auf den Tisch.

„Ja, du hast Recht. Er muss etwas geahnt haben und er wollte uns – oder vielmehr Robert Neumann – Informationen zukommen lassen. Wenn er dazu den gesamten Datenbestand doppelt, muss er irgendeinen Hinweis auf der Festplatte hinterlassen haben. Es sei denn, er wollte Neumann eine Rätselaufgabe stellen. Lass mich mal einen Blick auf das Datenverzeichnis werfen."

Bohlan stand auf, lief um den Tisch und schaute über Julia Wills Rücken auf den Bildschirm. Will klickte mit der Maus, bis das Datenverzeichnis der Festplatte zu sehen war. Natürlich hatte sie sich diese Gedanken auch schon gemacht, war aber bislang zu keinem Ergebnis gekommen. Der oberste Pfad hieß einfach nur „Detektei". Will wartete einen Moment, bis sie sich sicher war, dass Bohlan das Wort gelesen hatte. Dann klickte sie auf das Dateisymbol. Als Nächstes erschien eine Liste mit Jahreszahlen von 2001 bis 2011.

„Hier hat Jäkel seine Fälle nach Jahreszahlen geordnet. Ich gehe mal davon aus, dass es sich um den Zeitpunkt der Beauftragung handelt." Bohlan nickte. Will klickte auf „2011" und es erschienen weitere Dateien, die nunmehr fortlaufend nummeriert waren.

„Sieht wirklich nicht nach einem Hinweis zur Suche aus."

„Nicht wirklich."

„Gehen wir also davon aus, dass es keinen offensichtlichen Hinweis gibt, dann muss der Schlüssel zur Lösung des Rätsels bei Robert Neumann liegen", bemerkte Bohlan und setzte sich wieder auf seinen Platz.

„Das wäre eine Möglichkeit. Jäkel musste davon ausgehen, dass Neumann weiß, wonach er suchen muss, wenn er sich die Festplatte ansieht."

Bohlan zückte sein iPhone und wählte Neumanns Nummer.

Tom Bohlan stand an der Kochzeile in seinem Hausboot und marinierte Zucchini und Auberginen mit reichlich Knoblauch und Öl. Im Hintergrund sang Patricia Kaas „Je retiens mon souffle", ein chansonähnliches Lied. Bohlan hatte die CD, die Anfang der neunziger Jahre erschienen war, erst vor Kurzem beim Stöbern in seinem Regal wiederentdeckt. Erinnerungen an die damalige Zeit tauchten in kurzen Sequenzen vor seinen Augen auf, während er die Schälchen mit den Antipasti zur Seite stellte. „J'ai une envie claire de te revoir." Manchmal würde er gerne wissen, wie es Melena, die sich nur Mel nennen ließ, heute geht. Bohlan hatte drei Jahre mit ihr in einer kleinen Altbauwohnung im Nordend zusammengelebt. Damals hatte er geglaubt, sein Glück gefunden zu haben. Melena hatte Kinderbücher illustriert und war eine lebenslustige Frau, die immer unter Strom stand. Ihr Lachen fiel ihm ein und die laszive Art, mit der sie ihre dunklen Haare mit einem Handschlag aus ihrem Gesicht wischte. Mit ihr hätte er alt werden können, zumindest hatte er das damals gefühlt. Doch dann war alles anders gekommen. Sie war mit einem Literaturagenten durchgebrannt. Wenige Monate später war dann die Sache passiert, die ihn den Dienst quittieren ließ. Er verspürte keine Sehnsucht mehr an damals, nur ein wenig Neugierde. Vielleicht würde er Mels Namen mal googeln. Bohlan schaute auf die Uhr. Es war halb sieben, somit hatte er noch genügend Zeit, sich um den Lachs zu kümmern, den er als Hauptspeise für den heutigen Abend vorgesehen hatte. Barbara hatte sich für „zwischen acht und neun" angekündigt und Bohlan wollte sie mit einem kleinen Menü überraschen und als Nachtisch eine wundervolle Nacht mit ihr verbringen. Patricia Kaas war mittlerweile bei „Ganz und gar" angekommen. Sie sang Westernhagens Stück auf ihre ganz eigene Art und der französische Akzent, mit dem sie manche Zeilen mehr hauchte als sang, tat sein übriges. „Vielleicht können wir ja siegen mit einem Leben ohne Lügen." Eine schöne Illusion, dachte Bohlan. Er war zu oft belogen worden und selbst auch nicht immer ein Unschuldslamm gewesen. Ein Leben ohne Lügen, war das wirklich möglich? Er stellte sich vor einen Spiegel und betrachtete sein Gesicht. Oberflächlich machte es den Eindruck, wenige Veränderungen im Sturm der Zeit erfahren zu haben. Doch wenn man genauer hinsah, konnte man das gelebte Leben erkennen, das er geführt hatte. Er zeichnete die Fältchen um die Augen mit dem Finger nach und dachte an viele, lange Nächte, manches Glas und manche Frau. Dann ging er zurück in die Küche. Seine Gedanken drehten ab zu dem vermaledeiten Fall. Beinahe den ganzen Nachmittag hatten sie über Jäkels Akten gebrütet, ohne auch nur einen winzigen Anhaltspunkt oder ein Indiz dafür zu finden, was an dieser Festplatte so wertvoll sein könnte. Und Robert Neumann, der mittlerweile zum einzigen Strohhalm geworden war, war wie vom Erdboden verschluckt. Mehrfach hatte Bohlan auf seine Mailbox gesprochen. Er hatte eine SMS und eine E-Mail geschrieben, aber es folgte keine Reaktion. Hoffentlich ist ihm nicht auch etwas passiert, dachte der Kommissar.

Julia Will hatte eine halbe Stunde alleine im Präsidium gesessen und einigermaßen frustriert auf den Buttons der Akten herumgeklickt. Es war eine Mischung aus blindem Ehrgeiz und Verzweiflung, die in ihr aufkeimte, bis ein Piepsen sie aufschreckte. Sie griff nach ihrem Handy. Konstanze erinnerte sie an das Training heute Abend. Julia warf einen Blick auf ihre Uhr. Wenn sie sich jetzt aufmachte, konnte sie es noch rechtzeitig schaffen. Sie schwankte einen Moment zwischen bleiben und gehen, griff dann ihren Rucksack, raffte Handy und Notizbuch zusammen und machte sich auf den Weg Richtung U-Bahn-Station. Sie erreichte den Bahnsteig im selben Moment, zu dem die U1 einfuhr. Der Zug war nur halb gefüllt, sodass sie ohne Mühe einen Sitzplatz fand und sich erschöpft fallen ließ. Als die Bahn losfuhr, erschlaffte ihr Körper. Sie ließ den Blick aus dem Fenster gleiten und schaute abwesend auf die vorbeihuschenden Häuserblöcke. Ihre Augenlider wurden schwer und sie hatte einige Mühe, nicht einzuschlafen. Der Tag hatte sie komplett erledigt und somit wäre ein Abend des Abhängens zu Hause eigentlich das, wonach sie sich am meisten sehnte. Doch sie und Konstanze hatten sich versprochen, solche Durchhänger in keinem Fall zu dulden. Das Training durfte man nur bei absoluter Krankheit absagen. Fieber war toleriert oder ein gebrochener Fuß. Husten, Schnupfen oder Heiserkeit zählten nicht. Insoweit war es gut, dass keine Zeit mehr blieb, sich zu Hause auf das Sofa fallen zu lassen.

Als sie die Haltestelle Wiesenau erreicht hatte, stieg sie aus, lief die wenigen Meter nach Hause, tauschte Rucksack gegen Sporttasche aus und lief die Niederurseler Landstraße in Richtung Turnhalle. Bei Murat legte sie einen Zwischenstopp ein und aß einen Döner. Nicht gerade eine Meisterleistung so kurz vor Trainingsbeginn, doch sie hatte seit dem Mittag nichts gegessen. Besser einen Döner im Magen als einen Hungerast auf der Matte, dachte sich die Kommissarin und biss in das mit Fleisch gefüllte Fladenbrot. Das Training war hart und anstrengend. Alex schonte die Gruppe in keinem Moment. Schon nach dem Aufwärmprogramm war Julia fix und fertig und setzte sich beim Dehnungsprogramm zusammen mit Konstanze an den äußersten Mattenrand. Sie nutzten die Zeit, um flüsternd die neusten Neuigkeiten auszutauschen, wobei Konstanze mehr an privaten Geschichten als an Ermittlungsergebnissen interessiert war. Da Julia darüber aber nur sehr wenig bis gar nichts zu berichten wusste, lästerte Konstanze ein wenig über die anwesenden Herren und versuchte Julia sodann mit anzüglichen Bemerkungen über Alex aus der Reserve zu locken. Dafür erntete sie sowohl böse Blicke von Julia, der die ganze Geschichte zunehmend peinlich wurde, wie auch von Alex, der sich in seinen Trainingsanleitungen gestört fühlte.

Das sich anschließende Mattentraining absolvierte Julia eher im Schongang statt mit der ihr ansonsten nachgesagten Aggressivität. Mehr als einmal wurde sie von Gegnern niedergekämpft, die sie ansonsten im Schlaf besiegte, und landete das eine oder andere Mal unsanft auf den Matten.

„Ist wohl heute nicht dein Tag“, bemerkte Alex plötzlich, als Will wieder einmal zu Boden gegangen war. Er reichte ihr die Hand und zog sie auf die Beine.

„Ja, es gab schon bessere“, antwortete Julia betont lässig, konnte es aber nicht verhindern, dabei ein wenig zu erröten.

„Mach Schluss für heute, sonst verletzt du dich noch“, sagte Alex und machte ein leicht besorgtes Gesicht.

„Geht schon, bin ja nicht aus Zucker“, antwortete Julia mit einem trotzigen Tonfall.

„Na, wenn du meinst, aber es sind sowieso nur noch fünf Minuten und ich fände es echt schade, wenn du dich verletzt und dann eine Zeit ausfallen solltest." Alex lächelte und ging zum Nächsten weiter, um einige technische Anweisungen zu geben.

„Ist er nicht süß? Und wie er sich um dich sorgt", hauchte Konstanze Julia plötzlich ins Ohr, die einen knallroten Kopf bekam.

„Sei still", fauchte sie zurück, „sonst bekommt er es noch mit."

„Das wäre vielleicht nicht das Schlechteste. Vielleicht übernimmt er endlich die Initiative. Bis du in die Puschen kommst, schiebst du einen Rollator vor dir her."

Julia drehte sich blitzschnell um. Sie griff mit der rechten Hand in Konstanzes Nackenbereich und mit der linken Hand ihren rechten Ellenbogen. Die weiteren Bewegungen erfolgten so schnell, dass Konstanze, die total perplex war, nicht mehr reagieren konnte. Julia setzte ihren rechten Fuß, etwa in die Mitte von Konstanzes Füßen, und dann ihren linken vor Konstanzes linken Fuß. Beim Eindrehen musste Julia etwas in die Hocke gehen. Dann folgte die Wurfbewegung. Gleichzeitig streckte Julia ihre Beine durch und Konstanze donnerte auf die Matte. Julia klopfte sich selbst anerkennend in die Hände, drehte sich schnippisch um und holte ihre Trinkflasche aus der Sporttasche. Während des Aufräumens wechselte Julia mit Konstanze weder Blick noch Wort, sondern ging ihr geflissentlich aus dem Weg. Natürlich war dies keine Lösung, spätestens im Umkleideraum würden sie wieder miteinanderreden müssen, aber Julia fand, dass dies jetzt mal nötig gewesen war. Diese dauernden Sticheleien gingen ihr gehörig auf die Nerven, zumal sie genau Julias wunden Punkt trafen. Ihr ging es ja selbst gegen den Strich, dass sie immer so lange brauchte, um beziehungstechnisch etwas auf die Reihe zu bekommen. Und so fasste sie einen spontanen Entschluss.

„Du musst damit aufhören, unbedingt. Das bringt uns noch in Teufelsküche", sagte Dr. Lessing mit ernster Miene.

Die Frau, die ihm gegenübersaß, lächelte ihn an und schlug ihre langen Beine aufreizend langsam übereinander.

„Komm, hab dich nicht so, es bleibt genug für dich übrig."

Sie stand auf, lief um ihn herum und legte ihre Hand auf seine Schulter.

„Entspann dich. Wir haben nicht so viel Zeit."

Dr. Lessing schlug ihre Hand zur Seite und stand ruckartig auf.

„Lass das. Mir ist nicht danach."

Er lief durch das Zimmer, die Hände auf dem Rücken verschränkt.

„Dann eben nicht", sagte die Frau und raffte die Tasche zusammen. Als die Tür ins Schloss fiel, überkam Dr. Lessing das Gefühl, dass er soeben einen folgenschweren Fehler begannen hatte.

Alex Feth hatte eine kleine, aber schön geschnittene Zwei-Zimmererdgeschosswohnung in der Römerstadt, einem Frankfurter Stadtteil, der in den zwanziger Jahren des vorherigen Jahrhunderts von dem Architekten Ernst May geplant worden war. Sie war funktional und modern im Ikeastil eingerichtet. Julia Will stellte ihre Sporttasche ab und ließ sich von Alex aus dem Mantel helfen, der ihn anschließend an den Haken der Garderobe hängte. Gemeinsam betraten sie das Wohnzimmer. Julia Will ließ sich auf dem Sofa nieder, während Alex seinen iPod in die Docking-Station seiner Anlage stellte.

„Ein Glas Rotwein?", fragte Alex

„Sehr gerne", antworte Julia mit einem Lächeln.

„There are nine million bicycles in Beijing", sang Katie Melua, während Alex in der Küche verschwunden war, um den Wein nebst Gläsern zu holen. Julia Will betrachtete das Bücherregal und die Kandinskydrucke an der Wand und fühlte sich sofort wohl. Sie wähnte sich auf dem richtigen Weg und war mit sich und dem, was sie vorhatte, absolut im Reinen.

Eine halbe Stunde später waren die letzten Restzweifel beseitigt. Julia lag in Alex' Armen und vier Hände begannen den jeweils anderen Körper zu ergründen. Es war der Beginn einer leidenschaftlichen Nacht. Die Kommissarin genoss jede Sekunde ohne Reue und ließ sich von Alex' Liebhaberqualitäten zu für sie durchaus ungewohnten Praktiken hinreißen. Erst sehr viel später schliefen beide erschöpft und ausgelaugt ein.

Freitag

Tom Bohlan wartete über eine halbe Stunde auf Julia Will. Da er sie weder zu Hause noch auf ihrem Handy erreichen konnte, machte sich der Kommissar schließlich alleine auf den Weg zur Anwaltskanzlei Faust und Partner, die direkt am Sachsenhäuser Mainufer residierte. Es war eine durchaus ungewohnte Situation. Seit er mit Julia Will zusammenarbeitete, hatte es so einen Moment noch nicht gegeben. Bohlan kannte sie nur als gewissenhafte Kollegin, die ihn im Zweifelsfall über jeden ihrer Schritte unterrichtete. Er überlegte, ob er sich ernsthafte Sorgen über ihren Verbleib machen sollte, entschied dann aber, noch bis zum Mittag zu warten. Möglicherweise war sie einfach nur irgendwo versackt und würde wohlbehalten wieder auftauchen. Tatsächlich piepste sein Handy just in dem Moment, als er seinen Wagen auf dem Mandantenparkplatz abgestellt hatte. Will entschuldigte sich in der SMS tausendfach und gab als Grund ihrer Abwesenheit an, verschlafen zu haben. Das hielt Bohlan für ziemlich unwahrscheinlich, denn Will war als ausgesprochene Frühaufsteherin bekannt. Aber es gab durchaus Situationen im Leben, in denen man am Morgen das Bett nicht so zügig verlassen konnte, wie man es gewöhnlich tat, dachte der Kommissar. Bohlan steckte sein iPhone ein wenig nachdenklich in die Brusttasche seines Parkers und betrat das Gebäude. Er fuhr mit dem Aufzug in die dritte Etage und fand sich vor einer großen Glasfassade wieder, die Einblick in den Empfangsbereich der Kanzlei gab. Am Empfang saß eine junge Kanzleiangestellte, die ihn freundlich anlächelte und den Türöffner betätigte.

„Womit kann ich Ihnen behilflich sein?", fragte die junge Frau, die ein sexy Kostüm trug und ordentlich einparfümiert war.

„Mein Name ist Tom Bohlan, ich habe einen Termin mit Rechtsanwältin Faust."

„Einen Moment bitte", lächelte die Kanzleiangestellte, während ihre Finger über die Tastatur ihres Computers flogen. „Ah, hier. Kommissar Bohlan." Die Frau stand auf. „Bitte folgen Sie mir."

Sie führte Tom Bohlan zu einem Besprechungszimmer. Es war ein großer Raum mit weiß gestrichenen Wänden und einer Glasfront, die Aussicht auf den Main und die gegenüberliegende Skyline gewährte.

„Frau Faust wird in zehn Minuten bei Ihnen sein. Darf ich Ihnen in der Zwischenzeit einen Kaffee oder etwas anderes bringen?"

Bohlan nickte.

„Ein Kaffee wäre sehr freundlich."

„Mit Milch und Zucker?"

„Nein. Schwarz. Nicht geschüttelt und nicht gerührt."

Die Kanzleiangestellte kicherte kurz auf und verschwand. Bohlan hängte seinen Parka an den Kleiderständer, setzte sich an den Tisch, der aus ungeschliffenem dunklen Holz gefertigt war und starrte auf afrikanische Holzkunstwerke, die in den Ecken standen. Es ist immer wieder erstaunlich, wie viel Geld Anwälte in die Einrichtung ihrer Kanzleien investieren, dachte Bohlan und rechtfertigte dies damit, dass sie vermutlich auch die meiste Zeit ihres Lebens am Arbeitsplatz verbrachten. Nachdem die Anwaltsangestellte den Kaffee serviert und den Raum wieder verlassen hatte, nahm sich Bohlan die Ausgabe der Frankfurter Zeitung, die auf dem Tisch lag, und blätterte darin.

Miriam Faust erschien fünf Minuten später. Sie war eine auffallend schöne Erscheinung, etwa ein Meter siebzig groß, hatte kastanienfarbene Haare, grüne Augen und trug ein enges schwarzes Kostüm, kombiniert mit einer grünlichen Bluse, deren obere Knöpfe bis zum Ansatz ihrer Brüste offen waren. Der Duft ihres Parfums erfüllte sofort jeden Winkel des Raumes und Kommissar Bohlan fühlte sich im Bann einer eigenartigen erotischen Ausstrahlung. Faust reichte Bohlan die Hand und schaute ihm fest in die Augen.

„Kommissar Bohlan. Schön, Sie kennen zu lernen." Sie nahm Bohlan gegenüber Platz und schaute ihn fragend an. Der Kommissar war ein wenig verwirrt und suchte räuspernd einen Anfang.

„Entschuldigung ... Frau Faust." Bohlan kramte etwas umständlich sein Notizbuch aus der Tasche, blätterte darin, bevor er wieder die Anwältin anschaute, die lässig in ihrem Stuhl saß.

„Es geht um Ihre Beziehung zu Aaron Rosenbaum", begann er.

„Ich wüsste nicht, was das die Polizei angeht", lächelte Miriam Faust leicht amüsiert.

„Nun ja, da haben Sie natürlich Recht. Das geht mich selbstverständlich nichts an. Es ist nur so, dass ich in einem Mordfall ermittle und Michel Rosenbaum die eine oder andere Vermutung angestellt hat."

Miriam Faust lächelte erneut. „Hat er Ihnen auch seine Verschwörungstheorie aufgetischt, dass ich seine Mutter vergiftet haben soll? Das ist doch lächerlich."

„Das war auch ein Thema, ja."

„Herr Kommissar, ich bitte Sie. Es ist richtig, dass ich eine Beziehung zu Aaron Rosenbaum habe, die nicht nur geschäftlicher Natur ist. Aber das beruht auf Gegenseitigkeit und ist ja wohl auch nicht verboten. Das Schicksal von Frau Rosenbaum tut mir persönlich sehr leid. Sie war unheilbar krank. Ihr Tod ist natürlich für die Familie ein schwerer Verlust. Auch für Aaron übrigens, der sie sehr geliebt hat."

„Michel Rosenbaum hat auch den Verdacht geäußert, dass Sie sich das Familienvermögen unter den Nagel reißen wollen."

Miriam Faust lachte erneut.

„Ich habe keinen Einfluss darauf, was Aaron mit seinem Vermögen anstellt. Er kann damit tun und lassen, was er will. Ich lebe von meiner Arbeit als Anwältin und meine Kanzlei läuft blendend. Ich bin nicht auf Geschenke von Aaron angewiesen."

„Es ist aber doch zutreffend, dass Ihre Kanzlei erst richtig gut läuft, seitdem Sie die Anwältin von Aaron Rosenbaum sind, oder irre ich mich da?"

„Da gibt es schon eine gewisse Parallele. Aaron Rosenbaum ist einer meiner wichtigsten Mandanten. Ich habe sogar ein eigenes Arbeitszimmer in seiner Firma, wo ich mich einige Stunden am Tag aufhalte, um dringende Arbeiten direkt vor Ort zu erledigen. Aber schauen Sie. Ich betreibe die Kanzlei seit einigen Jahren. Natürlich läuft es am Anfang noch schleppend. Man muss sich seinen Mandantenstamm erst aufbauen. Zufälligerweise habe ich dann Aaron kennen gelernt und nach und nach mehr Aufträge von ihm bekommen. Er bezahlt mich aber für meine anwaltliche Arbeit. Dass wir dann auch eine private Beziehung begonnen haben, hat damit nichts zu tun. Im Übrigen will ich mich auch gar nicht in die Familie hineindrängen. Ich habe mit Aaron viel Spaß, aber das ist auch alles, wenn Sie verstehen, was ich meine."

Bohlan blätterte nickend in seinem Notizbuch, dann blickte er wieder hoch.

„Wissen Sie, Frau Faust, der Todesfall Rosenbaum ist nicht der Grund meiner Ermittlungen."

„Nein?", die Anwältin blickte Bohlan überrascht und verständnislos zugleich an.

„Kennen Sie einen Claudius Jäkel?"

„Jäkel? So auf der Stelle sagt mir das nichts." Faust machte ein nachdenkliches Gesicht. Nur für einen kurzen Augenblick glaubte Bohlan, eine aufgeschreckte Wachsamkeit in ihren Augen erkannt zu haben. „Haben Sie vielleicht ein Foto?"

Bohlan blätterte in seinem Notizbuch und schob ein Foto des Privatdetektivs über den Tisch. Faust nahm es auf und schaute einige Sekunden auf das Bild, bevor sie antwortete.

„Irgendwie kommt mir das Gesicht bekannt vor. Ich kann Ihnen aber nicht sagen, wo ich ihn schon einmal gesehen habe."

Sie schob das Foto mit einem leichten Augenaufschlag zurück über den Tisch. Als Bohlan es aufheben wollte, berührte sie seine Hand für einen kurzen Augenblick.

„Wenn mir noch etwas einfällt, werde ich mich bei Ihnen melden. Sie lassen doch sicher Ihre Nummer da."

Bohlan zog seine Hand schnell zurück. „Natürlich." Er steckte das Foto zurück in sein Notizbuch, kramte seine Karte aus der Tasche und legte sie auf den Tisch.

„Wollen Sie denn gar nicht wissen, was mit Claudius Jäkel passiert ist?"

Faust machte ein neugieriges Gesicht.

„Ich gehe davon aus, dass Sie es mir gleich verraten werden."

„Er wurde ermordet und nackt an der Decke seines Schlafzimmers aufgehängt."

„Wirklich? Ich dachte, so etwas passiert nur in Kriminalromanen."

„Manchmal werden Geschichten von der Wirklichkeit übertroffen. Bei der Gelegenheit: Was haben Sie am Wochenende gemacht?"

„Was soll diese Frage?"

„Reine Routine."

„Die meiste Zeit habe ich hier gearbeitet. Samstagabend war ich mit Aaron in der Oper."

Bohlan machte sich einige Notizen, bevor er aufstand und sich zum Gehen wandte. An der Tür drehte er sich noch einmal um.

„Wussten Sie eigentlich, dass Michel Rosenbaum Sie beschatten ließ?"

„Nein, bislang nicht."

„Claudius Jäkel war Privatdetektiv."

„Das ist ja unfassbar. Vielleicht kommt mir deshalb sein Gesicht bekannt vor. Vielleicht habe ich ihn unbewusst bemerkt."

„Ja, vielleicht. Denken Sie noch einmal über alles nach. Sie können mich jederzeit erreichen."

Tom Bohlan pfefferte seinen Parka über seinen Schreibtischstuhl und ließ sich mit einem unverständlichen Gebrabbel nieder. Julia Will, deren Gesicht einen ungewohnt übernächtigten Eindruck machte, schaute auf.

„Was ist los, Tom?"

„Ach nichts", er wischte sich mit der Hand übers Gesicht. „Ich hasse es nur, wenn ich für blöd verkauft werde und diese Anwältin hält mich für einen Volltrottel."

„Erzähl, wie war der Besuch bei Miriam Faust?"

„Nicht besonders aussagekräftig. Sie ist der Inbegriff jener Frauen, die mit einer überdimensionierten Portion Sexappeal ausgestattet sind und dies als Waffe einsetzen. Kein Wunder, dass der alte Rosenbaum auf sie abfährt. Ich möchte nicht wissen, mit wie vielen Männern sie schon geschlafen hat, um daraus ihre Vorteile zu ziehen."

„Hat Sie dich etwa angegraben?"

„Ich glaube, die baggert jeden an. Aber sie macht es auf eine sehr subtile und raffinierte Art. Es ist nicht einfach, sich ihr zu entziehen."

„Du scheinst es aber geschafft zu haben", bemerkte Will süffisant.

„Ja, gerade so." Bohlan lächelte spitzbübisch. „Gibt's bei dir was Neues?"

„Ich habe herausgefunden, an was für einer Geschichte Jäkel dran war. Und wenn das wirklich stimmt, was sich aus diesen Dateien ergibt", Will deutete auf ihren Rechner, „dann saß er mehr oder weniger auf einer tickenden Zeitbombe."

„Erzähl", entfuhr es Bohlan.

„Hol dir erst mal einen Kaffee, es wird länger dauern." Wills

Stimme klang ungewohnt düster. „Ich bin mir gar nicht sicher, ob wir das wirklich alles wissen wollen."

Bohlan blickte noch irritierter als zuvor. Was um Himmels willen hatte Will herausgefunden?

„Was hälst du davon, wenn wir in die Kantine gehen? Mein Magen knurrt."

„Das halte ich für keine gute Idee. Ich möchte dabei keine Zuhörer haben. Es ist zu brisant."

Nachdem der Kommissar gegangen war, saß Miriam Faust noch einige Minuten im Besprechungszimmer und schaute Gedanken verloren durch die großen bodentiefen Fenster auf den Main. Sie versuchte, sich über Tom Bohlan eine Meinung zu bilden, was ihr nicht so recht gelang. In jedem Fall war er keiner dieser Männer, die man auf Anhieb um den Finger wickeln konnte. Das hatte sie bereits nach den ersten Minuten des Gesprächs bemerkt. Letztlich war das aber auch nicht die entscheidende Frage. Mit Männern hatte sie in der letzten Zeit genug zu tun gehabt. Viel wichtiger war die Frage, ob Bohlan intelligent genug war, um ihr Spiel zu durchschauen. Und in dieser Hinsicht hegte sie nach dem ersten Gespräch die schlimmsten Befürchtungen. Dieser Kommissar machte auf sie einen klugen, hartnäckigen und – was am schlimmsten war – ziemlich unerschrockenen Eindruck. Was sie am allerwenigsten gebrauchen konnte, waren polizeiliche Ermittlungen in ihrem privaten Umfeld. Die Sache mit dem Privatdetektiv war schon ziemlich dumm gelaufen. Sie konnte sich noch heute in den Hintern beißen, dass sie sich mit ihm eingelassen hatte. Vielleicht wäre es seinerzeit besser gewesen, ihn nicht auffliegen zu lassen. Seine Schnüffeleien hatten sowieso nicht den professionellsten Eindruck gemacht. Dafür hatte er seine Rolle als gefälliges Spielzeug eine ganze Zeitlang gut gespielt. Schlussendlich hatte sie aber feststellen müssen, dass er doch nicht ganz so dämlich gewesen war, wie sie gedacht hatte. Schließlich hatte er sein Leben an der Decke seines Schlafzimmers beendet. Es war schon erstaunlich genug, dass sie nicht längst ins Fadenkreuz der Ermittlungen geraten war. Wenn die Polizei erst mal den Zusammenhang zu ihr herstellen würde, wären ihre Karten in dem Spiel nicht besonders gut. Noch dazu, wo sie jetzt auch diesen Neumann am Hals hatte. Sie stand auf, griff Bohlans Visitenkarte und verließ den Besprechungsraum.

Obwohl Tom Bohlan die Spannung kaum aushielt, holte er zunächst ein Tablett belegter Brötchen aus der Kantine. Als er zurück ins Kommissariat kam, waren auch Steininger und Steinbrecher wieder anwesend. Gut so, dachte Bohlan, dann sind sie gleich auf dem neusten Stand. Er selbst brannte vor Neugier. Eigentlich hätte er am liebsten das Mittagessen verschoben oder ganz ausfallen lassen. Doch die Vernunft sagte ihm, dass er bald viel Kraft benötigen würde. Und eigentlich war es vermutlich auch egal, ob er Wills Ergebnisse zehn Minuten früher oder später erfuhr. Bohlan stellte das Tablett in die Mitte des Besprechungstischs, nahm sich eines der Salami-Brötchen und setzte sich. Irgendjemand hatte ihm bereits eine Tasse Kaffee eingeschenkt.

„Dann lass mal hören, was sich so Brisantes auf der Festplatte befunden hat."

Julia Will trank einen Schluck Wasser, bevor sie sich einen Stapel Papier vornahm, der mit Post-its und gelben Strichen gespickt war. Sie räusperte sich.

„Bevor ich die Ergebnisse vortrage, möchte ich eines vorwegschicken: Was ich heute Morgen gelesen habe, beraubt mich sämtlicher Illusionen, die ich jemals über dieses Land gehabt habe. Dass auch in Deutschland manches schief läuft, habe ich schon lange vermutet. Aber das, was Claudius Jäkel in Erfahrungen bringen konnte, reicht aus, um den Glauben an Demokratie und Gerechtigkeit vollends ad acta zu legen. Wir halten Informationen in der Hand, die nur eine Schlussfolgerung zulassen: In diesem Land herrscht ein Maß an Korruption und Verfilzung, das es mit mancher lateinamerikanischen Bananenrepublik aufnehmen kann." Will blickte mit ernster Miene in die Runde und Bohlan rutschte ungeduldig auf seinem Stuhl hin und her. Julia Will setzte ihren Vortrag fort.

„Ausgangspunkt der ganzen Sache ist eine Gruppe Steuerfahnder, die im Frankfurter Finanzamt beschäftigt waren. Einer dieser Fahnder war Claudius Jäkel selbst. Auch Robert Neumann zählte übrigens dazu. Bis zu Beginn des Jahres 2001 galten sie als Vorzeigebeamte. Sie standen sogar in dem Ruf, unerschrocken gegen Steuerhinterzieher vorzugehen. Selbst vor den Vorstandsetagen der Großbanken machten sie keinen Halt. Kistenweise wurde Beweismaterial beschlagnahmt und in das Finanzamt geschleppt. Einige reiche Steuerhinterzieher wurden überführt und somit etliche Millionen D-Mark zusätzlicher Steuern in die öffentlichen Kassen gespült. Doch dann geschah etwas Merkwürdiges. Der Amtsleiter überreichte den Fahndern eine schriftliche Verfügung, nach der zukünftig ein steuerstrafrechtlicher Anfangsverdacht nur noch dann bestünde, wenn ein Transfervolumen von 500.000 Mark oder ein Einzeltransfer von 300.000 Mark vorliege. Zudem ergäbe sich bei Bankenfällen, denen ein Kapitaltransfer ins Ausland in den Jahren 1992 bis 1994 zugrunde lag, nicht zwingend ein Anfangsverdacht für strafrechtlich noch nicht verjährte Folgejahre. Die Fahnder empfanden das als große Ungeheuerlichkeit und wollten nicht mitmachen, zumal ein solches Vorgehen den Straftatbestand der Strafvereitelung im Amt erfüllen würde."

Will nahm einen Schluck Wasser. Bohlan schlug mit der Hand auf den Tisch. „Eine solche Anordnung ist ja auch ziemlich dämlich. Gelder, die ins Ausland gehen, werden niemals in großen Summen transferiert, sondern in kleinen Tranchen gestückelt."

„Eben", bemerkte Will. „Einer der Steuerfahnder, Holger Petermann, verfasste sofort einen Protestbrief. Normalerweise hatten seine Worte einiges Gewicht in der Behörde, doch dieses Mal reagierten die Vorgesetzten ungewöhnlich rigoros. Nur wenige Tage später wurde er in ein anderes Finanzamt versetzt. Als die Staatsanwaltschaft Frankfurt von der Verfügung erfuhr, protestierte sie und verbat sich jede Veränderung der Beweismittelerhebung. Auch diese Einwände blieben folgenlos. Wer oder was hinter den Aktionen steckte, konnten die Fahnder nicht in Erfahrung bringen. Als Grund für diese merkwürdige Anordnung wurde Personalnot genannt. Jäkel hielt das für vorgeschoben und vermutete, man wollte es sich aus Angst um den Finanzplatz Frankfurt nicht mit den Banken verscherzen. Zudem habe die Partei des hessischen Ministerpräsidenten mit illegalen Transfers nach Liechtenstein ihre eigenen Erfahrungen gemacht. Die Steuerfahnder gingen in die Offensive und forderten mehr statt weniger Personal. Doch der

Druck von oben wuchs. Plötzlich bekamen sie zunehmend schlechtere Beurteilungen. Kollegen warnten sie: „Lasst es gut sein, sonst machen sie euch fertig!" Tatsächlich wurde wenig später gegen einen der Fahnder ein Disziplinarverfahren mit der Begründung eingeleitet, er habe ein Formular unleserlich geschrieben und eine Telefonnummer nicht richtig notiert."

„Du machst Witze!", entfuhr es Steininger.

„Leider nicht. Und ob ihr es glaubt oder nicht: 2003 wurde er in die Großbetriebsprüfung versetzt, das Namensschild an seinem Büro entfernt und sein Zugang zur EDV gekappt."

„Das ist nicht dein Ernst", warf Bohlan ungläubig ein.

„Doch. Es ist mein voller Ernst. Du kannst es nachher selbst nachlesen. Und es kommt noch besser: Im Sommer 2003 trafen sich einige Dutzend Steuerfahnder in einem privat angemieteten Saal und sammelten Geld für einen Rechtsbeistand. Einige von ihnen verfassten danach ein Schreiben an den Ministerpräsidenten. Der Brief wurde von allen unterschrieben, aber nie abgeschickt."

„Warum denn das?", wieder war es Tom Bohlan, der seine Kollegin unterbrach.

„Nach einer Woche Bedenkzeit zog die Mehrheit der Fahnder ihre Unterschriften zurück."

„Und warum?", diesmal war es Steinbrecher, der die Frage stellte.

„Einer sagte, er habe Familie. Ein anderer gab an, er müsse noch sein Haus abbezahlen. Und so weiter und so fort. Vermutlich gab es richtig Druck von oben."

Will machte eine Pause und trank einen Schluck aus dem Wasserglas.

„Zum Jahreswechsel 2003/2004 wurde die Steuerfahndung Frankfurt V mit der Begründung aufgelöst, die gesamte Steuerfahndung in Hessen werde umstrukturiert. Tatsächlich erfolgte diese Maßnahme aber nur in Frankfurt. Alle dort tätigen Beamten wurden versetzt. Die Beamtem, die sich besonders kritisch geäußert hatten, kamen in die „Servicestelle Recht". Jäkel beschreibt diese als eine Art Geisterstelle ohne Computer, Akten und Chef. Nach Jäkels Sicht eine besonders perfide Art der psychologischen Kriegsführung. Andere verloren ihre Zeichnungsberechtigung und Zuständigkeitsbereiche. Sie wurden von Schreibtisch zu Schreibtisch geschickt und wie Praktikanten behandelt. Auf ihren Schreibtischen standen zwar Telefone, aber sie bekamen die Nummerncodes nicht, um sie zu bedienen. Andere saßen in der Konzernbetriebsprüfung und bearbeiteten Nullfälle. Das sind Tatbestände, bei denen von vornherein feststand, dass es nichts zu prüfen gab."

„Das ist ja wirklich unglaublich. Hat Jäkel denn für all dies tatsächlich Beweise?"

„Er hat jede Menge Papiere und Zeugenaussagen, die die Umstände bestätigen."

„Und warum ist über die ganze Sache nichts in der Öffentlichkeit bekannt geworden?"

„Ist es schon. Der nicht abgeschickte Brief an den Ministerpräsidenten wurde dem SPIEGEL zugespielt. Nachdem dieser und andere Medien über die Sache berichtet hatten, wurde im Landtag ein Untersuchungsausschuss gebildet. Spätestens ab diesem Zeitpunkt war auch der Ministerpräsident umfassend informiert. Es passierte jedoch nichts. Stattdessen gingen die Umtriebe in der Steuerbehörde weiter. Ein Steuerfahnder wurde in das Finanzministerium einbestellt. Ihm wurden neue berufliche Perspektiven eröffnet. Bei seiner anschließenden Aussage im Untersuchungsausschuss konnte er sich plötzlich an nichts mehr erinnern. Die Regierung hielt damit die Vorwürfe für ausgeräumt. Die Opposition gab ein Minderheitenvotum ab. Ein Großteil der Beamten habe bei ihren Aussagen den Eindruck vermittelt, unter massivem Druck gestanden zu haben. Jäkel selbst schreibt in seinem Bericht: „Der Ausschuss hat überhaupt nichts gebracht. Es wurde tatenlos zugesehen, wie ein ganzes Dutzend Beamter von ihrem Vorgesetzten gemobbt wurde".

„Was ist aus den Beamten geworden, die in die Sache involviert waren?"

Will trank erneut einen Schluck Wasser, bevor sie fortfuhr.

„Nun, ein großer Teil arbeitet weiter im Finanzamt. Manche von ihnen haben sogar merkwürdige Karrieresprünge hingelegt. Jäkel schildert den Fall eines Ex-Fahnders, der direkt in das Innenministerium wechseln konnte, nachdem er seine Aussagen im Untersuchungsausschuss abgeleistet hatte. Aber das nur am Rande. Wirklich tragisch sind die Fälle, in denen Fahnder krank wurden.

„Wie krank?“, fragte Steininger.

„Alles Mögliche: Leberwerte, die ins Unermessliche stiegen, Depressionen, unberechenbare Wutanfälle. Andere bewarben sich auf offene Stellen: Verfassungsschutz, Landesbehörden, Zoll, Amtsanwaltschaften. Aber ihre Bewerbungen blieben erfolglos. Auch hier passierten einige Merkwürdigkeiten. Bewerbungsunterlagen verschwanden auf dem Dienstweg oder wurden einfach nicht berücksichtigt. Jäkel vermutet, dass es interne Anweisungen gab. Er hat die Aussage einer Mitarbeiterin aus dem Personalamt des Finanzamtes.“ Will blätterte in den Unterlagen, bevor sie die Aussage vorlesen konnte: „Das hängt mit „der Sache“ zusammen. Mehr kann ich nicht sagen. Ich bin allein erziehende Mutter, ich will nicht selbst in Ungnade fallen.“

Will legte die Akte wieder zur Seite und schaute kurz auf ihren Notizzettel.

„Selbst namhafte Politiker sagten, dass es sich um Merkwürdigkeiten und Absonderlichkeiten handelt, die aufhorchen lassen.“

„Das will ich aber auch meinen. Die Abfolge von Kritik an einer Amtsverfügung, Versetzungen, Auflösung einer ganzen Abteilung, plötzliche Änderung der Ausschreibungen, das Verlorengehen von Bewerbungsunterlagen auf dem Dienstweg, der Verschleppung von Unterlagen für den Petitionsausschuss – all das ist doch ein bisschen viel des Zufalls“, meldete sich Steinbrecher zu Wort. „Wenn ihr mich fragt, stinkt da einiges gewaltig zum Himmel.“

„So sieht es aus“, sagte Will mit entschiedener Stimme. „Und die Merkwürdigkeiten hören nicht auf. Mitte 2006 wurden die Rädelsführer medizinisch begutachtet und zwar von einem Psychiater: Dr. Dieter Lessing.“

„Und?“, drängte Bohlan.

„Haltet euch fest: Es erfolgte die Versetzung in den Ruhestand wegen ...“, Will blätterte in den Unterlagen, „paranoid-querulatorischer Entwicklung“. Nach kurzem Schweigen fügte sie hinzu: „Ihr könnt das ja selbst in den Unterlagen nachlesen.“

„Lass mich raten, zu diesen Fahndern gehörten auch Jäkel und Neumann“, stellte Bohlan fest.

„Exakt. Die Begründungen sind fast gleichlautend.“

„Das ist unglaublich“, entfuhr es Tom Bohlan. Auch Steinbrecher und Steininger schüttelten fassungslos die Köpfe. „Und von all dem hat bislang keiner etwas bemerkt?“

„Ganz so war es natürlich nicht, aber vieles wurde einfach verdrängt. Ein Politiker der Opposition stellte zum Beispiel eine Anfrage im Landtag und wollte wissen, was eigentlich aus den 326 Kisten und 357 Ordnern mit Liechtensteiner Steuerakten geworden ist. Die Antwort des Finanzministers fiel simpel und lapidar aus. Alles sei abgearbeitet. Steuereinnahmen pro Fall: durchschnittlich 208 Euro. Jäkel konnte darüber nur lächeln und kommentierte das so: „Es ist doch nicht Omi Müller, die ihren Sparstrumpf nach Liechtenstein bringt. Das lohnt sich doch erst ab einer Million.“ Tatsächlich brachte der erste Liechtenstein-Prozess, der mit Hilfe der CD vom BND geführt wurde, eine Strafe von 7,5 Millionen und zwei Jahre auf Bewährung. Der Verurteilte war ein Kaufmann aus Bad Homburg.“

„Was wurde aber aus den Ex-Fahndern?“, wollte Steinbrecher wissen.

„Jäkel wurde Privatdetektiv, das wissen wir. Robert Neumann versucht sich als Autor. Der Dritte, der eng mit Neumann und Jäkel zusammengearbeitet hat, hat sich ins Ausland abgesetzt. Es gibt noch zwei weitere, die ebenfalls suspendiert worden sind. Der eine hilft ehrenamtlich beim Roten Kreuz, weil ihm sonst die Decke auf den Kopf fällt. Der andere arbeitet als Steuerberater. Er hat viele Anfragen von Klienten mit Liechtenstein-Fällen. Er kennt ja alle Tricks. Für die Zulassung zum Steuerberater musste er sich übrigens psychiatrisch begutachten lassen. Ergebnis: Er ist psychisch kerngesund.“

Will schien mit ihrem Vortrag zu Ende zu sein. Sie schob ihren Notizzettel leicht zur Seite und blickte ihre Kollegen an, die ihr fassungslos gegenübersaßen. Bohlan lehnte sich in den Sessel zurück und zündete sich eine Gauloises Blondes an. Es war die erste Zigarette seit fast zehn Jahren. Seine Kollegen kümmerten sich nicht darum, obwohl im Präsidium absolutes Rauchverbot herrschte. Steinbrecher und Steininger stierten Löcher in die Luft.

„Jetzt würde mich aber doch noch eines interessieren.“ Es war Bohlan, der die Stille unterbrach. Seine Stimme klang belegt und rau. „Wie hast du diese ganzen Dateien gefunden?“

„War eigentlich gar nicht so schwer. Ich habe die Datei des

ersten Jahres genommen. Wir hätten viel früher darauf kommen können. In diesem Jahr hatte Jäkel noch gar nicht als Detektiv gearbeitet. Neumann hätte das vermutlich sofort bemerkt."

Bohlan blickte seine Kollegin anerkennend an.

„Hast du eigentlich von ihm irgendetwas gehört?"

„Nein, er hat sich noch nicht gemeldet, was schon ziemlich ungewöhnlich ist. Vielleicht sollten wir auch dieser Sache einmal nachgehen."

Enrico Concalves verließ die kleine Espressobar in der Frankfurter Innenstadt beschwingten Schrittes. Er hatte mal wieder hervorragende Arbeit geleistet und sein Auftraggeber war mit ihm mehr als zufrieden gewesen. Nie im Leben hätte er mit einer solchen Summe gerechnet. Die nächsten zwei Jahre konnte er es mehr als ruhig angehen lassen. Die finanzielle Existenz seiner Familie war gesichert. Concalves würde den Tag mit einer letzten Besorgung für seinen Auftraggeber verbringen und dann ein für alle Mal zurück in seine Heimat fliegen. So hoffte er jedenfalls.

Bohlan und Will machten sich auf den langen Weg zur Berichterstattung an ihren Abteilungsleiter. Gerdings Büro lag am anderen Ende des Gebäudes, ein Stockwerk über dem Kommissariat. Die reine Laufstrecke betrug fast einen Kilometer. Bohlan verfluchte die Architekten des Präsidiums. Will schien das Gleiche zu denken.

„Tom, wir sollten uns Cityroller zulegen."

„Mit der Idee kommst du ein paar Jahre zu spät", antwortete Bohlan. „In der Zeit nach der Eröffnung des Präsidiums waren Cityroller und Inline-Skates hier gang und gäbe. Leider haben es einige mit der Raserei etwas übertrieben. Nachdem der fünfte Kollege bei einem Versuch, einen neuen Streckenrekord aufzustellen, an der gläsernen Eingangstür der Kantine zerschellte und für sechs Wochen dienstunfähig war, verbot der Präsident jegliches Verwenden von Fahrmitteln im Präsidium."

„Na ja, laufen hält fit", konterte Will. „Wir haben es auch gleich geschafft."

Sie erreichten Gerdings Büro, der bereits ungeduldig auf die beiden gewartet hatte.

„Was gibt' s denn so Brisantes, dass ihr freiwillig einen dringenden Termin haben wollt?", fragte Klaus Gerding mit leicht ironischem Tonfall. Sein gedrungener Körper, der zu Beginn des Gesprächs hinter dem Schreibtisch gethront hatte, sank während Wills Bericht merklich in sich zusammen, während sein Gesicht nach und nach eine aschfahle Färbung annahm. Er fuhr sich mit den Händen durch seine gelockten grauen Haare, die auf seinem Kopf wilderten wie Unkraut im Garten und stützte seinen Kopf schließlich auf ihnen ab. Es vergingen einige Minuten, nachdem Will mit ihrem Bericht geendet hatte, bis Gerding wieder hinter seinen Händen hervorlugte.

„Das ist in der Tat ein schöner Schlamassel, in den wir da hineingeraten sind", brachte Gerding halb murmelnd hervor. „Wie sollen wir mit dieser Situation bloß umgehen?"

Gerdings Blicke trafen fast Hilfe suchend Tom Bohlan, der sich vorkam, als sei er in einen schlechten Film geraten. Normalerweise wusste Gerding immer sofort, was zu tun war. So eingefallen und beinahe hilflos hatte er ihn noch nie erlebt.

„Eigentlich müsste ich sofort eine Meldung an das LKA machen. Vermutlich wärt ihr den Fall in fünf Minuten los."

„Und was hindert dich daran?"

„Wollt ihr den Fall los werden?", fragte Gerding zurück.

„Natürlich nicht", preschte Will nach vorne, ohne auch nur einen Moment darüber nachzudenken. „Oder, Tom, das siehst du doch auch so?" Will blickte zu ihrem Kollegen, der schweigend auf die Wand hinter Gerding starrte.

„Tom!"

„Wäre das nicht sogar die sauberste Lösung? Soll sich doch das LKA mit dem ganzen Morast herumschlagen."

„Das meinst du jetzt nicht im Ernst?" Wills Stimme nahm eine schrille Färbung an.

„Tom, schau mir in die Augen und sag das noch mal."

Bohlan schaute zu Will. Für einige Sekunden trafen sich ihre Blicke und sie versuchten gegenseitig die Gedanken des jeweils anderen zu ergründen.

„Nein, natürlich nicht. Ich will den Fall selbst aufklären, egal was da noch auf uns zukommt", sagte Bohlan schließlich.

„Gut, dann hätten wir das ja geklärt“, schaltete sich Gerding in den Dialog ein. „Wenn nur ein Bruchteil dessen, was Julia eben skizziert hat, mit der Lösung des Falls zu tun haben sollte, könnt ihr euch auf einiges gefasst machen. Da ihr euch sicher seid, dass ihr weitermachen wollt, werde ich keinerlei Meldung an das LKA machen.“

Bohlan schaute Gerding ungläubig an.

„Warum guckst du so misstrauisch?“, fragte Gerding, als er Bohlans Blick bemerkte.

„Warum willst du keine Meldung an das LKA machen?“

Gerding tippte mit der Oberseite seines Kugelschreibers auf die Tischplatte und dachte nach.

„Eigentlich wäre ich natürlich verpflichtet, eine sofortige Meldung abzuschicken. Aber was hätte das für Konsequenzen?“ Gerding blickte Bohlan fragend in die Augen.

„Wie du schon angedeutet hast, stünde das LKA hier auf der Matte und würde das Heft des Handelns in die Hand nehmen.“

„Richtig, Tom. Können wir das wirklich wollen? Überlegt doch mal. Würde der Fall dann wirklich aufgeklärt werden? Wäre es nicht eher wahrscheinlich, dass er neben den Akten der Steuerfahndung in irgendeinem dunklen Keller eingemottet wird?“

Bohlan starrte seinen Chef fassungslos an. Meinte Gerding das wirklich ernst? Bohlan brauchte nicht länger darüber zu grübeln, denn Gerding fuhr fort.

„Wenn es wirklich stimmt, was Jäkel da aufgeschrieben hat, dann muss es Weisungen von ganz oben gegeben haben. Entweder aus der höchsten Ebene der Finanzbehörde oder sogar aus dem Ministerium. Und wenn das der Fall sein sollte, dann würden auch die Beamten des LKA Anweisungen von oben erhalten.“

Bohlan schüttelte ungläubig den Kopf, doch je länger er Gerdings Gedankengänge verfolgte, desto klarer wurde ihm, dass sein Chef Recht hatte. Zu viele Informationen waren in den vergangenen Monaten über Mobbing, Vetternwirtschaft und Seilschaften im LKA an die Öffentlichkeit geraten. Vieles waren noch Vermutungen, aber die Tatsache, dass der oberste Chef der hessischen Polizei abgelöst worden war und die Chefin des LKA eine Strafanzeige wegen gerichtlicher Falschaussage an der Backe hatte, bestärkte Tom Bohlan darin, dass hier einiges im Argen lag.

„Tom, Julia, wir machen Folgendes: Wir gehen einmal davon aus, dass diese Steuergeschichte nichts mit Jäkels Tod zu tun hat. Das ist ja noch nicht einmal gelogen, denn für einen Zusammenhang habt ihr bislang keinerlei Beweise. Offiziell verfolgt ihr in erster Linie alle anderen Spuren und verschweigt diese Geschichte. Natürlich ermittelt ihr weiter wie bisher, nur bitte so diskret wie möglich."

Wills Mund stand offen vor Erstaunen. Ihr Blick wirkte irritiert. Unzählige Gedanken schossen ihr durch den Kopf. Sie hatte tausend Fragen auf den Lippen, brachte aber kein Wort heraus.

„Klaus, verrate mir noch eins", sagte Bohlan. „Warum gehst du diesen Weg? Wenn das rauskommt, dann stecken wir alle in ziemlichen Schwierigkeiten und du vorneweg."

Gerding schob sich ein wenig vom Tisch weg und lehnte sich nach hinten.

„Das will ich euch sagen. Ich finde es einfach zum Kotzen, was aus unserer Polizei geworden ist. Diese ganze Verfilzung und Großkotzigkeit der Führungsebene geht mir gehörig auf den Sender. Da spiele ich einfach nicht mehr mit. Wenn's klappt, wischen wir denen gehörig eins aus und wenn nicht ..." Gerding zuckte mit den Schultern „So what. Ich gehe eh bald in Rente. Was sollen die mir noch anhaben. Und was euch betrifft: Ich werde einen Vermerk machen, dass ihr mich über alles informiert habt. Ihr arbeitet auf meine Anweisung hin. So und jetzt macht euch raus."

„Hätte ich Gerding gar nicht zugetraut", presste Will leise heraus, als die beiden den Aufzug erreicht hatten.

Bohlan zuckte mit den Schultern. „Die Welt steckt voller Überraschungen. Aber im Ernst, Gerding ist ein harter Knochen. Ein Mann mit Ecken und Kanten und nicht immer leicht zu ertragen. Manchmal cholerisch aufbrausend und dann nicht immer gerecht. Aber er ist in keinster Weise korrupt. Gerding würde sich mit dem Ministerpräsidenten, wahrscheinlich auch mit Gott anlegen, wenn er merkt, dass etwas gravierend schief läuft. Und noch eines sollten wir nicht vergessen. Er hat einen gehörigen Prass auf die LKA-Chefin."

Die beiden stiegen in den Aufzug, fuhren eine Etage nach unten und liefen gemächlichen Schrittes zu ihrem Kommissariat.

„Und, sind wir den Fall los?", fragte Steinbrecher, nachdem Will die Tür geschlossen hatte.

„Jetzt geht es erst richtig los", sagte Bohlan und berichtete ausführlich von dem Gespräch mit Klaus Gerding.

„Gefällt mir sehr", raunte Steinbrecher, nachdem Bohlan geendet hatte. „Ich wollte schon immer einmal einen Fall bearbeiten, der für sehr viel Aufsehen sorgen wird und gleichzeitig die Korruption aufarbeitet, die in diesem Land herrscht."

„Nun mal langsam. Noch wissen wir doch überhaupt nicht, dass es tatsächlich einen Zusammenhang zwischen den Vorkommnissen im Finanzamt und dem Mord an Claudius Jäkel gibt."

„Ach ja?", sagte Steinbrecher mit leicht verächtlichem Unterton. „Natürlich haben wir keine harten Fakten. Aber ich fresse einen Besen, wenn es anders läuft. Die Geschichte stinkt zum Himmel. Es gibt da einen Zusammenhang und ich werde mich auf die Hinterbeine stellen, um das zu beweisen."

„Aber verrenn' dich dabei nicht. Wir müssen in alle denkbaren Richtungen ermitteln und zwar unvoreingenommen. Solange wir keine harten Fakten haben, müssen wir objektiv an die Sache herangehen." Bohlans Worte sollten ein Aufruf zur Neutralität sein, doch sie wirkten blass und wenig überzeugend. Bohlan wusste das. Er war ja selbst nicht von dem überzeugt, was er predigte. Es war mehr als nur eine Ahnung, die ihm sagte, dass Steinbrecher Recht hatte und dieser Gedanke erschütterte sein Inneres.

Sonntag

Es war ein großer Festsaal von unvergleichlicher Schönheit, der die Gesellschaft beherbergte. An den Wänden glitzerten Diamanten zwischen großen Spiegeln. Die Decke war mit Stuck verziert. Riesige, mit Edelsteinen besetzte Kronleuchter hingen herab und tauchten den Ort des Geschehens in ein verführerisches Halbdunkel. Kerzen brannten auf den Tischen, Flammen loderten in den Kaminen, die sich in den Ecken des Saals befanden. Die Gäste saßen an langen Tischen, die mit allen nur erdenklichen Köstlichkeiten beladen waren, räkelten sich auf den Sofas vor den Kaminen oder standen an der

Tanzfläche, die von halbnackten Tänzerinnen und Tänzern bevölkert war. Die Musik war laut und dröhnend, das Gelächter schrill. Champagner floss in Strömen. Es war eine äußerst illustre Gästerunde versammelt. Der Ministerpräsident betrank sich mit einer Reihe von Aufsichtsräten der führenden deutschen Großbanken. Der Polizeipräsident saß – Champagner schlürfend – mit einem Waffenlieferanten und einem Bodenspekulanten in der Ecke. Zwei Kardinäle, ein Glas in jeder Hand und behängt mit Goldketten, lachten mit einer Horde stadtbekannter Edelnutten. Die Milliardenschieber der Investmentbanken zogen sich mit ihren Steuerberatern grinsend Havannas rein und reichten ihre gemogelten Bilanzen an den Chef der Oberfinanzdirektion weiter, der am Nebentisch saß. Die Oberstaatsanwältin fummelte an einem weltbekannten deutschen Schauspieler herum.

Tom Bohlan stand gemeinsam mit Julia Will an der Eingangstür, beiden verschlug es fast die Sprache.

Als der Polizeipräsident sie erblickte, schnippte er mit den Fingern, woraufhin zehn uniformierte Männer erschienen und sich um die beiden Kommissare gruppierten. Die Musik erlosch, Stille kehrte ein. Der Polizeipräsident erhob seine Stimme.

„Seht her, da sind zwei Neuankömmlinge. Wollt ihr mit uns feiern?"

Bohlan ließ seinen Blick durch den Raum gleiten. Seine Knie zitterten ein wenig. Dann nahm er all seinen Mut zusammen und sprach mit fester Stimm: „Nein, die Party ist zu Ende. Wir sind nicht zum Feiern gekommen. Wir führen hier eine Razzia durch. Sie sind alle vorläufig festgenommen."

Der Klang seiner Stimme hallte in den hohen Gemäuern nach. Für den Bruchteil einer Sekunde entstand eine beinahe bedrohliche Stille. Kein Knistern aus dem Kamin, kein Lacher einer Nutte war zu hören. Selbst der Qualm, der aus den dicken Zigarren emporstieg, schien vor Spannung in der Luft stehen zu bleiben. Alle Blicke waren auf den Polizeipräsidenten gerichtet, dessen Gesicht wie in Stein gemeiselt schien, doch die Fassade bekam erste Risse und die Mundwinkel zogen sich nach oben.

„Jetzt haben Sie uns aber erschreckt, Herr Bohlan. Das war richtig gut." Der Polizeipräsident lächelte amüsiert.

„Schauen Sie sich hier einmal genau um. Sie glauben doch

nicht im Ernst, dass zwei kleine Kommissare mit zweifelhaftem Ruf hier auch nur eine Fliege verhaften werden." Dann brach der Polizeipräsident in schallendes Gelächter aus. „Ab in den Kerker." Die letzten Worte gingen im aufbrausenden Gelächter unter. Die Musik setzte wieder ein und die Party nahm ihren Fortgang, während die Uniformierten Bohlan und Will in Ketten legten und aus dem Saal führten. Sie wurden unsanft Richtung Kellerabgang getrieben, die Treppe nach unten gestoßen und dort mit Ketten an der kalten Steinmauer festgebunden.

Julia Will verbrachte den Abend bei Alex Feth. Sie ließen sich vom Thai-Bistro Essen liefern und machten sich danach auf zu einem kleinen Spaziergang durch die Niddaauen. Es war eine klare, wolkenlose Nacht. Die Sterne glitzerten und Julia Will fühlte sich wie im siebten Himmel. Auf dem Rückweg kehrten sie in einer kleinen Kneipe am Minigolfplatz ein, tranken ein Glas Wein und erzählten sich Geschichten aus ihrem Leben. Leicht angeheitert betraten sie gegen Mitternacht Alex' Wohnung und liebten sich ausgiebig. Alex schlief müde und erschöpft ein. Julia Will hingegen fand keine Ruhe. Sie stand mitten in der Nacht auf und schlich in Alex' Wohnzimmer, wo sie einige Minuten nachdenklich herumsaß, bis ihr einfiel, dass sie ihren Laptop dabei hatte. Sie packte ihn aus, machte sich einen Kaffee und verkroch sich auf dem Sofa unter einer wärmenden Decke. Den Laptop auf dem Schoß fing sie an, grübelnd zu arbeiten. Es war wie so häufig. Sie las tausend Mal dieselben Texte, dachte hundert Mal die gleichen Gedanken und mit einem Mal lichtete sich der Schleier vor ihren Augen und sie sah klarer als jemals zuvor die Fakten vor sich. Es war nicht die Lösung aller Fragen, aber ein kleines Puzzleteil, das sie zuvor achtlos zur Seite gelegt hatte. Auf der Suche nach einem fehlenden Glied in der Kette war sie tatsächlich fündig geworden.

Montag

Als die schwere Eisentür ins Schloss fiel, schreckte Bohlan hoch. Er schwitzte am ganzen Körper. Die Bettdecke war triefend nass, sein

Herz klopfte wie wild und in seinem Kopf hämmerte es, als sei ein Panzer hindurchgefahren. Verwirrt richtete sich der Kommissar auf und tastete nach dem Schalter seiner Leselampe. Als das Licht anging, stellte Bohlan fest, dass er sich nicht in einem finsteren Verlies befand, sondern in seinem Schlafzimmer auf dem alten Hausboot an der Wörthspitze. Sein Wecker zeigte vier Uhr morgens. Bohlan schob die Bettdecke zur Seite und schlürfte ins Bad. Er zog einen frischen Schlafanzug an und streifte seinen weißen Morgenmantel über. Nachdem er sich eine Tasse Kaffee gemacht hatte, setzte er sich wieder in sein Bett und schaltete den Fernseher ein. Geistesabwesend zappte er sich durch die Programme, ohne etwas wirklich Interessantes zu finden. Schließlich holte er sich Notizbuch und Bleistift und schrieb die bisherigen Ermittlungsergebnisse zusammen. Als er damit fertig war, zeigte der Wecker sechs Uhr. Bohlan fühlte sich wieder zurück im Leben. Er zog seine Laufkleidung an und begab sich auf seine übliche Strecke, die ihn entlang des Ufers der Nidda Richtung Frankfurt-Hausen führte. Die frische Luft, die sein Gehirn flutete, tat ihm gut. Die Müdigkeitskopfschmerzen verflogen im gleichen Maße, in dem er Kilometer zurücklegte. Gedanken kamen und gingen, ohne eine Richtung einzuschlagen oder einem Ziel entgegenzusteuern. Als er nach einer halben Stunde zu seinem Hausboot zurückkehrte, fühlte er sich frisch und erholt. Er brühte erneut einen Kaffee auf, duschte, während das Wasser verdampfend durch sein Sieb in der Espressokanne gedrückt wurde, und aß zum Frühstück ein halbes Baguette vom Vorabend, dick belegt mit gepfefferter Salami.

Bevor er ins Präsidium fuhr, rief er Barbara Weber an und versicherte seiner aus dem Schlaf gerissenen Freundin mehrfach, dass er noch am Leben und in Freiheit war.

Julia Will kam zeitgleich mit Bohlan im Kommissariat an und sah ziemlich übernächtigt aus.

„Tom, ich glaube, du hast mit deiner Vorahnung recht gehabt", platzte es aus ihr heraus, als sie an ihren Schreibtischen saßen. „Ich habe heute Nacht eine Verbindung zwischen unseren Fällen entdeckt."

Bohlan rieb sich über die Augen. „Schieß los."

„Dr. Dieter Lessing."

Bohlans schaute fragend. „Wer ist das?"

„Das ist der Psychiater, der die Steuerfahnder für arbeitsunfähig erklärt hat. Und er hat auch das Betreuungsgutachten in Sachen Rosenbaum geschrieben. Ist das nicht merkwürdig?"

Bohlan schaute nachdenklich.

„In der Tat ist es merkwürdig, wenn es auch noch nicht unbedingt eine direkte Verbindung zu Claudius Jäkel, beziehungsweise dessen Tod gibt."

„Das nicht, aber es ist doch schon auffällig, dass dieser Dr. Dieter Lessing sowohl im Umfeld des toten Privatdetektivs als auch der Familie Rosenbaum auftaucht. Zudem spielt er auch eine entscheidende Rolle bei der – nennen wir es mal – Suspendierung der Steuerfahnder."

„Rosenbaum junior hielt Lessings Gutachten im Betreuungsverfahren gegen seine Mutter für getürkt. Möglicherweise ist Dr. Lessing ein Spezialist für falsche Gutachten" sagte Bohlan süffisant.

„Könnte sein. Allerdings gehört er zu den anerkanntesten Psychiatern und Neurologen dieser Stadt."

„Das schützt ihn aber nicht vor Korruption", stellte Bohlan rigoros fest.

„Sollten wir Dr. Lessing einen Besuch abstatten?"

Bohlan überlegte einen Moment, bevor er antwortete: „Ich weiß nicht recht. Was für eine Begründung sollten wir ihm auftischen? Mit den Gutachten gegen die Fahnder haben wir nichts zu tun und mit Frau Rosenbaum eigentlich auch nicht."

„Du hast Unrecht, Tom, wir haben einen direkten Zusammenhang."

Bohlan blickte überrascht.

„Dr. Lessing hat doch seinerzeit Claudius Jäkel begutachtet und für arbeitsunfähig erklärt."

„Mensch, Julia, natürlich." Bohlan schlug sich mit der flachen Hand auf die Stirn. „Das ist der Ansatzpunkt, den wir brauchen. Das habe ich völlig übersehen."

Julia Will lächelte zufrieden und Bohlan war wieder einmal froh, dass er eine so akribische Arbeiterin an seiner Seite hatte.

„Trotzdem sollten wir uns heute erst einmal auf die Suche nach Robert Neumann machen. Er hat sich immer noch nicht bei mir gemeldet und scheint wie vom Erdboden verschluckt zu sein. Ich mache mir langsam ernsthaft Sorgen."

Eine gute Stunde später waren Steinbrecher und Steininger auf den aktuellen Stand gebracht und mit umfangreichen Recherchearbeiten beauftragt. Bohlan hatte die Fahrt nach Usingen damit zugebracht, Will seinen Traum in allen Facetten und mit durchaus dramatischem Gespür zu schildern. Will hatte ihm höchst gespannt zugehört und ihre Gedanken nach Bohlans Schilderung knapp zusammengefasst.

„Daraus solltest du einen Roman schreiben, aber erst, wenn wir das alles hier heil überstanden haben."

Usingen, früher einmal Residenz- und Kreisstadt mit einer über 1200-jährigen Historie, führte heute ein eher beschauliches Dasein. Bohlan bewunderte die zahlreichen Fachwerkhäuser und historischen Gebäude, die um die Laurentiuskirche gruppiert standen. Kindheitserinnerungen an zahlreiche Ausflüge an die Eschbacher Klippen keimten in ihm auf. Die dortige Felswand ist der sichtbare Teil eines etwa sechs Kilometer langen Quarzganges, der der Abtragung trotzen konnte und sich hervorragend zum Klettern eignet. Am Ortsende lag der kleine Hof, in dem Robert Neumann wohnte. Bohlan parkte den Opel Van vor dem Hoftor und stieg aus. Sein Blick glitt die Fachwerkfassade entlang, mit der Hand versuchte er zunächst das Gartentor und dann das Hoftor zu öffnen – vergeblich. Die Fenster waren geschlossen, alles wirkte ruhig. Ein wenig zu ruhig, wie Bohlan fand. Julia Will betätigte nach einiger Zeit den Klingelknopf. Es erfolgte keinerlei Reaktion. Bohlan wurde zusehends nervöser. Schließlich sprang er mit ausgestreckten Armen nach oben, krallte sich an der Oberkante des Hoftores fest und zog sich mit einem Klimmzug nach oben, so dass er einen Blick auf den Hof werfen konnte, der leer und verlassen wirkte.

„He, was machen Sie denn da!", tönte eine zugleich laute wie tiefe Stimme. Bohlan fuhr herum und sah einen dickbäuchigen Mann auf sich zukommen. Er trug eine Lederhose und ein Flanellhemd mit Karos. Seine langen, auf der Stirn etwas ausgedünnten Haare waren zu einem Pferdeschwanz gebunden. Bohlan ließ die Oberkante des Tores los und landete ein wenig unsanft auf den Füßen.

„Was Sie da vorhaben ist Hausfriedensbruch. Machen Sie sich weg, sonst rufe ich die Bullen." Der Mann hatte sich auf wenige Meter genähert.

„Das können Sie sich sparen. Die sind schon da." Julia Will sprang an Bohlan vorbei und hielt dem Mann ihren Dienstausweis unter die Nase.

„Oh, na dann", brabbelte der Mann ein wenig irritiert. „Entschuldigen Sie, aber man muss heutzutage doch höllisch aufpassen, sonst verschafft sich das Gesindel überall Einlass." Er kratzte sich an der Stirn. „Klettert die Polizei jetzt schon über Hoftore, oder was ist hier eigentlich los?"

„Nein, Herr ..." sagte Bohlan.

„Miesbauer", erwiderte der Mann.

„Gut, Herr Miesbauer, die Fragen stellen immer noch wir."

„Schon okay."

„Kennen Sie Robert Neumann?"

„Ja, das ist mein Nachbar, der wohnt hier."

„Wann haben Sie ihn zuletzt gesehen?"

Der Mann kratzte sich erneut an der Stirn. „Hm, das ist schon ein oder zwei Tage her. Genau kann ich Ihnen das aber nicht sagen. Ich führe schließlich kein Buch darüber, was meine Nachbarn tun oder lassen."

Bohlan überlegte kurz.

„Gibt es jemanden, der einen Schlüssel für Neumanns Haus hat?"

„Ja, ich." Der Mann grinste.

„Gut, dann holen Sie den jetzt mal schnell, wir schauen nach dem Rechten."

„Ich bin mir nicht ganz sicher, ob ich dazu berechtigt bin, einfach die Tür aufzuschließen und Sie ins Haus zu lassen."

„Jetzt hören Sie mal zu, Herr Miesbauer, wir haben den begründeten Verdacht, dass bei Ihrem Nachbarn etwas nicht in Ordnung ist. Es gibt jetzt zwei Möglichkeiten: entweder Sie kommen uns ein wenig entgegen oder wir beschaffen uns einen Durchsuchungsbeschluss und lassen das Anwesen zwangsweise öffnen."

„Okay, okay. Warten Sie, ich gehe fix die Schlüssel holen." Der

Mann drehte sich um, schlürfte zu seinem Haus und kam kurze Zeit später mit einem Schlüsselbund in der Hand zurück.

Bohlan spürte sofort, nachdem er den Hof betreten hatte, dass etwas nicht in Ordnung war. Er konnte keinen konkreten Grund für sein Gefühl benennen. Vielleicht lag es an den nicht heruntergelassenen Rolläden, vielleicht auch an den Blumen auf der Fensterbank, die ihre Blätter und Blüten ein wenig zu sehr hängen ließen. Möglicherweise war auch der kleine Ölfleck, der sich unter dem Motorrad gebildet hatte, das vor dem Hauseingang stand, der Grund für sein Empfinden. Vermutlich führten aber all diese einzelnen Wahrnehmungen in der Summe dazu, dass bei Bohlan alle Alarmglocken schrillten.

Als sie das Haus erreicht hatten, steckte Miesbauer den Schlüssel ins Schloss und öffnete die nicht abgeschlossene Tür. Bohlan schob seinen Arm vor Miesbauer und zwängte sich an ihm vorbei.

„Sie bleiben erst mal draußen und warten."

Miesbauer, der ein aufregendes Abenteuer witterte, machte ein säuerliches Gesicht. Will tatschte ihm auf die Schulter.

„Sie stehen hier Schmiere und passen auf, dass niemand das Haus betritt." In ihrer Stimme lag etwas Verschwörerisches. Dann huschte sie an ihm vorbei und folgte Bohlan in das Haus.

Es war ein kleines altes, aber liebevoll restauriertes Bauernhäuschen. Bohlan wusste aus Neumanns Erzählungen, dass er mehrere Jahre in die Restauration investiert hatte. Er hatte ganze Arbeit geleistet und die traditionelle Bauweise mit Naturmaterialien wie Holz und Lehm angewandt. Die Einrichtung hingegen war spärlich und modern und setzte einen perfekten Kontrapunkt. Im Erdgeschoss befanden sich ein Wohnzimmer, ein Esszimmer und eine Küche. Alles war sauber und aufgeräumt. Die beiden Kommissare gelangten über eine Holztreppe in den ersten Stock. Hier hatte Neumann ein Schlaf- und ein Arbeitszimmer. Als Bohlan das Arbeitszimmer betrat, schaute er in einen Hort der Verwüstung. Bücher und Akten waren aus den Regalen geräumt und auf den Boden geworfen worden. Unzählige Papiere lagen auf Schreibtisch und Boden verteilt. Die Kabel für Telefon und Internet hingen herrenlos aus der Wand. Die Geräte selbst waren verschwunden. Bohlan und Will warfen noch einen Blick in das Schlafzimmer und Bad. Beides war aufgeräumt. Will öffnete die Schränke im Schlafzimmer. Sie waren gefüllt, leere Koffer lagen auf dem Schrank.

„Lass uns noch auf den Dachboden und in den Keller schauen", raunte Bohlan und öffnete die Luke zum Dachboden mit einer Stange, die er im Schlafzimmer fand. Er zog die Leiter aus und stieg einige Stufen nach oben. Ein kurzer Blick genügte ihm, um zu wissen, dass er dort nichts finden würde, was ihm weiterhelfen konnte. Der Dachboden war, abgesehen von ein paar Dachlatten, die in der hinteren Ecke lagen, leer und verstaubt.

Die beiden machten sich, nachdem Bohlan die Luke wieder ordnungsgemäß verschlossen hatte, auf den Weg ins Erdgeschoss und dann weiter in den Keller, der niedrig und feucht war und ziemlich modrig roch. Abgesehen von einem alten, verrosteten Fahrrad und einem Regal mit leeren Einmachgläsern, war der Keller leer. Die beiden Kommissare gingen wieder nach oben und verließen das Haus. Miesbauer sah sie mit einem Gesichtsausdruck, der irgendwo zwischen angsterfüllt und neugierig lag, an.

„Das Haus ist verlassen und leer, wenn Sie das beruhigt", sagte Will.

Der Nachbar wirkte erleichtert. „Also keine Leiche? Ich habe schon mit dem Schlimmsten gerechnet."

„Nein, keine Leiche", antwortete Bohlan. „Aber ich weiß nicht, ob das wirklich beruhigend ist."

Miesbauer sah ihn fragend an.

„Von Robert Neumann fehlt jede Spur. Das Haus ist in einem ordentlichen Zustand, nur sein Arbeitszimmer ist total verwüstet. Es scheint so, als habe da jemand nach etwas Bestimmtem gesucht. Ist Ihnen in den vergangenen Tagen irgendetwas aufgefallen?"

Miesbauer kratzte sich an der Stirn und dachte angestrengt nach, während Will ihren Blick über den Hof schweifen ließ.

„Nein, mir fällt nichts ein."

„Was ist denn in den anderen Gebäuden?", fragte Will.

Miesbauer drehte sich um.

„Nicht viel. Da drin ist Neumanns Auto", Miesbauer deutete auf ein Gebäude, das nach Scheune aussah. „Nebenan sind Gartenmöbel und Werkzeug."

Will, die zum Scheunentor gegangen war, rüttelte daran. Es war verschlossen.

„Haben Sie dafür auch einen Schlüssel?“, wollte Bohlan wissen.

„Nein, die Schlüssel hängen normalerweise an dem Schlüsselbrett im Flur.“

Bohlan machte auf der Stelle kehrt und ging in das Haus zurück. Das Schlüsselbrett jedoch war leer. Bohlan ging wieder nach draußen. Will klapperte sämtliche Türen und Fenster der Scheune ab, ohne Einlass zu finden. Miesbauer stand ein wenig orientierungslos auf dem Hof.

„Die Schlüssel sind weg“, sagte Bohlan.

„Hier ist alles verschlossen“, antwortete Will und kam zurück in die Mitte des Hofes.

Die Kommissare sahen sich fragend an.

„Aufbrechen?“, fragte Will.

„Aufbrechen“, sagte Bohlan.

Will kehrte zur Scheune zurück und hob einen Pflasterstein auf, der vor der Scheune lag.

„Halt, warte“, schrie Bohlan. Der Kommissar deutete auf einen silbrig glitzernden Gegenstand, in einem Blumenbeet vor der Scheune. Will drehte sich um und ließ den Pflasterstein wieder fallen.

„Was ist?“

„Sieh mal da im Beet, unter der Stockrose“, Bohlan deutete auf den Gegenstand. Will lief zielstrebig darauf zu und hielt kurze Zeit später einen Schlüsselbund in der Hand.

„Du hast echt Adleraugen, Tom.“

„Probier ihn aus, vielleicht haben wir Glück.“

Will lief zurück zum Scheunentor und steckte den größeren der beiden Schlüssel ins Schloss. Zuerst ließ er sich nicht drehen, doch die Kommissarin folgte einem Instinkt und drückte mit der Schulter gegen die Tür. Nun bewegte sich der Schlüssel und das Tor sprang auf.

„Passt.“

Bohlan, der die ganze Zeit seine Kollegin reglos beobachtet hatte, ging nun ebenfalls zum Scheunentor, das ein wenig knarrend aufging. Will setzte einen Schritt über die Schwelle, Bohlan folgte ihr dicht gedrängt. Nur Miesbauer blieb in der Mitte des Hofes stehen. Zwar hatte die Polizei ihm nicht erneut Anweisung zum Draußenbleiben gegeben, doch hielt er es für besser, erst einmal abzuwarten.

In der Scheune standen ein alter schwarzer Kombi der Marke Volvo, ein klappriges Fahrrad und ansonsten allerlei Gerümpel. Rechterhand führte eine schmale Leiter auf den Scheunenboden, der von unten betrachtet nicht besonders aufregend aussah. Bohlan beschloss, erst einmal alle Winkel des Erdgeschosses zu inspizieren, bevor er sich auf die alte, ein wenig klapprig wirkende Leiter traute. Die Kommissare liefen um das Auto herum, ohne auf etwas Verdächtiges zu stoßen. Zweifelsohne würde die Spurensicherung wenig Freude mit dem ganzen Plunder hier haben, dachte Bohlan, als er den Volvo umrundet hatte. Will, die vor ihm gelaufen war, stand nun vor einer Tür, die wohl in einen kleinen Abstellraum führte. Sie war aus Metall und verschlossen. Will nahm den Schlüsselbund und steckte den zweiten Schlüssel ins Schloss. Die Tür ließ sich mühelos nach außen öffnen. Der Raum enthielt nichts, außer braunen Kartonkisten, die bis zur Decke gestapelt waren und einen schmalen Tisch davor, auf dem ebenfalls eine Kiste stand. Bohlan zwängte sich an Will vorbei und schaute in eine der Kisten. Sie enthielt eingeschweißte Bücher, die Peter Neumann als Autor aufwiesen. Bohlan entnahm eins der Exemplare und las den Klappentext. Schweigend reichte er es an seine Kollegin weiter. Sie verließen den Abstellraum wieder und wandten sich der klapprigen Leiter zu. Während Bohlan sie absicherte, kletterte Will Stufe um Stufe nach oben. Die eine oder andere Sprosse knarrte verdächtig morsch, hielt Wills Gewicht aber stand.

„Hier oben liegen ein paar verrostete Metallteile, sehen nach ehemaligem Bauernhandwerkszeug aus. Sonst nichts“, rief Will und kletterte wieder hinunter.

„Ist Ihnen wirklich nichts Verdächtiges aufgefallen?“, fragte Bohlan und trank einen Schluck Kaffee. Sie saßen in Miesbauers Küche zusammen. Will hatte sich einige Notizen gemacht, während Miesbauer den Kaffee zubereitet und über die vergangenen Tage nachgedacht hatte.

„Nein, wirklich nicht. Und eigentlich entgeht mir hier nichts.“

„Was machen Sie denn beruflich?"

„Ich betreibe einige Internet-Portale und bin eigentlich den ganzen Tag über zu Hause." Miesbauer schenkte sich einen Kaffee nach. Bohlan nickte.

„Wann haben Sie Neumann zuletzt gesehen?"

„Lassen Sie mich nachdenken. Ich führe natürlich kein Buch über meine Nachbarn. Vor ein paar Tagen ist er abends noch einmal wegfahren. Das war schon sehr ungewöhnlich, da er sehr zurückgezogen lebt und die meiste Zeit damit zubringt, an seinen Büchern zu schreiben. "

„Das muss der Abend gewesen sein, als er sich mit mir getroffen hat", warf Bohlan ein. „Und danach?"

„Warten Sie, am nächsten Tag haben wir uns um die Mittagszeit auf der Straße unterhalten. Das war, glaube ich, das letzte Mal, dass wir uns gesehen haben."

„Was hat Neumann auf Sie für einen Eindruck gemacht?"

Miesbauer dachte kurz nach.

„Einen ganz normalen. Mir ist jedenfalls nichts Außergewöhnliches aufgefallen. Was meinen Sie denn, was mit Neumann passiert ist?"

„Dazu können wir nur Vermutungen anstellen. Ich versuche ihn seit ein paar Tagen zu erreichen, aber sein Handy ist ausgeschaltet. Es geht nur die Mailbox dran." Bohlan trank seinen Kaffee aus.

„Hatte er vielleicht vor, zu verreisen?"

„Das kann ich mir nicht vorstellen. Gesagt hat er jedenfalls nichts. Außerdem war er erst vor Kurzem beim Skifahren. Neumann verreist nicht so viel. Er wollte sein neues Buch fertig schreiben."

Bohlan schaute zu Will, die genauso ratlos blickte, wie er sich fühlte. Sie waren nicht wirklich einen Schritt weitergekommen, eher im Gegenteil. Das Rätsel um Neumanns Verschwinden war undurchsichtiger als jemals zuvor. Bohlan kramte seine Karte aus der Jackentasche und schob sie über den Tisch zu Miesbauer.

„Wenn Ihnen noch etwas einfallen sollte oder sich hier etwas ereignet, rufen Sie mich bitte umgehend an." Bohlan holte sich die Karte noch einmal zurück und schrieb mit Kugelschreiber seine

Handynummer auf die Rückseite. „Sie können mich jederzeit erreichen. Es ist äußerst wichtig."

Miesbauer nahm die Karte und stierte gedankenverloren auf sie.

„Ach so, wenn Sie mir bitte Ihren Schlüssel geben könnten, ich werde einige Kollegen vorbeischicken, die sich noch einmal auf Neumanns Gelände umsehen."

Als sie wieder im Wagen saßen, ließ Tom Bohlan seinen Blick über die beschauliche Straße wandern. Ein sehr idyllisches Örtchen, dachte er. Zwar konnte er sich nicht vorstellen, hier zu wohnen, aber wenn man die Ruhe und die Abgeschiedenheit liebt, dann war das hier genau das Richtige. Vermutlich hatte sich Neumann diesen Wohnsitz bewusst ausgesucht, um in aller Ruhe schreiben zu können. Was zum Teufel war hier vorgefallen? Wo steckte Robert Neumann? Die ganze Geschichte erschien Bohlan äußerst zwielichtig. Noch vor wenigen Tagen hatte er mit Neumann in der Balalaika zusammengesessen. Er hatte ihm ganz entscheidende Puzzlestücke serviert. Nichts hatte den Anschein erweckt, dass er in den nächsten Tagen mir nichts dir nichts von der Bildfläche verschwinden würde. Im Gegenteil. Neumann schien genauso gespannt auf den Inhalt des Schließfaches gewesen zu sein wie Bohlan selbst. Ein ungutes Gefühl beschlich den Kommissar.

„Was denkst du?" Die Frage seiner Kollegin riss den Kommissar aus seinen Gedanken.

„Ich weiß nicht. Irgendetwas ist hier passiert und ich fürchte, dass es nichts Gutes war", antwortete Bohlan und schloss die Augen. Will nickte und schaute ihren Kollegen an.

„Neumann ist nicht aus freien Stücken heraus verschwunden", platzte es aus Will heraus. „Er wurde entführt."

Bohlans Kopf schoss herum. Sein Blick traf Will. Er schaute in ihre braunen Rehaugen. Er wollte etwas erwidern, doch Will kam ihm zuvor. Ihre Stimme war laut und energisch, fast so als müsse sie Bohlan von ihrer Sicht der Dinge überzeugen.

„Tom, überleg doch mal: Das verwüstete Arbeitszimmer, die herausgerissenen Kabel. Der Schlüssel im Blumenbeet. Neumann ist seit Tagen ohne ein Lebenszeichen verschwunden. Die Sache ist doch klar wie Kloßbrühe."

„Sicher, Julia, aber für das Verschwinden kann es doch auch andere Gründe geben."

„Welche, Tom? Nenn mir einen vernünftigen."

„Vielleicht wollte er einfach in Ruhe an seinem Buch schreiben. Vielleicht hatte er Angst, dass ihn die Vergangenheit einholt, vielleicht wollte er einfach abtauchen. Was weiß denn ich. Es kann tausend Gründe geben."

„Tom, mach dir nichts vor. Alle seine Fahrzeuge stehen auf dem Hof, er wird doch wohl kaum zu Fuß abgehauen sein."

Bohlan stieß hörbar aufgestaute Luft hinaus. „Es gibt auch Taxis – zum Beispiel." Bohlans Hand schlug auf das Lenkrad. „Verdammt, Julia, ich fürchte das Gleiche wie du, aber ich will, dass das nicht wahr ist."

Er steckte mechanisch den Schlüssel in das Zündschloss und startete den Wagen. Bohlan hatte Mühe, sich auf die Straße zu konzentrieren. Immer wieder drehten seine Gedanken ab. Zu groß waren die Sorgen, die er sich machte. War er zu unvorsichtig gewesen? Hätte er Neumann schützen oder warnen können? Bohlan machte sich Vorwürfe. Wäre es nicht vielleicht doch besser gewesen, den Fall abzugeben? Wer weiß, in was sie da noch hineingeraten würden. Auch Julia Will machte sich Sorgen. Sie versuchte für einen Moment abzuschalten und rief sich die Bilder des gestrigen Abends in Erinnerung. Sie fühlte Alex' Körper, die Wärme, die er ausstrahlte, und die Geborgenheit, die er ihr gab. Es waren zwar erst wenige Tage, die sie mit Alex zusammen war, aber es war ein wundervolles Gefühl. Es fühlte sich gut an und so, als würde alles zusammenpassen. Sie schloss die Augen und gab sich ihren Gefühlen hin. Bohlan schaltete das Radio ein. Ein nullachtfünfzehn Song aus den aktuellen Charts ertönte. Stampfender Beat, eingängige Melodie, vier Akkorde, tausendmal gehört, wieder einmal neu zusammengesetzt. Einfach zum Weghören, dachte Bohlan, den Blick auf die Landstraße gerichtet, die sich durch den Taunus schlängelte. Hätte er einen Blick in den Rückspiegel riskiert, wäre ihm vielleicht die schwarze Limousine aufgefallen, die ihnen folgte, seit sie Usingen verlassen hatten.

Dr. Lessings Praxis lag in der Hanauer Landstraße, nur wenige Meter vom Frankfurter Zoo entfernt. Die schnieke Altbauwohnung mit

Echtholzparkett und hohen weißen Wänden war stilvoll eingerichtet. Gekonnt in Szene gesetzte Antiquitäten bestimmten das Bild. An ausgewählten Stellen standen Kunstgegenstände in Form von Skulpturen. Ein entspannender Kräuterduft lag in der Luft. Dr. Lessing, der seine Praxis seit einigen Jahrzehnten mit wechselnden Partnern betrieb, war eine angesehene Persönlichkeit. In der Highsociety der Stadt geachtet, als Kunstsammler geschätzt und als Arzt eine Kapazität. Neben seinen lukrativen Privatpatienten beauftragte ihn vor allem die Justiz immer wieder mit Gutachten. In Strafprozessen wurde er häufig als Gutachter zur Frage der Schuldfähigkeit bestellt. Dr. Lessing war ein Mann, dessen Alter nicht seinem Erscheinungsbild entsprach. Ohne weiteres hätte er als Anfang fünfzig durchgehen können, obwohl er längst ein Jahrzehnt älter war. Er war groß und von schlanker Gestalt, hatte volles braunes Haar und gebräunte Haut. Wie meist trug er Jeans und Hemd, die oberen zwei Knöpfe offen. Er saß mit einer Mischung aus Lässigkeit und Vorsicht hinter seinem Schreibtisch aus dunklem Holz, den Rücken nach hinten gelehnt, die Beine übereinandergeschlagen und musterte Bohlan und Will.

„Sie wollen also etwas über einen meiner Mandaten wissen", stellte Dr. Lessing fest. Seine Stimme war dunkel und ruhig. „Ich muss Sie aber nicht darüber aufklären, dass ich der ärztlichen Schweigepflicht unterliege."

„Selbstverständlich, das ist uns bekannt", entgegnete Bohlan. „Trotzdem möchten wir Sie um Ihre Mithilfe bitten."

„Nun, um wen geht es denn?" Dr. Lessing lächelte herablassend.

„Claudius Jäkel."

Dr. Lessing blieb ruhig und lächelte weiter, obgleich Bohlan eine gewisse Vorsicht in seinem Blick zu erkennen glaubte.

„Claudius, wer?", fragte Lessing nach einiger Zeit.

„Claudius Jäkel. Sie haben vor einigen Jahren ein Gutachten über ihn verfasst."

Lessing legte seine Stirn in Falten. Bohlan fixierte ihn.

„Das kann sein, ich werde sehr oft mit Gutachten beauftragt", antwortete Lessing. Bohlan kam sich zunehmend nicht ernstgenommen vor. Zweifelsohne war ihm bekannt, dass Dr. Lessing permanent Gutachten für Gott und die Welt erstellte. Dass er sich aber an das Gutachten von Claudius Jäkel nicht erinnern konnte, erschien ihm höchst unglaubwürdig. Wozu also das ganze Kasperltheater. Trotzdem versuchte er gelassen zu bleiben. Lessing wollte auf die Sprünge geholfen bekommen, na gut, dachte Bohlan. Soll er haben.

„Der Fall war schon eher brisant. Jäkel war Steuerfahnder."

„Ach ja, warum sagen Sie das nicht gleich. Die Geschichte in der Finanzbehörde. Die sorgte damals für ein wenig öffentlichen Wirbel. Ja, ich erinnere mich."

„Ein wenig Wirbel ist gut", entgegnete Bohlan. „Immerhin gab es sogar einen parlamentarischen Untersuchungsausschuss."

Lessing faltete die Hände zusammen und blickt für einen Moment an die Decke.

„Ich will mich eigentlich nicht zu politischen Dingen äußern. Aber ist es nicht immer das gleiche Spiel? Die Opposition wittert eine Chance, die Regierung bloßzustellen und schwups gibt es einen Untersuchungsausschuss. So funktioniert die Politik. Aber deswegen werden Sie nicht hier sein. Was ist mit Jäkel?"

„Er ist tot."

Für einen Moment herrschte Schweigen im Raum. Das Lächeln wich aus Lessings Gesicht.

„Das tut mir natürlich sehr leid." Lessing blickte von Bohlan zu Will und wieder zurück. „Ich gehe einmal davon aus, dass er keines natürlichen Todes gestorben ist."

„Sie ziehen durchaus die richtigen Schlussfolgerungen", entgegnete Bohlan mit einem Pokerface. „Wir gehen davon aus, dass er ermordet wurde."

„Und wie kann ich Ihnen diesbezüglich weiterhelfen?"

„Wir sind auf der Suche nach einem geeigneten Mordmotiv und sind auf diesen merkwürdigen Sachverhalt in der Steuerbehörde gestoßen und auf die Tatsache, dass Sie damals ein psychiatrisches Gutachten erstellt haben. Möglicherweise könnten Sie uns ein paar Einblicke in Jäkels Gedankenwelt geben."

Dr. Lessing lehnte sich zurück und drehte dabei seinen Stuhl ein wenig zur Seite. Er dachte kurz nach, bevor er antwortete.

„Lassen Sie mich überlegen. Wenn ich mich recht erinnere, ging es damals um die Frage seiner Berufsunfähigkeit. Diese habe ich aufgrund von Depressionen bejaht. Wegen des genauen Befundes müsste ich mir natürlich das Gutachten aus den Akten ziehen. Die Details sind mir momentan nicht mehr so präsent."

„Verstehe", murmelte Bohlan. „Wissen Sie, uns verwundert es etwas, dass Herr Jäkel für berufsunfähig erklärt wurde und sich nur wenig später selbstständig macht."

Dr. Lessing lächelte etwas abfällig. „Selbstständig kann sich doch jeder mit irgendetwas machen."

„Er arbeitete als Privatdetektiv."

„Na, das passt ja", entfuhr es Dr. Lessing.

„Wie meinen Sie das?", hakte Bohlan nach.

„Wenn ich mich recht erinnere, hatte er eine starke Affinität zu Verschwörungstheorien und ähnlichem."

„Ich dachte, Sie können sich an die Einzelheiten nicht mehr so genau erinnern", sagte Bohlan ein wenig zu spitz. Dr. Lessing sah ihn ernst an.

„So langsam kommen ein paar Erinnerungen hoch. Jäkel war depressiv und von Verfolgungswahn befallen. Deshalb war er für die Tätigkeit als Steuerfahnder nicht mehr einsetzbar."

„Oder nicht mehr tragbar."

„Wie meinen Sie das?"

„War er nicht einfach ein bisschen zu unbequem? Stellte zu viele Fragen, trat zu vielen Leuten auf die Füße?"

„Über die innerbehördlichen Vorgänge kann ich nichts sagen. Ich habe lediglich das Gutachten erstellt." Dr. Lessing schaute auf die Uhr. „Leider habe ich nicht mehr lange Zeit, die Patienten warten."

„Dafür habe ich natürlich Verständnis, dennoch habe ich noch zwei kurze Nachfragen."

Dr. Lessing seufzte. „Schießen Sie los."

„Können Sie sich noch an die Akte Robert Neumann erinnern? Er war ein Kollege von Jäkel."

Dr. Lessing nickte. „Natürlich, es war einer der Parallelfälle. Ich habe mehrere Steuerfahnder begutachtet. Die standen alle furchtbar unter Druck und konnten ihre Arbeit nicht mehr leisten. Schrecklich."

„Hatten Sie niemals Zweifel an Ihren Gutachten?"

„Nein. Meine Gutachten sind und waren richtig. Was natürlich in so einer Behörde los ist, kann ich nicht beurteilen und das ist auch nicht meine Aufgabe.“ Dr. Lessing erhob sich. „Jetzt muss ich aber wirklich …“

„Einen Moment noch.“ Auch Bohlan hatte sich erhoben. Dr. Lessing schaute ihn etwas mürrisch an.

„Frau Rosenbaum. Sie wurde aufgrund Ihres Gutachtens unter Betreuung gestellt.“

„Und?“

„Warum?“

„Ich glaube nicht, dass Sie das etwas angeht. Ich darf mich empfehlen.“ Dr. Lessing streckte erst Bohlan und dann Will die Hand entgegen und entfloh über den Flur in ein anderes Besprechungszimmer. Julia Will steckte ihr Notizbuch ein, in das sie die ganze Zeit emsig geschrieben hatte und verließ mit Tom Bohlan die Praxis.

Klaus Gerding hatte das Ermittlungsteam für sechzehn Uhr einbestellt und alle waren pünktlich gekommen. Entgegen seinen sonstigen Auftritten während laufender Ermittlungen machte der Chef der Mordkommission einen merklich unaufgeregten, auf Besonnenheit und Verständnis ausgerichteten Eindruck. Nüchtern, sachlich und ohne Polemik ließ er sich auf den aktuellen Sachstand der Ermittlungen bringen. Bohlan rieb sich verwundert die Augen. Die Wesensveränderung seines Chefs war zum einem fast zu schön, um wahr zu sein, auf eine gewisse Art und Weise aber auch erschreckend. Wäre es ein normaler Mordfall gewesen, so hätte Bohlan sich vermutlich ernsthafte Sorgen um Gerdings Gesundheitszustand gemacht. So aber war er sich sicher, dass sein Chef in Wirklichkeit unter einer nie da gewesenen Anspannung stand. Seine Entscheidung, die bisherigen Ermittlungsergebnisse unter Verschluss zu halten, um den Fall nicht an das LKA abgeben zu müssen, konnte ihn den Kopf kosten. Es war eine einsame Entscheidung und Bohlan hatte sich schon einige Gedanken über das Warum gemacht. Er kannte Klaus Gerding fast so lange, wie er bei der Polizei war, die meiste Zeit davon als Vorgesetzten. Abgesehen von seinen cholerischen Ausbrüchen, die in einer ziemlichen Regelmäßigkeit zu Tage kamen, war er ein guter und umgänglicher Vorgesetzter. Er schätzte seine Mitarbeiter und stand ihnen jederzeit mit Rat und Tat beiseite. Im Grunde genommen war er ein Gutmensch, der sich für Gerechtigkeit und Fairness einsetzte, wo immer es ging. Und das galt nicht nur in seinem Beruf, sondern auch im privaten Leben. Gerding übte einige Ehrenämter aus und förderte Sport und Kultur in seinem Heimatstadtteil Seckbach, wo immer er konnte. Seine Karriere bei der Polizei war stetig und gradlinig verlaufen, aber seit einigen Jahren mehr oder weniger beendet. Seit über einem Jahrzehnt war er Chef der Mordkommission und eigentlich hatten viele darauf spekuliert, dass dies nur eine weitere Sprosse auf der Karriereleiter war. Für Gerding jedoch war es wohl Endstation. Mittlerweile ging niemand mehr davon aus, dass er in den wenigen Jahren, die ihm bis zur Pensionierung noch blieben, einen anderen Posten ausüben würde. Bohlan hatte sich oft gefragt, warum Gerdings Karriere ins Stocken geraten war und auch nach längerem Überlegen war ihm nur ein einziger plausibler Grund eingefallen. Gerding pflegte ein persönliches Hassverhältnis zu der früheren Frankfurter Polizeipräsidentin, die mittlerweile Chefin des LKA geworden war. Bohlan kannte den Grund dafür nicht, vermutete aber eine persönliche Antipathie. Mittlerweile war er sich dieser Erklärung aber nicht mehr so sicher. In den vergangenen Jahren hatte es immer wieder Gerüchte um Vetternwirtschaft und Mobbing innerhalb des Polizeiapparates gegeben und wenn man den Erzählungen, die auf den Fluren hinter vorgehaltenen Händen kursierten, Glauben schenken sollte, dann war die heutige LKA-Chefin an diesem System der Seilschaften nicht ganz unbeteiligt. Bohlan hatte sich fest vorgenommen, mit Klaus Gerding einmal über die genauen Hintergründe der ganzen Geschichte zu sprechen. Vielleicht war jetzt der richtige Zeitpunkt gekommen. Auch wenn er mit all seinen Kräften im aktuellen Fall steckte, wollte Bohlan in dieser Hinsicht klar sehen. Hatte Gerding vor, das LKA zu brüskieren? Hatte er den geeigneten Fall gefunden?

„Tom!" Wills Stimme riss ihn aus seinen Gedanken. Er blickte in die Runde, alle Augen waren auf ihn gerichtet.

„Was denn, Julia?"

„Hast du noch etwas hinzuzufügen?"

Bohlan versuchte sich daran zu erinnern, was gerade Thema der

Diskussion gewesen war. Ihm fiel ein, dass Julia einen detaillierten Abriss über die Inaugenscheinnahme von Neumanns Anwesen und das nachfolgende Gespräch mit Dr. Lessing gegeben hatte, ohne dass er sich an Details des Vortrages erinnern konnte. Seine Multitaskingfähigkeit war wohl nicht mehr gegeben. Er schüttelte kaum merklich den Kopf und antwortete.

„Nein, momentan nicht."

Will schaute ihn grübelnd an, ihre Stirn zog sich in leichte Falten. Bohlan war sich sicher, dass sie genau wusste, dass er ihrem Vortrag überhaupt nicht gefolgt war. Bohlan wich ihrem Blick verstohlen aus, und wandte seine Aufmerksamkeit Klaus Gerding zu, der nachdenklich auf seinem Stuhl saß.

„Ich frage mich, ob es klug war, Dr. Lessing so in die Enge zu treiben", sagte er nach einiger Zeit.

„Wie meinst du das?", wollte Bohlan wissen.

„Ich bin mir nicht sicher, wie weit Dr. Lessing in diesem ganzen System mit drinsteckt."

„In was für einem System? Wovon redest du?", fuhr Steinbrecher hoch.

„Lass mal, es ist nur eine Vermutung. Ich hoffe sehr, dass Dr. Lessing aus euren Fragen nicht die richtigen Schlussfolgerungen über unsere Ermittlungsrichtung gezogen hat, sonst könnte es sehr unangenehm werden."

Dr. Lessing betrat sein Behandlungszimmer mit der Nummer 1 und ließ sich in seinen Schreibtischsessel fallen. Er fühlte sich erschöpft und ausgebrannt. Als er sich ein Glas Wasser eingießen wollte, merkte er, wie seine Hände zitterten. Er trank das Glas in einem Zug aus und starrte an die Decke. Tausend Dinge gingen ihm durch den Kopf, doch er fühlte sich unfähig, die Gedanken in gerade Bahnen zu lenken. Er versuchte sich krampfhaft zu konzentrieren. Die weiteren Schritte mussten genau bedacht sein. Fehler dürften jetzt keine mehr passieren. Mittlerweile stand zu viel auf dem Spiel. Lessing stand auf und lief zu dem Waschbecken, das sich in der Ecke des Raumes befand. Er drehte den Hahn für kaltes Wasser auf, bildete mit den Händen eine Auffangfläche und spritzte sich drei Ladungen kaltes Wasser ins Gesicht. Nachdem er das Gesicht mit einem Handtuch getrocknet hatte, setzte er sich wieder an seinen Schreibtisch, nahm den Hörer vom Telefon und wählte eine Nummer, die er auswendig kannte.

„Hallo, hier ist Dieter. Wir müssen uns unbedingt treffen. Die Polizei war gerade hier und hat einige Fragen gestellt. Ich fürchte, die fangen an, die richtigen Schlussfolgerungen zu ziehen ... Ja, okay, dann in einer Stunde. Wie immer. Ja, ja."

Lessing legte den Hörer zurück und fühlte sich einigermaßen erleichtert.

Julia Will spürte jeden einzelnen Muskel, der sich irgendwo an ihrem Körper befand. Das Wasser lief in warmen Strömen über die erschlaffte Haut. Sie stützte ihren Kopf mit beiden Händen ab, die Ellenbogen lehnten an den Kacheln der Dusche. Sie tat nichts, außer dazustehen und versuchte, in ihrem Kopf eine Leere entstehen zu lassen.

„Hey Julia, wartest du darauf, dass du dich auflöst?"

Konstanzes Stimme klang wie aus einer fernen Welt.

„Ich bin fix und fertig. Ich kann mich keinen Zentimeter mehr bewegen", antwortete sie und drückte erneut auf den Duschknopf.

„Das Training war heute wirklich nicht von schlechten Eltern", bestätigte Konstanze und steckte den Föhn in die Steckdose.

Will wartete, bis das Wasser wieder ausging, griff nach ihrem Handtuch und wickelte sich darin ein. Konstanze hatte Recht, das Training war eines der härteren Sorte gewesen, aber das war es nicht allein. Seit Tagen stand sie unter Stress. Wenig Schlaf und ein überaus komplizierter Fall – da konnte nur eine Nacht voll Schlaf helfen. Aber eigentlich hatte sich Julia auf eine Nacht mit Alex gefreut. Sie war sich allerdings nicht sicher, ob sie diese auch noch durchstehen konnte. Nachdenklich zog sie sich an und föhnte ihre Haare. Danach ging sie in die Vereinskneipe und setzte sich schweigend neben Alex. Ihre Gedanken hingen den Ermittlungsarbeiten nach und die Gespräche der anderen rauschten an ihr vorbei.

„Du solltest nach Hause gehen und dich mal richtig ausschlafen", flüsterte Alex ihr irgendwann zwischen einem Bissen Schafskäse und einem Schluck Weizenbier ins Ohr. Will schaute ihn überrascht an.

„Du bist nicht böse, wenn ich heute nicht mit zu dir komme?“
Alex lächelte.

„Natürlich nicht. Ist zwar schade, aber in diesem Zustand ist mit dir auch nicht viel anzufangen.“

Will boxte ihm mit dem Ellenbogen in die Hüfte. „Du denkst doch immer nur an das eine.“ Alex machte ein betrübtes Gesicht. „Tue ich nicht.“

Will flüsterte ihm ins Ohr: „Und wenn, wäre es auch nicht schlimm. Wir holen das nach.“

Nach seiner Verabredung kehrte Dr. Lessing in seiner Stammkneipe ein und kippte Gläser Rotwein in sich hinein. Trübselig starrte er in sein Glas. In Gedanken stand er auf einer Felsklippe, die offene, sprudelnde See vor sich, und blickte in die Abgründe seines Lebens. Plötzlich fühlte er, wie sich von hinten eine Person näherte. Wollte sie ihn von der Klippe hinunterschubsen oder ihn vor einem Sprung zurückhalten? Sein Leben drohte völlig aus den Fugen zu geraten. Die Frau, die er liebte, trieb es mit anderen Männern, sein Freund, mit dem er in den vergangenen Jahren so viele Dinge gedreht hatte, setzte ihn massiv unter Druck, und zu allem Übel tauchte nun auch noch ein Kommissar auf und stocherte in dem ganzen Schlamassel herum. Womöglich saß er auf einem Pulverfass, das unmittelbar davor stand, zu explodieren. Er hoffte inständig, dass Oliver mit einer genialen Idee alles wieder ins Lot bringen konnte, zumindest das, was die Polizei betraf. In privater Hinsicht war er völlig anderer Meinung als sein Freund.

„Na, so alleine hier. Darf ich mich zu dir setzten?“

Dr. Lessing fuhr herum. Eine Frau um die fünfzig, aber angezogen wie eine Dreißigjährige, setzte sich auf den Platz neben ihm. Ihre Haare waren blond, ihre Lippen rot, eine halbe Flasche Parfum duftete ihm entgegen. Eine Hand legte sich auf seinen Oberschenkel.

„Ich bin auch einsam, wir könnten ein wenig Spaß zusammen haben.“

Obwohl Dr. Lessings Gedanken durch den Alkohol ziemlich eingenebelt waren, erinnerte er sich, dass diese Frau ziemlich oft hier rumlungerte und auf Männerfang war. Von einem Freund wusste er, dass sie vor ein paar Monaten von ihrem Mann wegen einer Jüngeren verlassen worden war und gegen ihre Einsamkeit und die verlorenen Jahre ankämpfte. Doch er verspürte keinerlei Lust auf eine Nummer mit einer abgetakelten Schabracke. Hastig schob er ihre Hand von seinem Oberschenkel.

„Vielen Dank, aber ich muss nach Hause." Dr. Lessing stand auf, bezahlte am Tresen seine Rechnung und schritt Richtung Tür.

„Ach, mach's dir doch selbst", rief eine schrille, lallende Stimme.

Dienstag

Bohlan und Will saßen schon seit einiger Zeit grübelnd im Kommissariat. Eigentlich hatten sie sich vorgenommen, noch einmal alle Protokolle und Ermittlungsergebnisse der vergangenen Tage zu sichten, doch Bohlans Gedanken schweiften immer wieder ab. Er hatte keinen leichten Weg zu gehen und schob das Problem, das ihn bedrückte, schon den ganzen Morgen vor sich her. In der letzten Woche hatte er Barbara versprochen, frische Muscheln zu kochen. Nach einem Blick auf den Terminkalender hatte sich der Dienstag als der Abend herausgestellt, an dem sie beide konnten. Schon am Wochenende war klar, dass sich die Ermittlungen länger hinziehen und auch wesentlich umfangreicher gestalten sollten, als anfangs abzusehen war. Das Verbrechen machte Bohlan einen dicken Strich durch die Rechnung. Seit dem gestrigen Meeting ließen ihn die Gedanken über Gerdings Beweggründe nicht mehr los. Es hatte zwar nicht wirklich etwas mit der Aufklärung des aktuellen Mordfalles und dem Verschwinden von Robert Neumann zu tun, aber Bohlan musste klare Verhältnisse schaffen und zwar so schnell wie möglich. Er musste die Hintergründe kennen. Ein flaues Gefühl in seinem Magen signalisierte ihm, dass dies von äußerster Wichtigkeit war. Es gab kein Entrinnen. Sein Magengefühl war stets ein guter Indikator für wichtige, wenn auch kleinste Puzzleteile. Am frühen Nachmittag war er in Gerdings Büro gestürmt und hatte seinen Chef so lange um ein Gespräch unter vier Augen gebeten, bis dieser ihn schließlich für den heutigen Abend zu sich nach Hause eingeladen hatte. Bohlan hatte kurz darüber nachgedacht, ob er den Termin mit Gerding irgendwie nach vorn oder hinten schieben könne, doch Gerding hatte mehr oder weniger darauf bestanden, dass es genau neunzehn Uhr sein müsse. „Entweder so oder gar nicht." Bohlan hatte zweimal geschluckt, aber es war völlig klar, dass er alles andere unterordnen musste.

Nun saß Bohlan seit einer Viertelstunde an seinem Schreibtisch und starrte das Telefon an. Ab und an zuckte seine Hand nach vorne, bewegte sich aber schließlich nur wenige Millimeter vor und dann wieder zurück. Er wusste, dass Barbara alles andere als erfreut sein würde. Zu lange stand der Termin fest und zu sehr hatten sich die beiden auf diesen Abend gefreut.

„Tom, was ist los?", Julia Will beobachtet ihren Kollegen schon einige Zeit, wenn auch heimlich.

Bohlan blickte auf. „Nichts", antwortete er schließlich. Seine Stimme klang ziemlich abwesend.

„Du bist schon den ganzen Tag so komisch. Sag, was ist los?"

Bohlan blickte Will an.

„Ich fürchte, uns wächst das alles über den Kopf."

„Wen willst du die ganze Zeit anrufen und schreckst davor zurück?"

„Barbara, wir sind für heute Abend verabredete. Aber ich muss das absagen."

Will schaute verständnisvoll. „Warum? Warum musst du das absagen?"

Tom wandte den Blick ab. Er wusste nicht so recht, wie er das alles erklären sollte. Seit den jüngsten Gesprächen mit Gerding war er sich nicht mehr sicher, was er in diesem Büro überhaupt sagen konnte und was nicht. Er wurde das Gefühl nicht los, unter ständiger Observation zu stehen. Überall vermutete er Spitzel, Mikrofone und Kameras. Instinktiv scannten seine Augen Wände und Decken ab.

„Glaubst du, dass man unser Büro verwanzt hat?", platzte es aus ihm heraus.

Will schaute ihn mit einem Blick an, der irgendwo zwischen Erschrecken und Belustigung lag.

„Das meinst du jetzt nicht im Ernst, oder?"

„Doch, Julia, das meine ich mit vollem Ernst. In der letzten Woche ist so viel passiert, dass ich das wirklich befürchte."

Julia Will schüttelte den Kopf.

„Nein, Tom, das kann ich mir nicht vorstellen. Wenn es auch Bestechung, Mobbing und andere üble Machenschaften im Finanzamt, der Politik und vermutlich auch im Polizeiapparat gibt, wir sind doch immer noch ein freies und demokratisches Land. Ein Rechtsstaat und keine Bananenrepublik. Man kann nirgendwo eine Kamera aufstellen oder ein Mikrofon installieren ohne richterliche Anordnung, ohne rechtsstaatliches Verfahren."

Bohlan blickte zweifelnd.

„Wie dem auch sei. Ich habe heute Abend eine wichtige Besprechung und deshalb muss ich Barbara absagen. Sie wird alles anderer als erfreut sein und darauf habe ich keine Lust."

„Was ist das denn für eine Besprechung und mit wem?", wollte Will wissen.

„Das kann ich dir nicht sagen."

Will schaute ihren Kollegen entgeistert an.

„Wie ..., das kannst du mir nicht sagen. Was hast du denn für Geheimnisse vor mir?"

Bohlan schaute etwas verlegen zur Seite.

„Ich habe keine Geheimnisse."

„Dann kannst du mir auch sagen, was ist."

„Es ist etwas Privates."

„Tom, halte mich nicht für unterbelichtet. Schau mir in die Augen und sag, dass es nichts mit dem Fall zu tun hat."

Bohlan wich Wills Blick aus und schwieg. Nach einer Weile sagte er: „Also gut. Ich treffe mich mit Gerding. Bei ihm zu Hause."

„Warum das?"

Bohlan stand auf und gab Will ein Zeichen, ihm zu folgen.

Miriam Faust saß am Schreibtisch ihres Arbeitszimmers in Rosenbaums Immobilienfirma. Die Sonne schien durch das Fenster und in ihrem Kopf hämmerte ein Presslufthammer. Nachdenklich ließ sie zwei Migränetabletten in ein Wasserglas fallen und beobachtete, wie sie zu Boden sanken und zu sprudeln begannen. Der Auflösungsprozess an den Rändern setzte sich zur Mitte hin kontinuierlich fort. Das iPhone, das neben dem Glas auf dem Schreibtisch lag, vibrierte.

„Hi“, meldete sich Miriam Faust knapp.

„Hat gestern alles geklappt?“

„Ja, kannst beruhigt sein“, antwortete die Anwältin etwas missmutig.

„Komm, hab dich nicht so, du wirst schon auf deine Kosten gekommen sein.“

Die Bilder des gestrigen Abends tauchten sequenzartig in ihrem Kopf auf. Die Erinnerungen ließen ein befriedigendes Gefühl erblühen. Doch dann holten die Worte aus dem Telefon sie in die Realität zurück.

„Der Kommissar wird uns langsam gefährlich.“

„Dann lass dir was einfallen.“

„Mach ich. Lass uns heute Abend kurz sehen. Gleicher Treffpunkt wie immer. Dann sehen wir weiter. Vergiss deine Perücke nicht.“

Nachdem das Gespräch beendet war, griff Faust nach dem Wasserglas und trank es zügig aus. Sie lehnte sich in ihren Stuhl zurück, legte die Füße auf den Tisch und schloss die Augen. Das Schmerzmittel entfaltete allmählich seine Wirkung. Faust stellte sich vor, wie kleine Männchen in ihrem Kopf für Ordnung sorgten und die Gedanken dorthin räumten, wo sie hingehörten. Nach einer Viertelstunde öffnete sie ihre Augen wieder und machte sich auf den Weg zu Aaron Rosenbaum. Schließlich galt es auch, ihn bei Laune zu halten.

Bohlan und Will saßen zusammen in einem Café in unmittelbarer Nähe des Polizeipräsidiums, jeder einen Milchkaffee vor sich. Bohlan erzählte Will, dass er sich zunehmend verfolgt fühlte und überall Spitzel und Wanzen vermutete. Und er erzählte ihr von seinem Verdacht, Gerding betreffend. Nachdem er geendet hatte, schwiegen die beiden einige Minuten. Es war Julia Will, die zuerst den Mund aufmachte.

„Tom, ich habe mir gestern Abend auch einige Berichte über die hessische Polizei reingezogen. Ich fand dies alles ziemlich erschütternd und es kam mir vor wie aus einer anderen Welt. Da war die Rede von einem „System aus Druck und Repressalien“. Es soll schwarze Akten und Bespitzelungsprotokolle geben. Auch bei der

Polizei sollen Führungskräfte auf Psychologen Druck ausgeübt haben. Ich kann das alles so gar nicht glauben. Schließlich bin ich doch auch Bestandteil des Polizei-Apparates und es kam mir das alles so ... absurd und weit ab von der Realität vor."

Will schüttelte den Kopf, als wolle sie das Gesagte unterstreichen.

„Mir geht es genauso", antwortete Bohlan. „Aber irgendetwas muss an der ganze Sache dran sein. Und Gerding weiß mehr, glaub mir. Und darüber will ich mit ihm reden."

„Tom, nimm mich mit."

Bohlan überlegte einen Moment.

„Nein, Julia, das geht nicht."

„Warum?"

„Weil es ein Gespräch unter – nennen wir es – alten Freunden sein soll."

Bohlan blieb die Enttäuschung in Julias Gesicht nicht verborgen.

„Julia, das geht nicht gegen dich. Ich kenne Klaus seit Jahrzehnten, seit ich bei der Polizei bin. Er bedeutet mir sehr viel und ich habe ihm eine Menge zu verdanken. Wenn er mir etwas sagt, dann nur, wenn es keine Dienstbesprechung ist. Das muss völlig out of the top laufen."

Julia nickte und versuchte, ein verständnisvolles Gesicht zu machen, obwohl es ihr schwerfiel. Doch Bohlans Argumente überzeugten sie. Sie wusste im Innersten, dass er Recht hatte. Trotzdem wäre sie sehr gerne dabei. Schweren Herzens stellte sie ihre Neugierde hinten an, konnte aber ein mulmiges Gefühl nicht unterdrücken.

Nach dem Gespräch mit Will ging Bohlan auf einen der vielen Innenhöfe des Präsidiums, zückte sein iPhone und rief Barbara Weber an. Er erwischte die Sportjournalistin auf dem Weg zu einem Interviewtermin. Behutsam beichtete er ihr sein Termindilemma. Zu seiner Verwunderung nahm sie die Absage des gemeinschaftlichen Dinners relativ gelassen entgegen. Sie bat lediglich darum, am späten Abend bei ihm vorbeikommen zu dürfen.

Als das Gespräch beendet war, atmete Bohlan mehrmals tief durch. Es war also alles nicht so dramatisch, wie er es sich ausgemalt hatte. War das ein Grund zur Beunruhigung? War Weber das Abendessen doch nicht so wichtig, wie er geglaubt hatte? Bohlan blickte die verglaste Fassade des Präsidiums entlang. Zahlreiche Fenster standen offen, um die nicht klimatisierten Zimmer mit Frischluft zu versorgen. Bohlan wischte die schlechten Gedanken mit dem Argument zur Seite, dass Webers Beruf dem seinen ziemlich ähnlich war. Es gab kaum feste Arbeitszeiten und immer wieder Überstunden durch plötzlich auftretende Ereignisse. Wenn er sich recht erinnerte, hatte auch Weber schon das eine oder andere Date mit ihm wegen unabwendbarer Ereignisse kurzfristig absagen müssen. Insoweit war es wirklich ein Vorteil, dass seine Freundin ebenso wenig Herrin ihrer Zeit war wie er.

Am späten Nachmittag breitete Julia Will ihre Picknickdecke auf der Sachsenhäuser Uferwiese des Main aus und ließ sich auf ihr nieder. Die Sonne hatte noch eine beträchtliche Intensität und blendete sie hell. Die Kommissarin kramte eine dunkelbraune Sonnenbrille aus der Tasche und setzte sie auf. Sie atmete die frische Frühlingsluft ein und blickte zufrieden auf die Frankfurter Skyline, die blitzte und blinkte, als habe sie gerade einen Frühjahrsputz hinter sich. Wenige Meter vor ihr lag ein geraniengeschmücktes Mini-Boot. Es war die weiß-rote Istanbul, Jahrgang 1942, die Merals-Imbiss beherbergte. Will wollte die Sonne, die orientalische Musik und den Blick auf die Frankfurter Skyline genießen und über den Fall grübeln.

Klaus Gerding öffnete das Tor zu seinem Hof und Bohlan fuhr mit dem Lupo hinein. Zum Glück hatte der Chef der Mordkommission Bohlans Wagen kommen gesehen. Ansonsten hätte der Kommissar verzweifelt in den engen Gassen Seckbachs einen Parkplatz suchen müssen. Ein Unterfangen, das fast an Unmöglichkeit grenzte. Die Hauptstraße schlängelte sich durch den Ort, von ihr zweigten sich die engen Gässchen mit ihren Fachwerkhäusern ab, die so dicht gebaut waren, dass es keinen Platz für Parkbuchten gab, es war schon schwierig genug, mit zwei Autos aneinander vorbeizukommen.

Während Bohlan den Wagen abstellte, verschloss Gerding das Hoftor wieder. Dann umarmten sich die beiden Männer.

„Schön, dass es klappt", sagte Gerding.

„Ja", antwortete Bohlan. „Wir haben das viel zu selten gemacht, seit ich wieder im Dienst bin. Manchmal habe ich den Eindruck, wir haben uns während meiner Auszeit öfter gesehen als jetzt."

Gerding nickte und klopfte Bohlan auf die Schulter.

„Komm lass uns in die Laube gehen."

Was Gerding mit Laube meinte, war ein wintergartenähnlicher Anbau an das eigentliche Wohnhaus, dessen Vorderseite man komplett öffnen konnte. Gerding hatte seine Laube im Stil eines Äppelwoi-Lokals eingerichtet: eine gemütliche Sitzecke aus Holz, historische Frankfurt-Bilder an der Wand und ein Schrank mit mehreren blaugrauen Bembeln und unzähligen Gerippten in der Ecke.

„Nimm schon mal Platz, ich hole den Äppelwoi und was zum Knabbern."

Bohlan ließ sich das nicht zweimal sagen und fläzte sich auf die Eckbank mit Blick auf den Hof. Er liebte diese urige Volkstümlichkeit an den Orten, wo sie hinpasste, und das war hier definitiv der Fall. Jede Art von Moderne wäre zwischen all den Fachwerkhäusern völlig fehl am Platz. Gerding kehrte mit einem Tablett beladen zurück und stellte einen vollen Bembel in die Tischmitte. Ein Korb mit dunklem Sauerteigbrot, Butter und ein tiefer Teller mit einigen Handkässtückchen, Zwiebeln und Kümmel folgten. Dann holte er aus dem Eckschrank zwei Gerippte, zwei Teller und zwei Messer und stellte sie ebenfalls auf den Tisch. Nachdem er sich gesetzt hatte, füllte er die Gläser und blickte zufrieden zu Bohlan.

„Dann mal Prost."

Die beiden Männer hoben die Gläser und prosteten sich zu. Es folgten einige Minuten Smalltalk über dies und das, bis Bohlan zum Punkt kam.

„Also, Klaus, ich weiß nicht, ob unsere Entscheidung, den Fall zu behalten, wirklich richtig war."

Gerding schaute Bohlan überrascht an und hob die Augenbrauen.

„Das haben wir doch schon einmal diskutiert. Ich dachte, wir seien uns einig."

Bohlan hatte die ganze Fahrt nach Seckbach überlegt, wie er das Gespräch anfangen sollte, hatte diese und jene Argumentation in

Erwägung gezogen und ebenso schnell wieder ad acta gelegt. Schließlich hatte er die Entscheidung getroffen, seine Gedanken einfach frei heraus und ohne Umschweife zu äußern.

„Klaus, seit Tagen kommen wir mit unseren Ermittlungen kaum weiter. Steinbrecher und Steininger versuchen, den Schein von normalen Mordermittlungen zur Schau zu stellen. Julia Will und ich wühlen uns durch diesen Steuersumpf. Robert Neumann ist seit Tagen spurlos verschwunden, so dass das Schlimmste zu befürchten ist und ich werde den Verdacht nicht los, dass du eine persönliche Fehde mit der Präsidentin des LKA führst."

Bohlan, der die ganze Zeit auf den Hof geblickt hatte, wandte sich nun Gerding zu, der in sein Äppler-Glas stierte und nachzudenken schien. Bohlan nahm einen Schluck und lehnte sich zurück. Nach einigen Minuten hob Gerding seinen Kopf und suchte Blickkontakt zu Bohlan. Seine Augen waren glasig, sein Gesichtsausdruck zermartert.

„Tom, du hast Recht. Ich will unter keinen Umständen, dass diese ganze Sache an das LKA geht und zwar genau aus dem Grund, den du erfasst hast. Ich traue der Chefin nicht über den Weg. Sie hat schon bei der Frankfurter Polizei für genug Unruhe gesorgt und ein System erschaffen, das auf Mobbing, Diffamierung und Vetternwirtschaft fußt und unter anderem auch mir einen Teil meiner Karriere verbaut hat, weil ich nicht auf der richtigen politischen Seite stehe. Aber meine persönliche Karriere ist egal. Ich habe einiges erreicht und kann darauf stolz sein."

Bohlan nickte und Gerding nahm einen Schluck Äppelwoi, bevor er fortfuhr.

„Eigentlich ist auch nicht die LKA-Chefin das wirkliche Problem. Sie ist auch nur Teil eines Systems, einer Cliquenwirtschaft, die das ganze Land durchzogen hat und von höchster Ebene gesteuert wird."

Bohlan rutschte unruhig auf der Bank hin und her.

„Nimm diese psychologischen Gutachten, mit denen die Steuerfahnder in den Ruhestand geschickt wurden – im besten Alter. Die Gutachten waren getürkt, das ergibt sich ganz klar aus den weiteren Lebenswegen. Kein neutraler Psychologe käme auch nur auf die Idee, diese für dienstunfähig zu schreiben. Das gleiche Spiel wurde auch mit einigen Polizeibeamten gespielt. Nur war es hier nicht Dr. Lessing, der die Gutachten schrieb, sondern es waren die eigenen Polizeipsychologen. Ich habe Hinweise dafür, dass in einigen Fällen massiver Druck von oben ausgeübt wurde, um falsche Gutachten zu erstellen."

„Einiges davon kennen wir schon aus der Presse und es gab auch schon parlamentarische Untersuchungsausschüsse dazu", bemerkte Bohlan. „Aber was hat das mit unserem Fall zu tun?"

„Das will ich dir sagen, lieber Tom. Nehmen wir einmal an, Dr. Lessing hätte nicht nur falsche Gutachten für die Steuerbehörde geschrieben. Nehmen wir einmal an, er würde dies auch in den zahlreichen Betreuungsverfahren getan haben, für die er immer wieder bestellt wird. Nehmen wir weiter an, es gebe im Gegenzug für diese Leistungen satte Spenden an die Regierungspartei, die dann ins Ausland transferiert werden, dann bestünde da schon ein gewisser Zusammenhang."

Gerding schenkte noch einmal nach und spülte das ganze Glas auf einmal hinunter. Seine Stimme war rau geworden.

„Du nimmst das alles an – aber hast du dafür Beweise?", wollte Bohlan wissen. Gerding hob die Augenbraunen nach oben und blickte Bohlan an.

„Nein, es sind nur meine Vermutungen, also nichts, was für eine Verhaftung ausreichen würde, um in unserem Jargon zu bleiben. Ich kann auch nicht sagen, wer die Drahtzieher sind, aber dafür habe ich meine zwei besten Ermittler, die die Puzzleteile zusammensetzen werden."

„Verlangst du da nicht ein bisschen viel von Julia und mir? Zwei kleine Kommissare der Mordkommission sollen ein Korruptionsgeflecht entwirren. Wenn das auch nur ansatzweise stimmt, was du vermutest, dann ermitteln wir gegen einen ganzen Apparat. Wir sind chancenlos, Klaus."

„Das würde ich so nicht sagen. Sicher werdet ihr nicht das System aus den Angeln heben, aber ihr könnt vielleicht den Stein ins Rollen bringen. Dann kann die Presse kommen oder Wikileaks und den Rest erledigen."

Bohlan wandte den Blick und ließ ihn durch die offene Tür nach draußen gleiten, wo eine grauweiße Katze über den Hof stolzierte, kurz stehen blieb und zu den beiden Männern blickte. Gerdings Stimme ließ ihn zum Thema zurückkehren.

„Meine Theorie ist, dass es eine Clique gibt, die es sich zum Ziel gesetzt hat, alle wichtigen Positionen im Land zu besetzten. Sie kennen sich seit ihrer Jugendzeit. Ihr Netz ist relativ weit verzweigt, aber aus den jungen Rebellen sind einflussreiche Personen geworden, Minister, Staatssekretäre, Staatsanwälte, Polizeichefs ..."

„Da sind wir also beim Punkt", unterbrach ihn Bohlan. „Es geht dir doch im Wesentlichen um die LKA-Chefin, oder?"

„Nicht nur ... aber auch", bestätigte Gerding nach einem Moment des Überlegens.

„Warum, Klaus, warum hegst du diese Antipathie? Warum führst du diesen Kampf?"

„Ich führe keinen Kampf, Tom. Aber diese Frau ist unerträglich. Sie hat aus der hessischen Polizei einen korrupten Haufen gemacht. Einen Laden, in dem Beamte sich gegenseitig bespitzeln und vorzeitig in den Ruhestand geschickt werden, wenn sie einen eigenen Kopf haben. Ich hatte mich innerlich mit dieser Situation abgefunden und seit sie nicht mehr im Präsidium ist, sondern in Wiesbaden ihr Unwesen treibt, geht es mir deutlich besser. Ich hätte nichts weiter unternommen, sondern einfach meinen Dienst gemacht, wie ich es die vergangenen Jahre auch getan habe. Aber jetzt gibt es einen Ansatzpunkt. Jetzt ist vielleicht etwas möglich. Tom, du kennst mich schon so lange, du weißt, dass ich nicht blind in eine Gefahr hineinlaufe."

Nein, das würde Klaus Gerding nicht tun. Sein Chef neigte gelegentlich zu cholerischen Ausbrüchen und war mit Sicherheit auch keine leicht zu nehmende Persönlichkeit. Aber er hatte letztendlich sein Herz am rechten Fleck und stand immer auf der Seite seiner Kommissare, wenn es drauf ankam. Er würde für jeden Einzelnen kämpfen, das wusste Bohlan. Er blickte Gerding lange in die Augen.

„Gut, Klaus, es ist so, wie ich es vermutet habe. Aber mir war es wichtig, dass alles mit dir unter vier Augen besprochen zu haben."

Gerding nickte zustimmend. „Mir auch", und nach einem Moment fügte er hinzu, „eigentlich sollten wir darauf zum Abschluss einen Schnaps trinken. Ich habe da einen wunderbaren Apfelbrand."

„Selbstgebrannt?"

Über Gerdings Gesicht huschte ein verschmitztes Lächeln.

„Wo denkst du hin, das ist doch verboten. Ich bin Polizeibeamter. Da müsste ich mich doch selbst verhaften."

Beide Männer lachten.

„Nein, im Ernst, ist von einer kleinen Kelterei in Nieder-Erlenbach. Wirklich gut."

„Ich muss noch Autofahren. Das geht gar nicht."

„Kannst bei mir übernachten."

Bohlan überlegte kurz, doch er wusste sofort, dass das nicht infrage käme. Er warf einen Blick auf seine Uhr. In zwei Stunden würde Barbara zu seinem Hausboot kommen und sie wäre alles andere als erfreut, wenn er nicht auch dort auftauchen würde.

„Nein, Klaus. Nimm du den Schnaps und mach mir einen Espresso."

Wenig später stießen Schnapsglas und italienische Espresso-Tasse ungewohnt klingend aneinander. Als sie ausgetrunken hatten, brach Bohlan auf. Zum Abschied winkte er seinem Chef aus dem offenen Autofenster heraus zu. Gerding hob zum Abschied kurz die Hand und verschwand im Hof. Im Rückspiegel sah Bohlan, wie sich das Hoftor schloss. Hätte Bohlan den weiteren Verlauf des Abends vorhersehen können, er hätte Gerdings Angebot angenommen, einen oder zwei Schnäpse getrunken und beim ihm übernachtet.

Miriam Faust schreckte hoch, als ihr Blick auf den Wecker fiel, der auf Rosenbaums Nachttisch stand. Verdammt, war es wirklich schon so spät? Sie musste eingenickt sein. Sie wälzte sich von Rosenbaums Körper und deckte ihn mit der Bettdecke zu. Aaron Rosenbaum öffnete für einen Moment die Augen. Faust gab ihm einen Kuss.

„Schlaf weiter, ich muss noch mal los."

Sie raffte ihre Kleidungstücke zusammen und hetzte ins Bad.

Wills Blick fiel auf das Wasser, wo gerade ein 130-Meter-Lastenkahn neben Merals-Imbiss hielt und dort verharrte. Verwundert musterte die Kommissarin das Geschehen. Nach fünf Minuten wurde aus dem Döner-Kahn ein langer Stock gehalten, an dem eine Plastiktüte befestigt war. Der Mann auf dem Lastenkahn griff nach der Tüte, nahm die dort eingepackten Börek und Lahmacun heraus und legte einen Geldschein hinein. Stock und Tüte wurden in den Döner-Kahn zurückgezogen. Es folgte das Hupen einer Schiffssirene und ein Abschiedswinken. Der Lastenkahn setzte sich wieder in Bewegung.

Wills Magen meldete sich, sie stapfte die wenigen Meter zum Boot und bestellte einen Döner. Während des Wartens trank sie ein Glas eisgekühlte Zitronenlimo und beobachtete, wie der Koch in der Kombüse gekonnt mit Saucen und Salat jonglierte und dabei sowohl Dönerfleisch briet als auch Sardellen frittierte. Als sie sich zu ihrer Picknickdecke umdrehte, sah sie Konstanze suchend Ausschau halten. Will rief und winkte, Konstanze lächelte und hob kopfnickend den Daumen. Will orderte einen zweiten Döner, ließ sich beide einpacken und stiefelte zu ihrer Decke. Die beiden Frauen begrüßten sich, bevor sie die Alufolie auseinanderrissen und sich mit Heißhunger über die Döner hermachten.

„War doch eine gute Idee, den Feierabend am Ufer zu verbringen“, nuschelte Konstanze zwischen zwei Bissen.

„Ja, hast Recht“, gab Julia zu. „Obwohl ich mir eigentlich keinen Feierabend leisten kann. Wir stecken bis hier drin in Arbeit.“ Zur Veranschaulichung hielt Will eine ausstreckte Hand an ihren Unterkiefer.

„Wenn es danach geht, kann man nie den Feierband genießen“, antwortete Konstanze. „Wie läuft es eigentlich mit Alex?“

„Gut, alles bestens“, Will wurde fast ein wenig rot.

„Ach, komm schon, ein paar mehr Details bitte. Schließlich hast du mir das Ganze zu verdanken.“

Konstanze kramte zwei 0,3 l Flaschen Cola Zero heraus und gab eine davon an Will weiter.

„Du hattest den richtigen Riecher“, gab Will zu. „Alex ist wirklich prima.“

Die beiden schauten sich in die Augen und mussten fast laut loslachen. „Er ist lieb, verständnisvoll und …“

„… und was?“

„Gut im Bett, wenn du das wissen willst.“

„Ja, genau das wollte ich wissen." Konstanze lächelte zufrieden. „Dann halte ihn gut fest. Wo ist er denn heute?"

„Trifft sich mit einem Kumpel."

Die nächsten Stunden verbrachten die beiden Frauen tratschend und schwatzend am Ufer. Die Cola Zero wurde von einer Flasche Chianti abgelöst. Gegen elf Uhr machten sich beide, etwas angetrunken, auf den Nachhauseweg und fuhren mit der U-Bahn in den Nordwesten der Main-Metropole. In der Station Nordwestzentrum stiegen sie aus, liefen durch das gespenstisch leere Einkaufzentrum und verabschiedeten sich. Gegen viertel vor zwölf erreichte Julia Will ihr Zuhause in der Hohemarkstraße in Niederursel. Sie versuchte, leise die Haustür aufzuschließen, was ihr nur mäßig gelang, taumelte die Holztreppe nach oben und ließ sich angezogen auf ihr Bett fallen, wo sie binnen Sekunden in einen tiefen Schlaf fiel.

Gegen zweiundzwanzig Uhr dreißig parkte Bohlan auf dem Parkplatz am Mainufer in Frankfurt-Höchst und stieg aus. Er blickte flüchtig über das Areal und registrierte einen anderen Wagen, der kurze Zeit nach ihm eintraf und am anderen Ende des Parkplatzes parkte. Niemand stieg aus. Wahrscheinlich ein Liebespärchen, das den Abend für ein Schäferstündchen nutzen wollte, dachte Bohlan und genoss die Aussicht auf die Höchster Altstadt und das von Scheinwerfern angestrahlte Schloss. Nach einiger Zeit drehte er sich zum Main. Die Schiffe schienen tief und fest zu schlafen. Es war eine wunderschöne, laue Frühlingsnacht. Der Himmel war sternenklar. Bohlan stellte sich an das Ufer und genoss die klare Luft, das Funkeln der Sterne am Nachthimmel und den vertrauten Duft, den das Gewässer ausbreitete. Der Kommissar gab sich seinen Gefühlen hin. Er dachte an den letzten Kuss, den Barbara ihm gegeben hatte und der viel zu lange her war. Aber das würde sich ja in einer halben Stunde ändern. Bohlan freute sich auf Barbara und die bevorstehende Nacht mit ihr. Er hatte auf dem Rückweg im Nordend einen Stopp eingelegt und an einer Tankstelle gegenüber der städtischen Bibliothek eine sündhaft teure Sektflasche nebst Knabbereien gekauft. Bohlan warf einen letzten Blick gen Himmel, bevor er zurück zum Auto ging, um die Einkaufstasche aus seinem Wagen zu holen. Beschwingt schritt er Richtung Hausboot. Auf halbem Weg hörte er das Zuschlagen einer Autotür. Er blickte sich um und sah, wie zwei Menschen aus dem Auto am anderen Ende des Parkplatzes ausstiegen. Es waren ein Mann und eine Frau, die sich am Auto stehend umarmten und küssten. Hab ich es mir doch gedacht, überlegte der Kommissar. Ein Liebespärchen, das wahrscheinlich einen romantischen Spaziergang am Mainufer absolvieren wollte. Bohlan drehte sich wieder zu seinem Boot, das vielleicht noch zweihundert Meter entfernt lag. Er ging langsam, bummelte fast. Am Zugangssteg angekommen stellte er die Einkaufstüte ab und kramte in seiner Manteltasche nach dem Schlüssel. Nach einigem Suchen hatte er ihn gefunden. Gerade als er den Schlüssel in das Türschloss stecken wollte, traf ihn ein dumpfer Schlag auf den Kopf. Tom Bohlans Gesicht verzog sich zu einer verwirrten Fratze, bevor er sein Bewusstsein verlor und taumelte. Sein erschlaffter Körper fiel kopfüber gegen die Tür und rutschte, dort abprallend, auf den Boden.

Dr. Dieter Lessing lag in seinem Bett und nahm die Welt um ihn herum nur äußerst verschwommen wahr. Er wusste, dass er zu viel getrunken hatte, aber das konnte er jetzt auch nicht mehr ändern. Wo zum Teufel steckte Miriam? Er konnte sie weder auf ihrem Handy noch zu Hause erreichen. Eigentlich hätte sie längst bei ihm sein sollen. Lessing hoffte, dass es keine Komplikationen gegeben hatte. Vor allem aber hoffte er, dass sie nicht wieder irgendwelche Exzesse veranstaltet hatte. Er hatte den festen Vorsatz, nicht eher einzuschlafen, bis Miriam bei ihm auftauchte, doch dieses Vorhaben scheiterte an den Unmengen Alkohol, die sich in seinem Körper befanden.

Mittwoch

Das Schrillen des Weckers schreckte Julia Will aus dem Tiefschlaf. Benommen schaute sie sich um und stellte beruhigt fest, dass es ihr eigenes Zimmer war, in dem sie sich befand. Ihr Schädel hämmerte fürchterlich und sie verteufelte den Chianti, der offenbar der

Marke „Schädelspalter“ gewesen war. Sie streifte ihre Kleidung ab und stellte sich minutenlang unter die Dusche, wobei sie die Wassertemperatur in einem Abstand von etwa dreißig Sekunden von heiß auf kalt und wieder zurück wechselte. Eine wahre Schocktherapie, die ihre Wirkung nicht verfehlte. Zwanzig Minuten später saß sie am Frühstückstisch. Ihre Augen waren immer noch verquollen, doch die Gedanken liefen wieder in geregelten Bahnen. Sie wählte Tom Bohlans Nummer, doch er war weder auf seinem Handy noch auf dem Festnetz zu erreichen.

„Verdammter Mist, das wird ein Supertag“, murmelte sie leise vor sich hin. Oma Will stellte ihren Spezialcocktail auf den Tisch und setzte sich zu ihrer Enkelin.

„Geht momentan etwas drunter und drüber in deinem Leben?“

Will schaute motzig auf.

„Soll das jetzt ein Verhör werden?“

„Nein, dafür wärst du zuständig.“

Will musste lächeln. Sie trank ihre Tasse leer und nahm sich eines der Brötchen, die ihre Oma aufgebacken hatte.

„Ist schon okay. Alex, Anfang dreißig, Physiotherapeut. Noch Fragen?“

Annegret Will zog mit unbewegter Miene die Schultern nach oben. „Ach, Oma, bevor ich mich verlobe, stelle ich ihn dir noch vor.“

„Ich bitte darum“, antwortet Oma Will mit gespielter Inbrunst. Beide mussten lachen und das Thema war damit einstweilen beendet. Will blickte auf ihr Handy, doch es lag schweigend auf dem Tisch.

Als Julia Will gegen neun Uhr im Präsidium eintraf, wurde sie bereits von Steinbrecher und Steininger erwartet.

„Weißt du, wo Tom steckt?“, fragte Steinbrecher, noch bevor Will ihre Jacke aufgehängt hatte.

„Nein, warum?“ Julia hängte ihre Jacke auf und setzte sich hinter ihren Schreibtisch. „Ist was?“

Die beiden anderen schauten sie ernst an.

„Soweit ich weiß, hat er sich gestern Abend mit Gerding getroffen, war dann aber noch mit Barbara verabredet. Dort wird er vermutlich versackt sein. Der taucht schon noch auf. Es ist doch erst neun“, antwortete Will und bewegte ihre Maus. Der Computer sprang an und zeigte das Symbol der hessischen Polizei.

„Barbara vermisst Tom seit gestern Abend“, sagte Steinbrecher mit monotoner Stimme. Will blickte ein wenig erschrocken auf.

„Wie meinst du das?“

„Tom war um halb elf mit Barbara auf seinem Hausboot verabredet. Sie war pünktlich da, fand das Boot aber verlassen vor. Sie hat dort eine Stunde gewartet und mehrfach versucht, ihn auf seinem Handy zu erreichen. Allerdings vergeblich. Seitdem hat sie nichts mehr von ihm gehört.“

„Ich habe heute Morgen auch schon versucht, ihn anzurufen. Das Handy ist aus. Da geht nur die Mailbox dran“, sagte Will.

„Genauso ist es uns auch gegangen“, echote Steininger.

Will lehnte sich zurück und drehte ihren Stuhl leicht zur Seite. Ihr Herz schlug schneller und ein dumpfes Gefühl stieg vom Magen kommend in ihr auf.

„Da ist etwas faul.“

„Das vermuten wir auch. Aber es gibt keinerlei Anhaltspunkte“, sagte Steinbrecher.

„Ward ihr schon bei Gerding?“

„Nein, wir wollten auf dich warten, bevor wir entscheiden, was wir unternehmen.“

Will biss sich grübelnd auf die Zähne.

„Tom war eigentlich mit Barbara schon für sieben oder acht verabredet. Gestern Mittag wollte er dringend und persönlich mit Klaus Gerding sprechen und zwar außerhalb des Präsidiums. Daraufhin hat er seine Verabredung mit Barbara zähneknirschend auf später verschoben. Er hat lange darüber gegrübelt, wie er es ihr vermitteln soll. Das weiß ich, weil wir darüber gesprochen haben. Am späten Nachmittag wollte er direkt von hier zu Gerding fahren. Der wohnt, glaube ich, in Seckbach. Mehr weiß ich nicht.“

„Was wollte er denn von Gerding?“, wollte Steinbrecher wissen.

„Tom wollte Polizeiinterna mit ihm besprechen. Es ging – glaub ich – um diese Mobbing-Geschichten. Und darum, warum Gerding so schlecht auf das LKA zu sprechen ist.“

Steinbrecher kratzte sich an der Wange.

„Das hätte er doch auch hier tun können.“

Will druckste ein wenig, bevor sie antwortete.

„Tom war gestern ziemlich durch den Wind. Er witterte überall Spitzel und Abhörgeräte."

Steininger musste fast laut loslachen.

„Doch, glaub mir. Der war gestern in einer ziemlich komischen Stimmung. Ich habe angeboten, mit zu Gerding zu fahren, aber Tom wollte das alleine machen."

„Dann müssen wir herausfinden, ob er bei Gerding eingetroffen ist, und wie lange er dort geblieben ist", stellte Steinbrecher fest.

„Das scheint mir auch das Sinnvollste zu sein", antwortete Will.

„Ist Gerding absolut vertrauenswürdig?", hakte Steininger nach.

„Wie meinst du das?", wollte Steinbrecher wissen.

„Vielleicht steckt er ja hinter Toms Verschwinden." Steininger schaute in zwei verdutzte Gesichter „Ich meine, wo wir gerade bei Verschwörungstheorien sind."

„Also für Klaus Gerding lege ich meine Hand ins Feuer", sagte Steinbrecher, ohne nachzudenken.

„Ich kann mir auch nicht vorstellen, dass er etwas mit Toms Verschwinden zu tun hat. Wenn einer auf der richtigen Seite steht, dann Gerding", bekräftigte Will. Die drei schlossen ihr Büro ab und machten sich auf den Weg zu Klaus Gerding.

Dr. Lessing saß völlig verkatert am Frühstückstisch und musterte die Anwältin, die versonnen mit dem Löffel in ihrem Kaffee rührte. Was hatte sie gestern wieder angestellt? Wie lange sollte das noch so weitergehen? Der Psychiater fühlte jeden Tag, wie die Fundamente seines Lebens wackelten. Es musste etwas passieren. Es musste irgendwo eine Lösung für all das geben. Ein Licht am Ende des Tunnels, eine Möglichkeit, allem zu entfliehen. Miriam Faust schien von Dr. Lessings Gedanken ungerührt zu sein. Sie trug einen Morgenmantel und darunter vermutlich nichts. Dr. Lessing fühlte ein Verlangen in sich aufsteigen. Doch es gab einige Dinge zu besprechen.

Nach dem Gespräch mit Gerding waren sie nicht schlauer als zuvor. Immerhin wussten sie nun, dass der Termin mit dem Leiter der Mordkommission stattgefunden hatte und sich Tom Bohlan gegen zweiundzwanzig Uhr auf den Weg nach Hause gemacht hatte. Aber war er dort auch angekommen? Um diese Frage zu beantworten, machten sich die drei Kommissare nun ebenfalls auf den Weg nach Frankfurt-Höchst. Schon als Steinbrecher den Van auf den Parkplatz am Ufer lenkte, war ihnen klar, dass Toms Verschwinden einen kriminellen Hintergrund haben musste, jedoch wagte keiner diesen Gedanken auszusprechen. Schweigend blickten sie auf Bohlans Lupo, der am Ufer stand. Sie stiegen aus und liefen um Bohlans Wagen. Er machte einen völlig unversehrten Eindruck, die Türen waren verschlossen, von außen war nichts Ungewöhnliches zu entdecken.

Sie schritten zielstrebig zum Hausboot, das verlassen im Wasser vor sich hin dümpelte. Auch hier war auf den ersten Blick nichts Ungewöhnliches zu entdecken. Während Steininger am Ufer wartete, betraten Steinbrecher und Will das Boot. Steinbrecher umrundete den Aufbau. Will lugte durch die Fenster, ohne irgendetwas Verdächtiges zu entdecken.

„Fällt dir was auf?", fragte Will. Steinbrecher schüttelte den Kopf.

„Ist schon eine merkwürdige Situation. Was sollen wir machen?", wollte Will wissen.

„Wie wär's mit aufbrechen?", antwortete Steininger.

„Ist nicht dein Ernst?"

„Warum nicht, vielleicht liegt Tom da drin und braucht Hilfe."

Wills Gehirn fing an zu rattern. Sie schaute zu Steinbrecher, der mit verschränkten Armen an der Reling lehnte und zu grübeln schien.

„Es muss einen Ersatzschlüssel geben", entfuhr es ihr plötzlich. „Aber wo könnte der sein?"

„Soll ich mal Barbara anrufen, die wollte sowieso jeden Moment hier sein?", antwortete Steininger.

„Das macht keinen Sinn, wenn sie einen Schüssel hätte, wäre sie doch gestern ins Boot gegangen." Will verdrehte die Augen. Steininger war manchmal wirklich etwas begriffsstutzig. Plötzlich lief Steinbrecher los, umrundete die Bootsaufbauten und hielt, einem Pokal gleich, einen Schlüssel in der Hand. Er steckte ihn in das Schloss und die Tür sprang auf.

„Wo hast du den denn gefunden?“, wollte Will wissen.

„Betriebsgeheimnis“, grinste Steinbrecher. „Tom hatte mir vor einiger Zeit verraten, wo er ihn deponiert hat.“

Die drei Kommissare stürmten das Hausboot, durchkämmten jeden Raum. Doch Tom Bohlan blieb verschwunden.

Dafür tauchte kurze Zeit später Barbara Weber auf. Die Journalistin machte einen desolaten Eindruck. Sie wirkte übernächtigt und angeschlagen. Selbst das dick aufgetragene Make-up konnte die Spuren einer verheulten Nacht nicht verbergen.

„Habt ihr ihn gefunden?“

„Nein, keine Spur von Tom“, sagte Steinbrecher.

Weber ließ sich erschöpft auf einen der Stühle fallen.

„Das gibt's doch alles nicht. Was in aller Welt ist mit ihm passiert?“ Weber stützte ihr Gesicht mit beiden Händen ab.

„Wann bist du denn gestern Abend hier gewesen?“, wollte Will wissen.

„So gegen elf. Ich war ein paar Minuten zu spät. Wäre ich rechtzeitig hier gewesen, wäre vielleicht nichts passiert.“ Webers Stimme überschlug sich.

„Jetzt mach dir bitte keine Vorwürfe. Was auch immer passiert ist, du trägst daran mit Sicherheit keine Schuld.“ Will wollte Weber am liebsten tröstend in den Arm nehmen, aber irgendetwas hielt sie davon ab. Obwohl Bohlan jetzt schon einige Monate mit Weber zusammen war, war Will mit ihr immer noch nicht richtig warm geworden.

„Halten wir also fest: Tom ist gegen zweiundzwanzig Uhr bei Gerding losgefahren. Dann wird er gegen halb elf hier gewesen sein. Um elf ist Barbara aufgetaucht. Es bleibt also ein Zeitfenster von etwa einer halben Stunde, in der sich hier irgendetwas zugetragen hat“, stellte Steinbrecher resümierend fest.

„Ist dir gestern Abend etwas aufgefallen?“, wollte Will von Weber wissen.

„Herrgott, darüber grübele ich schon die ganze Nacht und den halben Tag nach. Nein, alles war total ruhig.“

„Mhm, wir sollten auf jeden Fall mal die Spezialisten kommen lassen, vielleicht finden sie noch irgendwelche Spuren an Bord“, schlug Steininger vor.

„Ja, mach das“, antwortete Will. „Sicher ist sicher.“

Weber stand auf, lief ans Fenster und blickte auf den Main.

„Doch, jetzt fällt mir noch etwas ein. Als ich auf den Parkplatz fuhr, kam mir eine dunkle Limousine entgegen."

„Na, das ist doch was. Was war das für ein Auto? Kennzeichen? Insassen?"

Weber drehte sich um und biss sich auf die Lippen.

„Wie gesagt, es war eine dunkle Limousine, Mercedes oder BMW. Wenn ich mich recht erinnere, waren zwei Personen drin, ein Mann und eine Frau mit wasserstoffblonden Haaren, aber mehr weiß ich wirklich nicht, das ging alles so schnell. Es war Abend. Ich freute mich auf Tom und war wirklich nicht darauf programmiert, verdächtige Dinge zu speichern." Weber zuckte mit den Schultern, als wolle sie sich entschuldigen. Dabei machte sie sich selbst die größten Vorwürfe, nicht aufmerksamer gewesen zu sein.

„Komm setz dich und trink einen Kaffee." Steinbrecher kam mit einem Pott Kaffee aus der Küche.

„Danke." Weber setzte sich an den Esstisch.

„Das mit dem Auto ist ja schon mal eine kleine Spur. Besser als nichts. Wir gehen nachher gemeinsam raus und du zeigst mir, von wo der Wagen kam. Vielleicht können wir noch irgendwelche Reifenspuren sicherstellen."

Weber nickte und nippte an dem Kaffee.

„Ich kann das alles überhaupt nicht verstehen. Was ist bloß passiert?", platzte es nach einer Weile aus ihr heraus.

„Das weiß keiner so genau. Wir gehen jedenfalls davon aus, dass Bohlan nicht freiwillig untergetaucht ist. Vielleicht besteht auch ein Zusammenhang mit dem Verschwinden von Robert Neumann, den vermissen wir auch seit ein paar Tagen."

Will und Steinbrecher hatten sich zu Weber gesetzt, Steininger inspizierte die Räume in Bohlans Hausboot.

„Ihr meint, dass jemand die beiden entführt hat?", wollte Weber wissen.

„Das wäre zumindest eine Möglichkeit", entgegnete Steinbrecher.

„Aber warum sollte jemand so etwas tun?"

„Bei Robert Neumann liegt die Vermutung nahe, dass es etwas mit den Unterlagen zu tun hat, die er auf mysteriöse Weise von

Claudius Jäkel erhalten hat. Möglicherweise steht das alles in einem Zusammenhang mit ihrer gemeinsamen Zeit als Steuerfahnder."

„Wenn diese Hypothese stimmen sollte, deutet vieles darauf hin, dass auch Bohlans Verschwinden in diesem Licht zu betrachten ist", ergänzte Will. „Bohlan und Neumann haben die Festplatte gemeinsam aus dem Schließfach geholt. Was wäre, wenn Sie dabei beobachtet worden wären?"

„Toms Bett war unberührt. Ich gehe nicht davon aus, dass er gestern Abend hier drin war." Steininger setzte sich zu den anderen.

Steinbrecher schaute aus dem Fenster. Als er die Wagen der Spurensicherung kommen sah, trank er seinen Kaffee aus.

„Da kommen unserer Spezialisten. Wir überlassen denen das Feld und grübeln im Präsidium weiter. Eine Bitte noch an dich, Barbara." Er blickte zu der Journalistin, die ihm gegenübersaß. „Bitte keine Ermittlungen auf eigene Faust und auch keine Sonderaktion der Boulevardzeitung."

Er schaute Weber in die Augen, war sich aber nicht sicher, ob sie seine Ansage verstanden hatte.

„Barbara, denk daran, es geht möglicherweise um Toms Leben. Jede Sonderaktion könnte es gefährden."

Barbara Weber schluckte erkennbar. Sie versuchte die Tränen zu unterdrücken, die ihr in die Augen schossen und wischte sich mit einem Taschentuch übers Gesicht.

Will, Steininger und Steinbrecher hatten sich im Kommissariat verkrochen, Kaffee gekocht und belegte Brötchen aus der Cafeteria geordert. Seit Stunden saßen sie nun zusammen und versuchten, sämtliche Ergebnisse der bisherigen Ermittlungen zusammenzutragen und dem ganzen Wirrwarr eine Struktur zu geben. Sie diskutierten hin und her, stellten Hypothesen auf, die sie Minuten später wieder verwarfen. Gegen zwei Uhr ließen sie sich drei Pizzen liefern, die sie aßen, während sie auf bunte Notizzettel starrten, die sie an die Wand geklebt hatten. Irgendwann am Nachmittag versuchte Julia Will ein Resümee.

„Die erfolgreichen Steuerfahnder Claudius Jäkel und Robert Neumann holten für den Staat Millionen, unter anderem bei den großen Banken. Doch plötzlich war damit Schluss, weil sie auf

Dinge gestoßen waren, die nicht für die Öffentlichkeit gedacht waren: illegale Parteispenden, schwarze Konten und dubiose Bankgeschäfte. Plötzlich störten sie die Geschäfte und wurden als Querulanten aus dem Dienst gemobbt, versetzt und von der Finanzverwaltung zu dem Frankfurter Psychiater und Neurologen Dr. Lessing geschickt. Dieser erstellte Gutachten, auf deren Grundlage die Steuerfahnder für psychisch krank erklärt und wegen Dienstunfähigkeit in den Ruhestand versetzt wurden. Das Land Hessen hatte danach stets beteuert, es sei alles korrekt zugegangen. Tatsächlich aber hatten diese Gutachten gesunde Staatsdiener diffamiert und Familien vernichtet.

Robert Neumann zog sich danach in sein geerbtes Anwesen in Usingen zurück und begann Bücher zu schreiben. Claudius Jäkel eröffnete ein Detektivbüro und spürte Ehebrecher auf. Nebenbei versuchte er die Details aus seiner Steuerfahndertätigkeit auf eigene Faust zu ermitteln. Er schrieb die Ergebnisse zusammen und erstellte eine Festplatte mit Material, die er in einem Schließfach deponierte. Das schien aber zunächst niemanden zu interessieren. Ein Schlüssel für dieses Schließfach fand den Weg über die Dominikanische Republik nach Frankfurt.

Irgendwann bekam er von Michel Rosenbaum den Auftrag, die Machenschaften in der Firma seines Vaters zu recherchieren. Dabei ging es insbesondere um die Liebschaft seines Vaters zu der Anwältin Miriam Faust, die Abschiebung von Frau Rosenbaum in ein Klinikum und die Ernennung von Miriam Faust zur gesetzlichen Betreuerin von Frau Rosenbaum. Pikantes Detail in diesem Fall: Das Betreuungsgutachten hat ebenfalls Dr. Lessing erstellt. Ebenfalls in dieser Zeit begann Claudius Jäkel eine Affäre mit einer bislang unbekannten Frau. Jäkel wurde getötet und nackt an der Decke seines Schlafzimmers aufgehängt. Auf dubiosen Umwegen gelangte der Schlüssel zu dem Schließfach, in dem sich die von Jäkel erstellte Festplatte befand, zu seinem alten Freund Robert Neumann, der den Schlüssel aber sogleich an Tom weitergab. Das Schließfach wird von Bohlan geräumt. Etwa zur gleichen Zeit verschwindet Neumann spurlos. Wenige Tage später erleidet Bohlan das gleiche Schicksal. Was bislang ungeklärt ist: Wer war Jäkels Geliebte und was hat die Sache Rosenbaum mit der anderen Sache zu tun?“

Will trank ein Glas Wasser in einem Zug aus und blickte ihre Kollegen fragend an.

Steinbrecher und Will wurden von einer jungen Rechtsanwaltsangestellten empfangen, die sie in einen Besprechungsraum geleitete. Sie brachte ein Tablett mit Kaffee, Tee und Gebäck. Einige Minuten später erschien Miriam Faust, wie immer in einer Kleidung, die eine markante Mischung aus sexy und geschäftlich war. Kurzer, enger schwarzer Rock, darüber eine weiße Bluse, die oberen Knöpfe geöffnet, damit man ihr üppiges Dekolletee erahnen konnte. Ihr süßliches Parfum erfüllte sofort den Raum. Sie begrüßte Julia Will knapp mit einem Handschlag und Steinbrecher mit einem intensiven Lächeln.

„Was kann ich für Sie tun?", fragte Faust und biss aufreizend langsam in einen Keks. Ihr Blick war auf Steinbrecher gerichtet.

„Wie Sie wissen, ermitteln wir in der Mordsache Jäkel."

„Dazu habe ich Ihrem Kollegen doch bereits alles erzählt, was ich weiß", entgegnete Faust.

„Nun, wir würden das Ganze gerne noch einmal mit Ihnen durchgehen. Vielleicht ist Ihnen das letzte Mal etwas entfallen."

„Das glaube ich nicht, aber bitte tun Sie, was Sie nicht lassen können. Aber fassen Sie sich kurz. Ich habe noch einige Termine." Um das Gesagte zu unterstreichen, warf sie einen demonstrativen Blick auf ihre Uhr.

„Sie sagten bei der ersten Unterhaltung, dass Ihnen Claudius Jäkel nicht bekannt gewesen sei. Ich würde Sie sehr bitten, sich noch einmal ein Bild anzuschauen." Will zückte ein Foto des toten Privatdetektivs und legte es auf den Tisch. Faust nahm es auf und schaute es sich einige Sekunden lang ein.

„Nein, ich glaube nicht, dass ich ihn kenne. Ich habe zwar einige Männer in meinem Leben kennengelernt, aber dieser wäre mir bestimmt in Erinnerung geblieben."

„Wie darf ich das verstehen?"

„Na ja, er ist doch nicht gerade unattraktiv und dazu im besten Alter, finden Sie nicht?"

Faust taxierte Will, die versuchte, dem herausfordernden Blick standzuhalten.

„Finden Sie mich zu chauvinistisch?", fragte Faust.

„Ich habe mir abgewöhnt, Personen irgendwie zu finden“, antwortete Will leicht irritiert. Die Versuche der Anwältin, die Gesprächsführung an sich zu ziehen und sie aus dem Konzept zu bringen, brachten sie zur Weißglut. Sie war bemüht, sich davon nichts anmerken zu lassen.

„Claudius Jäkel war beauftragt, Sie zu observieren und das über Monate. Ist Ihnen das nicht aufgefallen?“

„Ich gehe mal davon aus, dass er ein guter Detektiv war, der etwas von seinem Handwerk verstanden hat. Da wäre es doch seltsam, wenn ich es gemerkt hätte.“

„Andere Frage. Sagt Ihnen der Namen Dr. Dieter Lessing etwas?“, fragte Steinbrecher.

„Selbstverständlich, einer der besten Psychiater und Neurologen der Stadt.“

„Auch ein attraktiver Mann?“, fragte Will.

„Mit Sicherheit, aber unsere Kontakte waren rein geschäftlicher Natur.“

„Sie haben mit ihm Kontakt?“

„Ja, das ein oder andere Mal.“

„Soweit wir wissen, hat er auch das Betreuungsgutachten in Sachen Rosenbaum erstellt.“

„Sie sind gut informiert.“

„Nach unseren Recherchen sollen seine Gutachten in letzter Zeit nicht immer so gut gewesen sein. Hatten Sie an dem Gutachten Rosenbaum irgendwelche Zweifel?“

Faust schaute ein wenig amüsiert.

„Wie kommen Sie darauf, an den Gutachten von Dr. Lessing zu zweifeln?“

„Er hat zum Beispiel Gutachten erstellt, auf deren Basis einige Steuerfahnder für dienstunfähig erklärt und in den einstweiligen Ruhestand versetzt worden sind.“

„Ach, die Geschichte meinen Sie. Da ist doch überhaupt nichts bewiesen.“

„Das wurde aber groß in den Medien berichtet, es gab sogar einen Untersuchungsausschuss im Landtag.“

„Und der kam zu keinem Ergebnis. Glauben Sie denn alles, was in der Zeitung steht?“

„Warum verteidigen Sie Dr. Lessing?"

„Tue ich das? Sie haben mich nach meiner Meinung gefragt und ich habe geantwortet."

„Das Gutachten Rosenbaum. Haben Sie da irgendwelche Ungereimtheiten entdeckt?"

„Nein. Es ist auch nicht meine Aufgabe. Das Betreuungsgericht hat Dr. Lessing beauftragt. Er hat ein Gutachten erstellt und daraufhin wurde die Betreuung eingerichtet."

„Wie kam es dazu, dass man Sie als Betreuerin eingesetzt hat?"

„Es war ein Wunsch von Frau Rosenbaum."

Will musterte Faust, die unberührbar und selbstsicher in ihrem Stuhl saß, ohne eine Miene zu verziehen, geschweige denn, sich überhaupt eine Blöße zu geben. Bei einem Pokerspiel hätte ich gegen diese ausgebuffte Person keine Chance, dachte Will. Was ist das nur für eine Frau, die mit anderen so schonungslos spielen kann?

„Diese Faust ist mir zutiefst zuwider." Julia Will hatte ihre Jacke über den Schreibtischstuhl gehängt, saß vor ihrem Bildschirm, einen Kaffee mit extra viel Zucker vor sich.

„Außerdem lügt sie wie gedruckt", pflichtete Steinbrecher – Zigaretten drehend – bei. „Ich nehme ihr nicht ab, dass sie Claudius Jäkel nicht kannte."

Will blickte überrascht auf und musterte ihren Kollegen, der über das Zigarettenpapier leckte und die Enden zusammenklebte.

„Jäkel hat sie und Aaron Rosenbaum über mehrere Monate hinweg beschattet. Er hat sich in die Firma eingeschlichen und dort gearbeitet. Du kannst mir doch nicht erzählen, dass die Faust ihn dort nicht zumindest gesehen hat. So viele Angestellte hat die Immobiliengesellschaft doch nicht."

Steinbrecher legte die fertig gedrehte Zigarette auf den Tisch. Will nickte zustimmend und blickte nachdenklich an die Decke.

„Wenn sie Jäkel bei Rosenbaum gesehen hat, hätte sie ihn bestimmt angegraben." Es waren Steiningers erste Worte, seit die Kommissare im Präsidium zurück waren. Will und Steinbrecher schauten ihn an. „Ich meine, die gräbt doch jeden an, der ihr vor die Füße läuft."

„Da ist was Wahres dran“, erwiderte Will und fügte nach kurzem Grübeln hinzu: „Faust ist aber subtiler, sie macht es vor allem dann, wenn ihr eine Beziehung von Nutzen ist. Sie verbindet Lust und Geschäft.“

„Trotzdem kommen wir so nicht weiter. Momentan können wir ihr keine Verbindung zu Jäkel nachweisen.“ Steininger zog seine Brille vom Gesicht, um die Gläser zu putzen.

Will nahm den letzten Schluck Kaffee. „Das wäre doch ein prima Job für dich. Schnapp dir ein paar Bilder von der Faust und klapper Jäkels Nachbarschaft ab. Vielleicht hat sie jemand dort gesehen. Vielleicht ist Faust die geheimnisvolle Geliebte, die wir suchen.“

Während Steininger in den Unterlagen nach einem geeigneten Foto kramte, überlegte Steinbrecher laut: „Bleibt die Frage, wo Bohlan und Neumann stecken und wer der dritte Fahnder war, der neben Neumann und Jäkel aus dem Amt geflogen ist.“

„Mensch, Walter“, Will schlug sich mit der Hand gegen die Stirn. „Das haben wir die ganze Zeit doch völlig außer Acht gelassen. Die Karte aus der Dominikanischen Republik. Gib sie mir noch mal. Ich habe da schon eine Idee, wer uns weiterhelfen könnte.“

Donnerstag

Als Bohlan erwachte, brannte die Sonne auf seinen Schädel und verstärkte die Schmerzen, die er in keinster Weise lokalisieren konnte, so sehr er sich auch mühte. Er fühlte sich als Mittelpunkt eines riesigen Schmerzzentrums und versuchte, die Augen zu öffnen, was sich als schwerer herausstellte, als gedacht. Sein Gesicht war geschwollen und blutverklebt. Nach einiger Zeit schaffte er es und schaute sich um. Was er sah, irritierte ihn ziemlich. Er blickte auf Sand, Unmengen an Sand. Wo zum Teufel war er? Wo hatte man ihn hingeschleppt? Bohlan grübelte und versuchte sich aufzurichten, doch jedes seiner Glieder schmerzte und jede Bewegung, die er seinem Körper zumutete, löste Höllenqualen aus. Er blickte auf seltsam anmutende Pflanzen und einiges Kieferngehölz. Je mehr er seine Umgebung erfasste, umso sicherer war er, dass er sich inmitten einer Düne befand. Hatten ihn seine Entführer tatsächlich an die Nord- oder Ostsee verfrachtet, um seine Rückkehr so langwierig wie möglich zu gestalten? Wo war das verdammte Meer? Doch das Wort „Meer" löste eine Assoziationskette aus, die in einem einzigen Satz endete: Hinter Frankfurt das Meer. Das war der Titel eines Buches, das in seinem Bücherregal stand. Mit einem Schlag war Bohlan klar: Er befand sich keineswegs in einer Düne auf Sylt. Nein, er lag gar nicht weit weg von seinem Hausboot. Er war nirgendwo sonst als inmitten der Schwanheimer Düne. Allerdings vereinfachte dies das Gefundenwerden nicht unbedingt, denn die Schwanheimer Düne war ein Naturschutzgebiet, das man nur auf zwei Wegen durchlaufen konnte. Der eine führte von Norden nach Süden, der andere von Osten nach Westen. Genau in der Mitte trafen sie sich. Abseits der Wege war jeder Aufenthalt verboten und da sich Kommissar Bohlan nicht auf einem Weg befand, war die Wahrscheinlichkeit, dass ihn ein Spaziergänger finden würde, relativ gering. Bohlan musste also sein Schicksal selbst in die Hand nehmen.

„O.F." Julia Will ging seit einiger Zeit die Listen durch, die Michel Rosenbaum über die Geschenke erstellt hatte, die sein Vater in den letzten Monaten getätigt hatte. Warum zum Teufel stand da manchmal „O.F." und manchmal „M.F." Dieser Umstand war ihr bislang entgangen. Sie hatte die Initialen immer mit Miriam Faust in Verbindung gebracht. Was zum Teufel bedeutete dieses Kürzel? Will dachte nach. Sie wollte bereits zum Telefonhörer greifen, um Michel Rosenbaum anzurufen, als ihr ein Artikel der Frankfurter Zeitung einfiel, den sie heute Morgen gelesen hatte. Das kann doch alles kein Zufall sein, dachte die Kommissarin, und mit einem Mal fiel es ihr wie Schuppen von den Augen und sie konnte es nicht fassen, dass sie dieses winzige Detail erst jetzt entdeckt hatte. Es war ihr völlig unbegreiflich, dass sie auf diese Zusammenhänge nicht schon früher gestoßen war. Hatte sie die Daten und Unterlagen wirklich dermaßen schlampig gelesen? War sie womöglich unkonzentriert gewesen? All das waren Eigenschaften, die sie eigentlich versuchte, aus ihrem Wesen zu verdrängen. Lag das womöglich an Alex? Hatte er das alles ausgelöst? Will schnappte sich die Ausgabe der heutigen Tageszeitung, blätterte darin und starrte einige Minuten auf einen Artikel nebst darüberstehendem Bild.

„Was hast du, Julia?“, Steinbrecher blickte sie fragend an.

„Sagt dir der Name Oliver Faust etwas?“

„Nein, nie gehört. Warum?“

„Staatsekretär Oliver Faust ...“ Sie murmelte einige unzusammenhängende Wortfetzen. „Faust, Mann, klingelt es da nicht bei dir?“

„Ja, Faust wie Miriam Faust, aber das muss doch nichts bedeuten. Es gibt sicher noch mehr Menschen in Deutschland, die mit Nachnamen so heißen.“

Will faltete die Zeitung so zusammen, dass der Artikel, den sie gerade gelesen hatte, leicht lesbar war und schob ihn Steinbrecher zu.

„Dann schau dir mal das Bild über dem Artikel genau an.“

Steinbrecher griff die Zeitung und musterte das Foto. Es zeigte den Ministerpräsidenten und einen Mann, dessen Gesichtszüge denen von Miriam Faust zum Verwechseln ähnelten, wenn sie auch etwas maskuliner ausgeprägt waren.

„Oliver Faust ist Miriams Bruder und er sitzt im Innenministerium.“

Will blickte Steinbrecher finster an. „Hier hängt doch alles mit allem zusammen. Findest du das nicht merkwürdig?“

Als Tom Bohlan die Augen öffnete, blickte er in das kantige Gesicht eines Rettungssanitäters. Wie aus der Ferne drangen Wortfetzen in sein Hörzentrum. Der Kommissar versuchte etwas zu sagen, doch es kamen nur unverständliche Laute aus seinem Mund. Bohlan erinnerte sich trübe daran, dass er nach einigem Kampf durch das unwägbare Gelände den befestigten Weg gefunden hatte. Dort hatte er sich ausruhen wollen und war wohl wieder eingeschlafen. Wahrscheinlich hatte ihn ein Spaziergänger gefunden und den Notarzt alarmiert. Als er auf eine Bahre gehoben wurde, blickte er verstört um sich, konnte aber seine Umgebung nur äußerst verschwommen wahrnehmen, bevor er wieder in einen Zustand tiefster Bewusstlosigkeit sank.

Steinbrecher starrte an die Wand. Seine Gedanken liefen im Leerlauf. Er wollte etwas sagen, kam aber nicht mehr dazu, weil Julia Will einen Plan vorstellte, den sie in den vergangenen Minuten geschmiedet hatte. Während Steininger sich ein Glas Wasser einschenkte, folgte Steinbrecher gebannt den Worten, die aus seiner Kollegin heraussprudelten wie aus einem heißen Vulkan. Er verstand nur die Hälfte von all dem, was Will sagte. Doch das, was sie sagte und vor allem der Enthusiasmus, mit dem sie es sagte, klang überzeugend. Steinbrecher war begeistert.

„Das gefällt mir, Julia. Überlasse das mit der E-Mail mir, ich hatte schon immer mal vor, denen im Innenministerium eins auszuwischen."

„Und ihr meint, dass wir das in der Kürze der Zeit hinbekommen?", fragte Steininger skeptisch. Das Telefon schrillte. Steinbrecher hob ab.

„Wenn wir uns voll reinhängen, kann das klappen. Es ist die beste Möglichkeit, diese Nuss zu knacken", sagte Will, während Steinbrecher aufgeregt telefonierte. Als er den Hörer wieder auflegte, strahlte er über das ganze Gesicht.

„Sie haben Tom gefunden."

Das nächste Mal als Tom Bohlan erwachte, drang ein Duftgemisch aus irgendwelcher Medizin und Sagrotan in seine Nase. Er blickte sich um und erkannte das karge Weiß eines Krankenhauszimmers. Langsam drehte er den Kopf zur Seite und konnte durch das Fenster nach draußen schauen. Die Umgebung, die er sah, kam ihm bekannt vor. Seine Gedanken ratterten und bald erkannte er, dass er sich aller Wahrscheinlichkeit nach im Höchster Krankenhaus befand. Wie einer Inspektion gleich, versuchte er nacheinander seine Gliedmaßen zu bewegen und stellte beruhigt fest, dass sie noch alle funktionsfähig waren, wenn auch äußerst schwergängig. Im Bewusstsein dieses beruhigenden Gefühls schlief er wieder ein.

Das Klacken, das die Tür des Krankenzimmers beim Schließen verursachte, ließ Tom Bohlan aufschrecken. Benommen öffnete er die Augen und registrierte als Erstes, dass es draußen bereits dämmerte. Er war sich weder darüber im Klaren, wie lange er geschlafen hatte, noch wusste er, welcher Tag war, geschweige denn, wie viel

Uhr. Er drehte den Kopf zur Seite und blickte in Julia Wills braune Augen.

„Hallo Tom, wie geht es dir?"

„Vermutlich so, wie ich aussehe." Der Kommissar versuchte ein Lächeln.

Will nahm den Stuhl, der auf der gegenüberliegenden Seite an einem schmalen Tisch gestanden hatte, und stellte ihn neben das Krankenbett. Nachdem sie sich gesetzt hatte, legte sie ihre Hand auf seine, die auf der Bettdecke lag. Die Geste irritierte Bohlan. Zu körperlichen Berührungen war es zwischen den beiden selten gekommen und wenn, dann waren sie zufälliger Natur gewesen. Verwundert stellte er fest, dass die Wärme und Energie, die Wills Hand ausstrahlte, ein angenehmes Gefühl in ihm erweckte.

„Was ist passiert, Tom?"

„Darüber habe ich mir auch schon das Hirn zermartert. Wenn ich alle Puzzleteile richtig zusammensetze, die mir meine Erinnerung gelassen hat, wurde ich vor meinem Hausboot zusammengeschlagen, entführt und in einen feuchten, nassen und modrigen Keller gesperrt. Dann kamen irgendwann zwei maskierte Männer, droschen auf mich ein und zogen mich über den Boden. Als ich wieder zu mir kam, lag ich in einer Düne im Sand. Wenn ich nicht halluziniere, dann muss das die Schwanheimer Düne gewesen sein."

Will nickte. „Das hast du richtig kombiniert. Du wurdest tatsächlich in den Schwanheimer Dünen gefunden und zwar von einem Höchster Fotograf, der sich seine Zeit mit dem Erstellen von Naturfotos aller Art vertreibt. Hast du denn irgendjemanden erkannt?"

Bohlan bewegte den Kopf langsam hin und her.

„Nein. Die beiden Männer in dem Gewölbe, oder was es auch immer war, trugen schwarze Masken. Ungefähr so wie die Anhänger des Ku-Klux-Klans. Ansonsten habe ich niemanden zu Gesicht bekommen."

„Auch nicht vor deinem Hausboot, also bevor du entführt worden bist?"

„Nicht wirklich. Das Einzige, an das ich mich erinnern kann, ist ein Liebespärchen. Zuerst saßen sie in einem Auto, einer großen Limousine, dann sind sie hinter mir hergelaufen."

Will zog die Stirn in Falten.

„Eine große Limousine, sagst du. Das deckt sich mit Barbara Webers Aussagen. Leider hat sie sich auch nur die Hälfte des Nummernschildes gemerkt."

„Wieso Barbara, hat sie etwas gesehen?"

„Sie muss wohl kurze Zeit nach deinem Verschwinden gekommen sein. Jedenfalls wurde sie fast von einem großen, dunklen Wagen gerammt, als sie ihr Auto auf dem Parkplatz abstellen wollte. Es saßen zwei Personen drin, ein Mann und eine Frau. Mehr hat sie aber auch nicht gesehen. Und der Wagen hatte ein Frankfurter Kennzeichen mit 600 am Ende."

Bohlan wandte sich ab und schaute an die weiße Krankenhausdecke.

„Ja, das könnte hinkommen. Dann haben mir die beiden dort aufgelauert, mich niedergeschlagen und entführt. Aber was sollte die ganze Aktion?"

„Das habe ich mich auch schon gefragt."

„Irgendjemand will mich einschüchtern, das ist klar."

„Da kennen die dich aber schlecht, oder?"

Tom schwieg eine ganze Zeit, bevor er antwortete.

„Manchmal frage ich mich schon, warum ich mir das alles antue. Ich könnte doch locker Dienst nach Vorschrift schieben und abends das ein oder andere Glas Rotwein genießen."

Will starrte Bohlan entsetzt an. Wie er so dalag und resigniert an die Decke zu schauen schien, bekam sie richtig Angst, er würde den Fall tatsächlich abgeben wollen. Doch dann drehte Bohlan wieder seinen Kopf und sah ihr in die Augen.

„Aber dann sage ich mir: Damit dürfen diese Scheißkerle nicht durchkommen, die unseren Staat korrumpieren wollen."

Ein leichtes Lächeln flog über Bohlans Gesicht und auch Wills Züge entspannten sich merklich.

„Dann kann ich dir ja auch berichten, was ich noch herausgefunden habe."

„Schieß los."

„Ich habe den Mann gefunden, der Robert Neumann Jäkels Karte geschickt hat."

Die Spannung, die jetzt im Raum lag, war zum Greifen nahe. Will fuhr fort.

„Er heißt Holger Petermann und lebt in der Dominikanischen Republik. Petermann ist der Dritte der Steuerfahnder, die mit den getürkten Gutachten aus dem Dienst geschubst worden sind. Er hat sich mit seinen Ersparnissen ein kleines Haus geleistet und lässt den lieben Gott einen guten Mann sein. Ansonsten scheint er dem Alkohol sehr zuzusprechen und übt sich in resignierendem Geschimpfe über die politischen Verhältnisse."

Will kramte einige Unterlagen aus ihrer Tasche und begann daraus vorzulesen: „Wir haben dem Land viele Millionen Euro mit spektakulären Ermittlungen gegen Großsteuerbetrüger und Banken eingebracht. Auch bei Durchsuchungen in der Schwarzgeldaffäre der hessischen Regierungspartei waren wir aktiv. Damit sind wir wohl den Mächtigen auf die Füße getreten. Jedenfalls wurden wir versetzt, gemobbt und von der Finanzverwaltung zu dem Frankfurter Psychiater geschickt. Dessen Gutachten haben gesunde Staatsdiener diffamiert und Familien vernichtet." Will blätterte eine Seite weiter: „Mittlerweile verstehe ich jeden, der eine Bombe wirft, weil er das System zerstören will."

„Er muss ja wissen, wenn er von Korruption spricht, schließlich wohnt er direkt neben Haiti", sagte Bohlan süffisant und fügte hinzu: „Aber Spaß beiseite, wie hast du diesen Petermann gefunden?"

„Das war eigentlich gar nicht so schwer. Erinnerst du dich an die junge Praktikantin, die mal bei uns gearbeitet hat?"

„Paulina Köster?"

„Ja, genau. Sie jobbt inzwischen als Animateurin in einem der Clubs. Ich hatte noch losen E-Mail-Kontakt mit ihr. Es war ein Leichtes, sie um einen Gefallen zu bitten, und sie hat wirklich ganze Arbeit geleistet."

Bohlan nickte anerkennend.

„Was habt ihr sonst noch ermittelt?"

„Miriam Faust hat einen Bruder, Oliver. Er arbeitet im Innenministerium. Und jetzt kommt's: Er steht ebenfalls auf der Rosenbaum-Liste und hat jede Menge Geschenke bekommen."

Bohlan pfiff durch die Zähne.

„Ein weiteres Verbindungsglied zwischen den beiden Komplexen."

„Das ist sehr wahrscheinlich. Petermann will so schnell wie möglich nach Deutschland kommen und mithelfen. Steinbrecher und ich haben auch schon einen Plan", antwortete Will und schaute Bohlan verschwörerisch an.

Aaron Rosenbaum stand am Fenster seiner Villa und blickte Miriam Faust hinterher, die gerade in ihr Auto stieg. Bevor sie den Motor startete, schaute sie kurz nach oben und winkte Rosenbaum zu. Der alte Mann hob etwas zögerlich die Hand. Seine Gefühle waren in den letzten Tagen etwas durcheinandergeraten. Noch vor wenigen Wochen hatte er auf Wolke sieben geschwebt und sein Glück kaum fassen können. Es war nicht jedem vergönnt, im fortgeschrittenen Alter eine zugleich junge, intelligente und liebevolle Frau zu finden. Miriam Faust war für ihn die Vollkommenheit in Person. Sie hatte sein Leben total verändert. Er hatte sich wieder stark und jung gefühlt, beinahe so als könnte er die alten Eichen und Tannen, die in seinem Garten standen, selbst aus dem Boden heben. Viel hatte er für sie aufgeben. Die Beziehung zu seiner Frau, die ein Menschenleben lang gehalten hatte, und das enge Verhältnis zu seinen Kindern. All das hatte er über Bord geworfen, weil keiner seine Gefühle verstehen konnte. Von den Geschenken und dem Geld einmal abgesehen. Aber das störte ihn viel weniger. Davon hatte er noch mehr als genug. Der Verlust des Geldes war nichts im Vergleich zu dem menschlichen Verlust, der der Preis für sein neues Glück gewesen war. Als die Rücklichter des Porsche Cayenne aus der Einfahrt verschwunden waren, glaubte Rosenbaum einen Riss unter seinen Füßen zu spüren. Was wäre, wenn sich die Erde öffnen und er in einem Sog aus Intrigen und Betrug versinken würde? Rosenbaum hatte einige Dinge herausgefunden, die ihn an der Ehrlichkeit seiner Geliebten zweifeln ließen.

„Tom geht es deutlich besser, aber er wird noch eine Weile im Krankenhaus bleiben müssen", verkündete Will und kippte einige Stücke Würfelzucker in ihren Kaffee. „Ich habe ihn mit allen Informationen versorgt und er ist mit unserem Vorgehen absolut einverstanden. Auch Klaus Gerding hat sein Okay gegeben, ich habe gestern Abend noch mit ihm telefoniert."

Steininger und Steinbrecher nickten zufrieden.

„Dann können wir ja starten."

„Können wir. Was war gestern noch bei Miriam Faust?"

Steinbrecher legte die Füße auf den Tisch und lehnte sich zurück.

„Das Übliche. Sexy Show und viel unschuldiges Palaver. Ansonsten hat sie eingeräumt, dass ihr Bruder Oliver einige Geschenke vom alten Rosenbaum erhalten hat. Die beiden würden sich gut verstehen und des Öfteren zusammen Golfspielen. Da sich Rosenbaum mit seiner Familie überworfen habe, seien sie und ihr Bruder so etwas wie seine Ersatzfamilie, kleine Geschenke inklusive."

„Aha, also schenkt man sich eben mal eine Ferienwohnung zu Weihnachten. Schade, dass ich nicht solche Freunde habe", Will rollte die Augen. „Dieses Schickimicki-Gehabe ist eine absolute Frechheit."

„Mach dir nichts draus, dass ist nicht unsere Welt. Die leben im völligen Off. Hilft ihnen aber auch nichts, irgendwann muss jeder seine Zeche bezahlen." Steinbrecher zog seine Zunge über den Zigarettenstreifen.

„Ich habe den Text für die E-Mail an Oliver Faust fertig. Bitte schaut noch einmal drüber." Steininger zog einen Zettel hervor und schob ihn Julia Will zu. Sie las den Text durch, nickte zufrieden und reichte ihn an Steinbrecher weiter.

„Sehr gute Arbeit, Jan, das kann so raus."

„Danke." Steininger grinste über das ganze Gesicht und verschwand hinter seinem Bildschirm.

Barbara Weber saß neben Bohlans Krankenbett und hielt seine Hand. Sie hatte eine Menge Flaschen Fruchtsaft und Obst mitgebracht und alles auf dem winzigen Nachttisch drapiert.

„Komm, trink was. Du brauchst Vitamine, damit du schnell wieder fit wirst." Weber schenkte Gemüsesaft in ein Glas.

„Barbara, ich bin nicht todkrank. Ich wurde nur zusammengeschlagen."

„Trotzdem brauchst du Ruhe und Erholung."

„Die bekomme ich aber nicht hier. Wenn ich noch länger in diesem Krankenhaus bleibe, werde ich wirklich krank. Ich werde morgen mit dem Arzt sprechen. Spätestens am Wochenende will ich zu Hause sein."

Weber sah Bohlan böse an.

„Was hast du?“, Bohlans Stimme war aufbrausend. „Das hier ist doch alles Stress. Frühes Wecken. Warten. Visite. Warten. Essen. Dann überall diese Kranken. Einfach unerträglich.“

Weber legte die Hand auf Bohlans Stirn.

„Lass das.“

„Ich wollte nur fühlen, ob du Fieber hast.“

„Genug. Behandele mich bitte nicht wie ein kleines Kind.“

Weber zog ihre Hand zurück und sah seufzend aus dem Fenster. Bohlan zog es vor, zu schweigen.

„Also gut. Du gehst vor dem Wochenende nach Hause, aber nur, wenn ich mich um dich kümmern darf“, sagte Weber nach etwa fünf Minuten.

Bohlan verzog sein Gesicht zu einem trotzigen Lächeln.

„Kümmern darfst du dich immer um mich. Aber bitte ohne Gemüsesaft.“

„Hast du es ihr gesagt?“ Oliver Faust schaute Dr. Lessing entschlossen und eindringlich an. Der Psychiater setzte ein Pokerface auf und schwieg.

„Du musst die Sache beenden. Wir kommen ansonsten alle in Teufelsküche“, fuhr Faust fort. Als würden ihn die Worte völlig kalt lassen, hob Dr. Lessing die Espressotasse an und nahm einen kleinen Schluck.

„Mein lieber Oliver,“ sagte er, nachdem er die Tasse wieder abgestellt hatte: „Du irrst dich. Nicht wir kommen in Teufelsküche. Du wirst es sein. Ich habe meine Schäfchen im Trockenen.“

Oliver Faust brach in schallendes Gelächter aus. „Ich glaube, du überschätzt deine Fähigkeiten gewaltig. Alle Fäden laufen bei mir zusammen. Ich bin es, der die Entscheidungen trifft, nicht irgendein popliger, offenbar liebeskranker Psychiater.“

„Du hältst dich für Gott, aber der bist du beileibe nicht. Du machst Fehler, wie jeder andere.“

„Der einzige Fehler, den ich gemacht habe, war, dich Miriam vorzustellen. Dafür könnte ich mir noch heute in den Hintern beißen. Ich werde dir jetzt sagen, wie es laufen wird. Miriam ist für dich ab jetzt absolut tabu. Und nächste Woche wirst du diesen

Hippie erledigen. Andernfalls kannst du deine Praxis für immer schließen."

Faust stand auf und verließ die Cocktailbar. Dr. Lessing blickte ihm grimmig hinterher. Wogen aus Hass und Verachtung stiegen in ihm auf.

Freitag

Julia Will wachte an diesem Morgen ungewöhnlich früh auf. Draußen war es noch dunkel und Alex schnarchte leise vor sich hin. Vorsichtig schlug sie die Decke zur Seite und stand auf. Darauf achtend, möglichst keine Geräusche zu verursachen, schlich sie aus dem Zimmer. An der Tür blieb sie stehen und warf einen verliebten Blick auf Alex, bevor sie die Tür schloss. Sie duschte ausgiebig, zog sich an und besorgte Brötchen beim Bäcker um die Ecke.

Alex schaute verschlafen ins Wohnzimmer, als Julia Will in die zweite Hälfte des Nutella-Brötchens biss und Zeitung las.

„Du bist aber ganz schön früh aus dem Bett gefallen." Alex' Stimme klang leicht belegt. Er setzte sich an den Tisch und schenkte sich eine Tasse Kaffee ein.

„Ne, nur wach geworden."

„Wenn das zu solchen Ergebnissen führt, kann das ruhig öfter passieren." Alex griff nach einem Croissant. Will legte die Zeitung weg.

„Was liegt bei dir heute an?"

„Das Übliche. Eine kaputte Schulter und anschließend einige Mobilisierungen. Und bei dir?"

„Einsatz am Flughafen. Heute kommt dieser Typ aus der Dominikanischen Republik. Ich bin schon ganz gespannt."

Dr. Lessing lag schon einige Stunden wach in seinem Bett und beobachtete Miriam Faust, die neben ihm lag und schlief. Sie war gestern erst spät zu ihm gekommen. Angeblich hatte sie lange gearbeitet, was sie auch immer darunter verstand. Sie hatten gegen Mitternacht einen Happen gegessen und sich dann ausgiebig geliebt. Erschöpft war sie eingeschlafen. Dr. Lessing hingegen hatte eine unruhige Nacht mit wenig Schlaf hinter sich. Zu viele Gedanken waren in seinem Kopf umhergeschwirrt. Er strich Miriam zärtlich über das Gesicht. Nie im Leben würde er sich von ihr trennen, da konnte Oliver sich auf den Kopf stellen. Er hatte lange hin und her überlegt und eigentlich blieb nur eine Möglichkeit: die Flucht. Aber wie konnte er Miriam davon überzeugen? Und sollte er hier wirklich alles aufgeben, was er sich in Jahrzehnten aufgebaut hatte? Vielleicht ließ sich auch Oliver Faust noch zur Vernunft bringen.

Der Mann, der seit einigen Jahren zum ersten Mal wieder deutschen Boden betrat, hatte das Erscheinungsbild eines ausgekochten Ganoven. Graue, gescheitelte und nach hinten gegelte Haare, braun gebranntes Gesicht. Hätte er keine schwarze Sonnenbrille getragen, so wären seine tiefbraunen Augen zum Vorschein getreten. Er hielt ein schwarzes Herrentäschchen aus Leder unter dem Arm und wartete an der Gepäckausgabe. Als sein brauner Lederkoffer auf dem Band angerollt kam, griff er ihn behänd, stellte ihn auf den Boden und marschierte, den Koffer hinter sich herziehend, in Richtung Ausgang. Der Grenzpolizist musterte ihn eingehend und war schon drauf und dran, ihn zur Seite zu winken. Im letzten Moment hielt ihn seine junge Kollegin davon ab. Sie stupste ihn in die Seite und faselte irgendetwas von „bekannter Filmschauspieler". Währenddessen schlenderte der Mann durch die Schiebetür und ließ seinen Blick über die wartende Menschenmasse hinter der Absperrung gleiten. Der eine oder andere Blick folgte ihm, während er schnurstracks zu der Flughafenbar marschierte, sich an der Theke niederließ und einen Espresso orderte.

Julia Will lehnte an einem Pfosten und ließ ihren Blick langsam und forschend durch die Flughafenhalle wandern. Bislang war ihr nichts Verdächtiges aufgefallen. Das war einerseits ein beruhigendes Gefühl, denn es ließ die Wahrscheinlichkeit steigen, dass der Plan, den sie sich ausgeheckt hatte, erfolgreich sein würde. Andererseits wurde sie aber den Gedanken nicht los, irgendetwas Entscheidendes übersehen zu haben. Ihr Blick blieb auf Klaus Steinbrecher haften, der in einem der Wartesessel saß und so tat, als würde er eine Zeitung lesen. Als er ihren Blick bemerkte, hob er langsam und vorsichtig seine Hand und streckte den Daumen nach oben. Will antwortete mit einem flüchtigen Lächeln und ließ ihren Blick suchend zu der Stelle wandern, an der sie Steininger vermutete. Dieser stand, einen Koffer neben sich, am Stehtisch der Bäckerei und biss in ein Croissant. Es dauerte einen Moment, bis er Wills Blick bemerkte, um dann ebenfalls für einen kurzen Moment den Daumen zu recken. Offensichtlich schienen die beiden ebenfalls nichts Verdächtiges bemerkt zu haben. Will dachte einen Moment nach. War wirklich alles in Ordnung? Hatte wirklich niemand etwas von der Ankunft des Mannes, der nun seinen Espresso trank und unbeteiligt in einer Zeitschrift blätterte, bemerkt? Sollte es wirklich gelungen sein, den ganzen Plan geheimzuhalten? Andererseits wäre alles andere doch auch sehr ungewöhnlich. Es gab nur sieben Personen, die davon wussten: außer dem Ermittlungsteam waren dies Klaus Gerding, Paulina Köster und der Mann, der gerade einen zweiten Espresso bestellte. Niemand von den sieben konnte ein ernsthaftes Interesse daran haben, eine weitere Person in den Plan einzuweihen. Trotzdem, bei allem was bisher passiert war, war äußerste Vorsicht angebracht. Die Kommissarin ließ den Ausgang des Terminals keine Sekunde aus den Augen. Sie wartete weitere zehn Minuten, bevor sie ihr Handy zückte.

„Ich glaube, die Luft ist rein. Kannst kommen."

Holger Petermann hatte das ruhige Leben an den Stränden der Dominikanischen Republik so sehr inhaliert, dass ihn nichts mehr aus der Ruhe bringen konnte. Zeit hatte für ihn in den letzten Jahren eine ganz neue Dimension bekommen. Sie hatte nicht nur jede Art von Hektik verloren, sie kroch vielmehr langsam und gemütlich vor sich hin. Er konnte Stunden damit zubringen, irgendwo zu sitzen, vorzugsweise in einer Bar oder einem Café, einen Espresso nach dem anderen in sich hineinkippen und eine gutes Buch oder eine Zeitschrift lesen. Noch vor wenigen Wochen hätte er sein gesamtes Hab und Gut darauf verwettet, dass er niemals wieder einen seiner Füße auf deutsches Territorium setzen würde. Zu viel war in der Vergangenheit passiert und zu sehr hatte er sich an das einfache

Leben gewöhnt. Doch dann hatten sich Dinge ereignet, die ihn von heute auf morgen an sein altes Leben erinnert hatten. Über die letzten Jahre hinweg waren die E-Mails und Internettelefonate mit Claudius Jäkel und Robert Neumann die einzigen Kontakte in seine Heimat gewesen. Er wusste, dass Jäkel weiter über die alten Dinge recherchiert hatte. Oft hatte Jäkel ihm darüber berichtet, doch er hatte die Berichte wahrgenommen wie eine Doku, die im Fernsehen lief oder einen Artikel, der in einem Nachrichtenmagazin stand. Die Ergebnisse von Jäkels Recherchen hatten in ihm keinerlei Emotionen hervorgerufen. Er hatte unter diese alten Sachen einen radikalen Schlussstrich gezogen, nicht aus Desinteresse, sondern als eine Art Selbstschutz. Das Einzige, wozu er sich bereit erklärt hatte, war als eine Art Datensicherung zu fungieren. Jäkel hatte ihm in regelmäßigen Abständen Dateien gemailt, die er auf einer externen Festplatte abgelegt hatte. Das war über Jahre gut gegangen und hatte auch nie irgendwelche Konsequenzen nach sich gezogen. Doch dann, vor wenigen Wochen hatte Jäkel ihn darum gebeten, sämtliche Dateien zusätzlich zu sichern und diese Kopie in einem Banktresor abzulegen. Dies war Petermann schon höchst merkwürdig vorgekommen. Einen Tag später hatte Jäkel ihm dann verkündet, dass er in den nächsten Tagen einen Bankschlüssel per Post erhalten würde. Diesen solle er umgehend an Robert Neumann schicken, zusammen mit einem vorformulierten Text. Er konnte sich noch genau an den Abend erinnern, an dem er mit Jäkel telefonierte.

„Was soll das, Claudius? Wenn du Peter einen Schlüssel schicken willst, dann kannst du das doch selbst tun und musst ihn nicht um die halbe Erdkugel schicken."

„Ich hab meine Gründe", hatte Jäkel geantwortet. „Es hat schon alles seine Richtigkeit."

Tatsächlich war dann einige Tage später der Brief mit dem Schlüssel bei ihm eingetroffen. Der beiliegende Text, den Petermann abschreiben und dem Schlüssel beilegen sollte, hatte ihn aufschrecken lassen.

„Lieber Robert, wenn mir etwas passiert, findest du hier alles, um die Sache aufzuklären."

Petermann hatte seinen Auftrag erfüllt und nicht weiter über die Sache nachgedacht. Doch nur wenige Tage später hatte ihn Robert Neumann angerufen und vom Mord an Jäkel berichtet. Sie hatten vereinbart, in Kontakt zu bleiben. Leider war Neumann plötzlich von der Bildfläche verschwunden. Petermann war zunehmend nervöser geworden und als plötzlich eines Abends diese junge blonde Deutsche vor seiner Tür stand und ihn mit all den Fakten aus der Vergangenheit konfrontierte, war Petermann, klar, dass er helfen musste.

Eine tiefe Männerstimme ließ Petermann herumfahren. Seine Hand stieß gegen die Espressotasse, die bedrohlich schwankte. Doch außer dem Klirren des Löffels passierte nichts.

„Holger Petermann, nehme ich an?"

„Ja", antwortete Petermann verhalten und blickte auf den kleinen, untersetzt wirkenden Mann, dessen ergraute Locken in alle Richtungen zu zeigen schienen.

„Willkommen in Deutschland. Ich bin Klaus Gerding."

„Freut mich wirklich sehr." Petermanns Stimme wirkte äußerst erleichtert.

Gerding hob die Hand und signalisierte der Bedienung hinter dem Tresen, dass er eine Bestellung aufgeben wollte.

„Ich hoffe, Sie hatten einen guten Flug."

„Danke, ja."

„Gut, dann lassen Sie uns das Weitere kurz besprechen, bevor ich Sie in ein Hotel bringen lasse."

Tom Bohlan hatte mehrere Stunden auf den Chefarzt gewartet. Doch dieser war entweder im Operationssaal, auf Visite oder gerade nicht erreichbar. Der Kommissar fühlte sich nutzlos und abgestellt. Die ganze Situation war nicht zum Aushalten. Er setzte sich auf das Krankenbett, in dem er die unruhigsten Nächte der vergangenen Jahre verbracht hatte. Neben ihm stand eine kleine Tasche mit den wenigen Kleidungsstücken und Habseligkeiten, die Barbara Weber ihm kurz nach seiner Einlieferung gebracht hatte. Bohlan schaute aus dem Fenster, wo sich die Silhouette des Taunus am Horizont abzeichnete. Der Kommissar ließ noch einmal alle Gedanken Revue passieren, die er sich seit dem Morgen gemacht hatte. Er war zu der festen Überzeugung gelangt, dass der Heilungsprozess zu Hause weitaus schneller und effektiver vonstatten gehen würde. Bohlan hasste Krankenhäuser. Schon der Geruch machte ihn wahnsinnig. Man war zu Tagen des Dahinplätscherns verurteilt. Die normalen Funktionen wurden ausgestellt, fast so, als sei man scheintot. Außerdem fühlte er sich auch alles andere als krank. Zwar konnte er sich nur sehr langsam bewegen und die Verletzungen, die die vielen Fußtritte verursacht hatten, lösten noch immer Schmerzen bei jeder Bewegung aus, doch sein Gehirn funktionierte einwandfrei. Kurzentschlossen stand er auf, schulterte die Sporttasche und verließ das Zimmer. Das Laufen fiel ihm noch etwas schwer, aber die Aussicht, in kurzer Zeit auf seinem Hausboot zu sitzen und weder einen Arzt noch eine nörgelnde Krankenschwester zu Gesicht zu bekommen, war ein Ziel, für das man ein paar lappige Schmerzen durchaus auf sich nehmen konnte.

Als Julia Will nach Hause kam, war es längst tiefschwarze Nacht. Die Kommissarin fühlte sich ausgelaugt und erschöpft, als die Eingangstür des alten Hauses in der Hohemarkstraße hinter ihr ins Schloss fiel. Sie ließ ihre Tasche auf den Boden fallen und lehnte sich rücklings gegen die Tür. Es verging fast eine Minute, in der sie reglos in dieser Position verharrte und nichts tat, außer den Geräuschen des Hauses zu lauschen. Es war nicht viel zu hören, doch jedes Haus hatte seinen eigenen Sound, vor allem, wenn es schon einige Jahrzehnte auf dem Buckel hatte. Hier ein kurzes Knarren, da das Quietschen eines Fensterladens. Ansonsten absolute Stille. Alles war dunkel. Ihre Oma lag vermutlich längst in ihrem Bett und schlummerte vor sich hin. Will warf einen Blick auf die Uhr, sie zeigte zwei Uhr nachts. Sie holte sich aus dem Kühlschrank eine Flasche Bier und verzog sich mit ihr ins Wohnzimmer. Dort ließ sie sich auf das Sofa fallen und schaltete den Fernseher ein. Eigentlich war sie total am Ende und benötigte jede Sekunde Schlaf, doch ihre Gedanken tanzten Samba. Sie nahm einen tiefen Schluck direkt aus der Flasche und zappte durch die Programme. Schlussendlich blieb sie bei einem alten amerikanischen Spielfilm hängen, von dem sie allerdings auch nur wenige Minuten mitbekam, dann schlief sie ein.

Sonntag

Tom Bohlan schlenderte den steilen Weg am Bolongaropalast empor in Richtung Höchster Altstadt. Zwar spürte er noch hier und da ein leichtes Zwicken, doch das Bewegen ging schon deutlich besser als vor wenigen Tagen. Schlimmer waren manche Stellungen im Liegen oder Sitzen. Er war froh, am Freitag wortlos aus dem Krankenhaus geflüchtet zu sein. Den ärgerlichen Telefonanruf der Stationsschwester hatte er genauso über sich ergehen lassen wie Barbaras Gemecker. Er hatte sich alles angehört und einige Sekunden geschwiegen.

„Es war meine Entscheidung." Dieser Satz war das Einzige, was er gesagt hatte. Barbara war noch am Freitag ins Krankenhaus gefahren und hatte die Entlassungspapiere eigenhändig abgeholt. Bohlan hatte alles unterschrieben, auch dass er auf eigene Verantwortung das Krankenhaus verlassen hatte. Damit war den Formalitäten hinlänglich Tribut gezollt und es konnte nur noch aufwärts gehen. Bohlan erreichte die Königsteiner Straße und lief an Ramschläden und Dönerbuden vorbei. In den letzten zwanzig Jahren hatten viele alteingesessene Läden die Einkaufsstraße verlassen, die immer mehr an Attraktivität verloren hatte. Besonders schlimm war der Wegzug des einzigen Kaufhauses gewesen. Das Jahre lang leerstehende Gebäude war erst vor wenigen Monaten wieder neu vermietet worden. Bohlan hoffte, dass es mit der Höchster Einkaufsmeile wieder aufwärts gehen würde. Nur wenige Meter weiter lagen die verträumte Altstadt mit den Fachwerkhäusern, dem Schloss und dem prunkvollen Bolongaropalast, in dessen Gartenpavillon seit etlichen Jahren die Schauspielerin Rosemarie Fendel wohnte.

Bohlan kaufte an einem Kiosk die aktuelle Ausgabe der Frankfurter Zeitung und setzte sich mit ihr bewaffnet in ein von einer türkischen Familie betriebenes Café. Nachdem er einen Latte Macchiato geordert hatte, blätterte er durch den Lokalteil und stellte zu seiner Freude fest, dass es keinen Artikel über den weiteren Gang der Ermittlungen hinsichtlich des Todes des Sachsenhäuser Privatdetektives gab. Beruhigt faltete er die Zeitung zusammen und leerte das Glas. In der Bäckerei um die Ecke machte er ein paar Besorgungen, bevor er auf sein Hausboot zurückkehrte.

Kurze Zeit später näherten sich vier Männer und eine Frau dem Kahn. Bohlan, der in der Küche stand, sah die Gruppe bereits von Weitem kommen. Er öffnete die Tür und ließ sie herein.

Den Nachmittag über verbrachten Bohlan, Will, Gerding, Steinbrecher, Steininger und Petermann damit, die kommende Aktion wieder und wieder durchzusprechen. Es war Wills Idee gewesen, den Dritten der geschassten Steuerfahnder zurück nach Deutschland zu holen. Ihr Plan sah so aus, die „Gegenseite", wie sie es nannte, aus der Reserve zu locken. Ausgehend von der Annahme, dass Jäkels Tod und Neumanns Verschwinden etwas mit der Mobbingaffäre zu tun hatten, war Petermann der letzte Trumpf, der auszuspielen war. Will vermutete hinter allem eine Intrige, die im Innenministerium ihren Ausgang nahm. Dort saß Oliver Faust, ein Vertrauter und alter Schulfreund des Ministerpräsidenten, dem nachgesagt wurde, der Mann für das Grobe zu sein. Wills Theorie ging von der Kernthese aus, dass Claudius Jäkel mit den vor seinem Tod zusammengetragenen Informationen Faust in Bedrängnis gebracht und dieser letztlich für Jäkels Tod verantwortlich zeichnete, entweder hatte er ihn selbst verübt, wahrscheinlicher aber in Auftrag gegeben. Weiterhin nahm sie an, dass Oliver Faust auch hinter Neumanns Verschwinden steckte, entweder weil Neumann ebenfalls an ihn herangetreten war oder weil Faust herausgefunden hatte, dass Neumann nunmehr im Besitz brisanter Informationen war. Vor diesem Hintergrund sollte Holger Petermann nun den Lockvogel spielen und Faust unter Druck setzen. Steininger hatte von einem anonymisierten Account eine E-Mail an Oliver Faust verfasst. Will hoffte, dass dieser auf einen Erpressungsversuch eingehen würde und man Faust dann auf frischer Tat ertappen und verhaften könnte. Damit wäre zwar noch nicht der Mord aufgeklärt, aber möglicherweise konnte Faust in den sich anschließenden Verhören so unter Druck gesetzt werden, dass er sich in Widersprüchen verhedderte.

Die Ermittler waren von Wills Plan begeistert. Selbst der ansonsten eher zurückhaltende Klaus Gerding war Feuer und Flamme. Lediglich Bohlan hielt Wills Idee für ziemlich verwegen. Nach allem, was er bislang über Oliver Faust vernommen hatte, legte sich die Mordkommission mit einem ausgekochten Profi an, was Intrigen und politische Machtspiele betraf. Bohlan hielt Faust für zu durchtrieben, als dass er sich durch Wills eher durchsichtiges Spiel aus der Reserve locken ließ. Der Kommissar gab sich aber geschlagen, als Will ihm mitteilte, dass Faust mittlerweile auf die E-Mail geantwortet hatte. Steininger hatte in Petermanns Namen Oliver Faust darüber in Kenntnis gesetzt, dass er nun im Besitz von Jäkels Unterlagen sei. Gleichfalls hatte er versichert, auf diese keinen gesteigerten Wert zu legen, wenn er ein hübsches Sümmchen bekommen würde. Die E-Mail war an Oliver Fausts private Adresse gegangen und von dort war auch prompt eine Antwort gekommen. Das Treffen sollte am Montagvormittag stattfinden.

„Was haltet ihr davon, den Tag mit einem Bier in der Wunderbar zu beenden?“, schlug Will vor.

Bohlan, der schon lange nicht mehr in der Café-Bar in der Antoniterstraße gewesen war, stimmte freudestrahlend zu.

„Morgen ist es so weit. Du weißt, was zu tun ist.“

Dr. Lessings Kehle fühlte sich plötzlich staubtrocken an. Kleine Schweißperlen bildeten sich auf seiner Stirn.

„Kann das nicht jemand anderes erledigen? Du hast doch sonst auch immer deine Handlanger“, antwortete er schließlich mit rauer Stimme.

„Ich möchte, dass du das machst. Und denk dran, was ich ansonsten noch erwarte.“

„Ja“, sagte Dr. Lessing gepresst. Dann war die Leitung still. Der Psychiater legte das Telefon auf seinen Schreibtisch. Nachdenklich blieb er sitzen. Nach einiger Zeit nahm er die Weinflasche, die auf dem Tisch stand, und schenkte sein Glas voll. Tausend Gedanken gingen ihm durch den Kopf. Bilder aus den vergangenen Jahrzehnten wechselten sich in loser Reihenfolge vor seinem inneren Auge ab. Wenn er auf die Forderung seines alten Freundes einging, wäre er ihm auf Gedeih und Verderb ausgeliefert und das für alle Zeit. Er wäre im höchsten Maße erpressbar, ein Spielball in der Hand des großen Strippenziehers. Dr. Lessing kannte diese Methoden. In den vergangenen Jahren waren schon einige an ihnen zu Grunde gegangen. Er trank das Glas leer, ging zum Fenster und schaute in die dunkle Nacht. Mit einem Mal wusste er, was zu tun war.

Montag

Oliver Faust saß im Il Gondoliere, einem klassischen italienischen Restaurant in der Mertonpassage, und blickte nachdenklich durch die großen Fenster auf die Bürohäuser, die sich links und rechts auftürmten. Das Mertonviertel lag im Nordwesten der Mainmetropole und war in den neunziger Jahren rund um das Gelände der ehemaligen Heddernheimer Kupferwerke entstanden. Neben einer großflächigen Wohnbebauung mit Einfamilienhäusern bestimmten vor allem Bürokomplexe das Erscheinungsbild. Der Kellner stand hinter dem Tresen und polierte das Besteck. Faust war der einzige Gast. Gewöhnlich füllte sich die Passage erst um die Mittagszeit, wenn die Menschen aus den Bürohäusern Mittagspause hatten. Faust mochte das Il Gondoliere. Das Essen war gut, der Service ebenfalls und die Preise hielten sich im Rahmen. Obwohl Fausts Arbeitsplatz in Wiesbaden war, hatte er in einem der oberen Stockwerke der Passage ein kleines Büro angemietet, das einzig und allein den Geschäften diente, denen er neben seiner eigentlichen Arbeit im Innenministerium nachging. Immer wenn er hier war, pflegte er den späteren Vormittag mit einem Cappuccino zu beenden, um nahtlos zu einem kleinen italienischen Imbiss überzugehen. Auf dem Tisch vor ihm lag sein Handy. Den Laptop hatte er entgegen seinen normalen Gepflogenheiten noch nicht aus seiner Aktentasche geholt, die auf dem Stuhl neben ihm platziert war – ein Umstand, der den Kellner hinter dem Tresen nachdenklich stimmte. Zum Arbeiten fehlte Faust an diesem Tag die Konzentration. Zu viele Gedanken schossen ihm durch den Kopf und spielten Karussell. Die E-Mail, die er vor einigen Tagen erhalten hatte, hatte seine weitere Lebensplanung erheblich durcheinandergewirbelt. Nach dem Tod von Claudius Jäkel war er eigentlich davon ausgegangen, dass die ganze Geschichte ein Ende haben würde. Sie dauerte schon viel zu lange und sein klarer Auftrag lautete, dies alles ein für alle Mal zu beenden. Sein eigentlicher Plan, die Störenfriede aus der Frankfurter Steuerfahndung mittels bestellter und getürkter psychiatrischer Gutachten aus dem Dienst zu entfernen, war ziemlich genial gewesen. Alles war wie am Schnürchen gelaufen. Gut, die Opposition und einige linke Medien hatten gewettert und gezetert, aber schlussendlich war alles im Sande verlaufen. Die meisten Steuerfahnder waren eingeknickt, versetzt oder anderweitig versorgt. Einer der Geschassten war mittlerweile als Steuerberater tätig, aber von ihm ging keine Gefahr aus. Die drei Rädelsführer waren aus dem Dienst entfernt. Einer war ausgewandert und fristete sein Dasein als Spieler und Säufer, einer litt unter Depressionen und versuchte sich als Autor und der dritte war als verkappter Privatdetektiv auf Frankfurts Straßen unterwegs. Alle drei standen unter regelmäßiger Beobachtung. Vielleicht war es ein Fehler gewesen, die Beobachtung herunterzufahren. Aber in all den Jahren hatten sich keinerlei Anhaltspunkte dafür ergeben, dass von den dreien irgendeine Gefahr ausgehen könnte. Und es gab genug andere Probleme zu lösen. Vor wenigen Jahren hatte der Machtverlust für den Ministerpräsidenten unmittelbar bevorgestanden, als die linken Parteien nach der Wahl völlig unerwartet eine Mehrheit hatten. Nur seinem Einfallsreichtum war es zu verdanken, dass die ganze Sache scheiterte. Gezielt hatte er auf einige Abgeordnete der Opposition mit subtilen Methoden eingewirkt. Eine Indiskretion hier, ein paar Jobangebote dort und schon war die Mehrheit der Opposition dahin.

Faust kratzte sich über die Schläfe und blickte auf die Uhr. Es war fünf vor halb zwölf. In wenigen Minuten würde dieser Säufer hier auftauchen, ihm die letzten verbliebenen Unterlagen der Steuerfahndung übergeben und dann würde diese vermaledeite Affäre ihren finalen Abschluss finden. Zwar gab es noch das Problem mit der Frankfurter Mordkommission, doch aus gut unterrichteten Kreisen wusste er, dass die Ermittlungen mittlerweile in eine andere Richtung liefen.

Julia Will saß mit Steinbrecher im Café Olé und kaute nervös auf ihrem Daumen. In ihrer noch recht jungen Karriere als Kommissarin hatte sie schon einige brenzlige Situationen überstanden, doch die, die jetzt vor ihr lag, war mit Sicherheit der absolute Höhepunkt. Überhaupt hatte sich der ganze Fall zu einem Mysterium entwickelt. Ein Steuerfahnder ermordet, ein zweiter verschwunden und Tom Bohlan entführt, zusammengeschlagen und jetzt wieder auf freiem Fuß. Zudem waren die Frankfurter Kommissare einem wahren Komplott auf der Spur, der seinen Ausgang irgendwo im Wiesbadener Innenministerium genommen hatte und sich über die Finanzämter und die Polizei erstreckte. Sie wusste seit Tagen nicht, wem sie überhaupt noch über den Weg trauen konnte. Aus diesem Grund hatte Gerding, obwohl einige Jahrzehnte älter, nicht minder nervös darauf verzichtet, irgendwelche Verstärkung anzuheuern. Das hätte über die internen Dienstwege laufen müssen und vermutlich wäre etwas nach oben durchgesickert, womöglich bis ins Ministerium und dies musste unter allen Umständen vermieden werden.

„Lass das. Du machst deine schönen Nägel noch kaputt."

Will legte die Hand auf den Tisch und schaute weiter angestrengt durch das Fenster.

„Petermann meldet sich, wenn er vor der Passage ist. Bleib locker. Steinbrecher lehnte ihr gegenüber und stellte eine gespielte Lässigkeit zur Schau.

„Trotzdem sollten wir die Umgebung im Auge haben. Wer weiß, wer oder was uns noch dazwischenfunkt."

„Julia, ich bin mindestens so angespannt wie du, wenn man es mir auch nicht anmerkt. Aber was sollte noch passieren?"

„Was weiß ich. Faust könnte einen Killer beauftragt haben oder irgendwer vom LKA läuft draußen rum und nimmt Petermann fest."

„Ich glaub nicht, dass Faust so weit geht. Warum sollte er auch. Er denkt, dass er von einem versoffenen Hippie erpresst wird. Der will das Problem mit ein bisschen Kleingeld aus der Portokasse lösen."

„Was macht dich da so sicher?"

„Männliche Intuition", erwiderte Steinbrecher trocken. Will musste lachen und schlug Steinbrecher mit der Hand leicht gegen die Schulter.

„Spinner."

„Nein, im Ernst. Faust glaubt doch, dass er die Polizei im Griff hat. Er wird nicht im Traum daran denken, dass wir da mit drinhängen und nach allem, was wir über ihn wissen, ist er überzeugt davon, dass er mit Petermann alleine fertig wird."

„Ich weiß nicht, ich denke immer, dass wir irgendwas übersehen haben."

Steinbrecher lugte durch das Fenster auf die Passage, die noch immer fast menschenleer war.

„Ein Restrisiko bleibt natürlich. Aber wir haben keine Alternative."

Will runzelte nachdenklich die Stirn.

Klaus Gerding und Jan Steininger hatten zunächst die Tiefgarage nach Fausts Wagen abgesucht und ihn schließlich im abgetrennten Teil für reservierte Plätze ausfindig gemacht. Es war ein schwarzer Mercedes der Oberklasse mit Frankfurter Kennzeichen. Nachdem sie einen Peilsender an dem Wagen befestigt hatten, begaben sie sich in den dritten Stock, um Fausts Büro zu untersuchen. Es lag im hinteren Bereich und war verschlossen. Sie lauschten einige Zeit an der Tür, ohne eine Geräusch wahrzunehmen. Da die Fenster zur – im inneren gelegenen – Ladenpassage gingen, konnte man von Fausts Büro aus nicht auf das Il Gondoliere blicken, sodass Wills Befürchtung, Faust könnte dort einen Scharfschützen platziert haben, der Petermann um die Ecke bringen würde, nicht zutraf. Die beiden schlenderten die Gänge entlang und inspizierten die Türschilder. Sie fanden keinerlei Anhaltspunkte für Auffälligkeiten.

Als Wills Handy piepste, blickte die junge Kommissarin ungerührt weiter aus dem Fenster, fast so, als habe sie das Piepsen nicht gehört.

„Julia, dein Handy." Steinbrecher berührte seine Kollegin leicht am Arm.

„Was ist?", Will fuhr herum.

„Dein Handy."

„Ich weiß", Will blickte weiterhin ungerührt nach draußen. Der Griff in die Tasche wirkte ferngesteuert. Sie warf einen Blick auf das Display und führte das Gerät mechanisch zum Ohr.

„Ja ... Okay, wir sind bereit."

Sie wandte sich zu Steinbrecher: „Es geht los."

Steinbrecher zückte sein Funkgerät und verständigte Gerding.

Tom Bohlan saß in seinem Wohnzimmer auf dem Sofa und sah nachdenklich auf den Main. Ein großer Kahn, mit irgendwelchem Industriegut beladen, glitt vorüber. Bohlan ging es deutlich besser als noch am Sonntag. Er fühlte sich fast schmerzfrei, was in Anbetracht der Schmerzmittel, die er täglich schluckte, kein Wunder war. Die Tatsache, dass er auf seinem Hausboot gemütlich sitzen, Kaffee trinken und schlafen konnte, wann immer er wollte, hatte sein Wohlbefinden erheblich gesteigert. Zudem konnte er Berichte und Akten durchstöbern, wie es ihm gefiel und war bei den Ermittlungen nicht mehr außen vor.

Er hatte sich noch am Freitag Kopien sämtlicher Berichte anfertigen lassen, die seine Kollegen in den letzten Tagen verfasst hatten. Selbst den Sonntagabend hatte er dazu benutzt, alle Berichte durchzulesen und fein säuberlich auf dicke Stapel zu sortieren. Dann war Barbara gekommen, hatte ihm ein kräftiges Essen bereitet und lange mit ihm auf dem Sofa gesessen. Später waren sie zusammen ins Bett gekrochen und hatten sich eng aneinander geschmiegt. Bohlan war sofort eingeschlafen. Die Wärme und Nähe seiner Freundin gab ihm Geborgenheit und Sicherheit zurück. Der gewalttätige und rücksichtslose Angriff hatte ihn seelisch mehr mitgenommen, als er sich eingestehen wollte. Jahrelang hatte es ihm nichts ausgemacht, alleine auf diesem Kahn zu leben. Doch jetzt, in dieser besonderen Situation, war es besser, dass jemand da war und auf ihn aufpasste.

Sie schliefen bis acht Uhr und frühstückten zusammen. Barbara hatte den üblicherweise dürftig bestückten Kühlschrank tags zuvor aufgefüllt und es gab neben Cornflakes und Toastbrot auch jede Menge Obst, Wurst und Käse. Nachdem sich Barbara auf den Weg in die Redaktion gemacht hatte, ging Bohlan erneut an die Berichte und begann, Notizen auf einen Block zu schreiben. Die Arbeit, die seine Kollegen in den vergangenen Tagen geleistet hatten, betrachtete Bohlan mit tiefstem Respekt. Kaum zu glauben, was alles zu Tage gefördert worden war. Der Fall schien tatsächlich vor dem Abschluss zu stehen. Bohlan konnte es immer noch nicht fassen, in welchem Ausmaß Steuerbehörde und Polizei von oben unter Druck gesetzt und mit welchen subtilen Mitteln und Repressalien einzelne Beamte drangsaliert worden waren. Kopfschüttelnd und fassungslos legte Bohlan gegen elf Uhr den Stift zur Seite und begab sich an seinen Herd, um einen Espresso Latte zuzubereiten. Nachdem er die Milch schaumig geschlagen hatte, wollte er den heißen Kaffee hineinlaufen lassen. Plötzlich durchzuckte ihn ein Gedanke, der seine rechte Hand außer Kontrolle geraten ließ und der brühend heiße Kaffee lief anstatt in das Glas über seine linke Hand. Fluchend stellte er die Kanne ab, holte eine kühlende Kompresse aus dem Eisfach und setzte sich – von Panik getrieben – an den Tisch, um wild in den Berichten zu blättern. Tatsächlich fand er einige Minuten später die Stelle, die ihm kurz zuvor das Gehirn geflutet hatte. Geistesgegenwärtig griff er zu seinem Telefon.

Miriam Faust steckte verärgert ihr iPhone in die Tasche und stürmte zum Aufzug. Was zum Teufel spielte ihr Bruder für ein Spiel und was war plötzlich in ihn gefahren? Schon immer war er ein Meister der Manipulation gewesen, der andere Menschen nach seinen Vorstellungen lenken wollte. Manchmal erinnerte er sie an einen Puppenspieler, der über der Bühne schwebte und die Marionetten tanzen ließ. Aber diesmal ging er zu weit. Was bildete er sich eigentlich ein, ausgerechnet ihr und Dr. Lessing Vorschriften machen zu wollen. In den letzten Jahren hatten sie prima zusammengewirkt und ohne sie hätte das ganze Spiel um Macht und vor allem Geld überhaupt nicht so gut funktioniert. Oliver war drauf und dran, die Karten zu überreizen. Aber auch Dr. Lessing hatte ihr in den vergangenen Tagen überhaupt nicht gefallen. Er wirkte zunehmend aggressiv und gereizt. Und manchmal kippte seine Stimmung in tiefste Niedergeschlagenheit. Was in aller Welt ging hier vor?

Als Petermann das Il Gondoliere betrat, blickte Faust auf und musterte ihn mit einem abfällig wirkenden Gesichtsausdruck. Entgegen seiner ansonsten tadellosen Manieren war er zur Begrüßung nicht aufgestanden, sondern reglos auf seinem Stuhl sitzen geblieben. Petermann hatte ein Lächeln auf den Lippen und wirkte ein wenig übermütig. Er schlenderte quer durch das Lokal und ließ sich auf den Stuhl fallen, der Faust gegenüberstand.

„Wollen Sie mir nicht etwas zu trinken anbieten?“, fragte Petermann.

„Ich wusste nicht, dass wir uns zu einem Kaffeeplausch verabredet haben“, gab Faust knapp zur Antwort. Als hätte Petermann die Antwort nicht vernommen, drehte er sich zum Kellner um, der immer noch hinter seinem Tresen stand und irritiert das Geschehen musterte.

„Einen Espresso, bitte“, sagte Petermann ein wenig zu laut und zu Faust: „Für wichtige Geschäfte sollte man sich immer einen Moment Zeit lassen, nicht wahr.“

„Haben Sie die Daten dabei?“ Fausts Stimme wirkte tonlos.

„Sicher, aber alles der Reihe nach.“ Petermann lehnte sich zurück, verschränkte die Arme und musterte Faust, ohne ein Wort zu sagen. Der Kellner stellte den Espresso und ein Glas Wasser auf den Tisch.

„Daran erkennt man ein gutes Restaurant, dass zum Espresso immer ein Glas Wasser serviert wird. Sie haben einen guten Geschmack, Herr Faust.“ Petermann öffnete die Kekspackung und biss in das Gebäck, das neben der Tasse gelegen hatte. Erneut musterte er Faust.

„So sieht also der Mann aus, der dieses ganze Unwesen trieb. Wissen Sie, ich habe mich immer gefragt, was das für ein Mensch ist, der hinter all diesen Machenschaften steckt.“ Petermann nahm einen Schluck Espresso. „Ich habe Sie mir anders vorgestellt, nicht so gewöhnlich.“

„Herr Petermann, kommen wir zur Sache. Sie geben mir die Daten und bekommen dafür einen dicken Umschlag. Damit ist die Sache beendet und jeder geht wieder seines Weges.“

„Die Welt ist nicht so einfach, wie Sie sich das vorstellen“, gab Petermann knapp zur Antwort.

„Sie hören mir jetzt erst einmal zu. Es mag sein, dass man sich mit Geld alles kaufen kann. Aber ist es das wirklich wert? Denken Sie manchmal auch darüber nach, was Sie anderen Menschen damit antun?“

Faust verzog sein Gesicht zu einer gequälten Grimasse.

„Was wollen Sie, Herr Petermann? Ich habe hier ein dickes Bündel Geldscheine. Damit können Sie den Rest des Lebens das tun, was Sie die vergangenen Jahre gemacht haben. Genießen Sie den Tag, legen Sie sich in die Sonne, trinken Sie so viele Cocktails, wie Sie wollen. Das Einzige, was Sie dafür tun müssen, ist, den Stick herüberzuschieben und mir versichern, dass es keine Kopie mehr davon gibt.“

Petermann griff in die Tasche seiner Jacke. Seine Hand umklammerte den USB-Stick. Für einen Moment schien es, als könne er ihn nicht loslassen. Dann legte er ihn auf den Tisch. Faust grinste zufrieden und schob den dicken Briefumschlag zu Petermann, der erwartungsvoll Richtung Eingang blickte. In dem Moment, in dem er Will und Steinbrecher erblickte, zischte eine Kugel an ihm vorbei. Petermann fuhr herum und blickte in ein überraschtes Gesicht, das Sekunden später auf den Tisch aufschlug. Ein Blutfleck bildete sich auf dem vormals weißen Hemd.

In einem Hausboot, wenige Kilometer entfernt stand ein einsamer Espresso auf dem Küchentisch und erkaltete. Tom Bohlan hatte mehrfach vergeblich versucht, seine Kollegen zu erreichen. Erst war besetzt, dann ging niemand dran. Nach einigen missglückten Versuchen stieg er kurzentschlossen in seinen Lupo und raste die A 66 Richtung Frankfurt. In Höhe des Fernsehturms bog er auf die Rosa-Luxemburg-Straße in Richtung Nordweststadt ab, fuhr am Einkaufszentrum vorbei und nahm die Ausfahrt in Richtung Mertonviertel. Er parkte sein Fahrzeug auf den Taxiparkplätzen vor der Laden-Passage, ließ einen fluchenden Taxifahrer hinter sich und rannte auf die Passage zu. Mitten auf dem Platz kam ihm ein Mann im langen Mantel entgegen, den Bohlan nur kurz wahrnahm. Für den Bruchteil einer Sekunde ratterte sein Gehirn, doch das Adrenalin in seinen Adern ließ ihn weiterrennen. Auf halbem Weg erreichte ihn zum ersten Mal das mulmige Gefühl, zu spät zu kommen. Er versuchte den ernüchternden Gedanken zur verdrängen und hetzte weiter. Als er das Restaurant erreichte, erkannte er, dass sein Einsatz vergeblich war. Julia Will und Walter Steinbrecher standen am Eingang und blickten mit Entsetzen auf den leblos mit dem Kopf auf dem Tisch liegenden Oliver Faust.

Miriam Faust wollte gerade den Cayenne auf die Einfahrtsspur zur Tiefgarage der Mertonpassage lenken, als sie im Augenwinkel Dr. Lessing erblickte. Er hechtete über den Platz, der vor der Passage lag. Sie betätigte den elektrischen Fensterheber und wollte ihm etwas zurufen. Doch in diesem Augenblick tauchten Julia Will, Steininger und Steinbrecher auf, die hinter Dr. Lessing herrannten. Instinktiv legte sie den Rückwärtsgang ein und ergriff die Flucht.

„Was ist passiert?“, wollte Bohlan wissen. Er saß mit Klaus Gerding und Holger Petermann an einem der Tische im Il Gondoliere.

„Genau in dem Moment, in dem die Übergabe der Daten erfolgen sollte, flog eine Kugel haarscharf an Petermanns Kopf vorbei und traf Oliver Faust mitten ins Herz. Er war auf der Stelle tot."

Bohlan blickte auf Petermann, der wie benommen neben Gerding saß und ausdruckslos durch die Gegend stierte.

„Er hat einen Schock. Die Kollegen sind bereits verständigt."

Bohlan nickte.

„So ein Mist, was haben wir bloß falsch gemacht?"

„Wenn ich das wüsste. Wir waren uns so sicher, dass Faust hinter allem steckt. Natürlich war es riskant, das Ganze ohne Sondereinsatzkommando zu machen. Aber wir hatten uns das gut überlegt und es schien so sicherer, als das irgendetwas durchsickern würde."

„Ja, natürlich. Wir haben uns nichts vorzuwerfen. Im Nachhinein ist man immer schlauer."

„Aber, Tom, warum bist du eigentlich hier? Du solltest doch die nächsten Tage dein Boot nicht verlassen."

Bohlan wurde plötzlich aus seiner Trance gerissen. Die Ereignisse hatten sein eigentliches Anliegen gedanklich weit nach hinten gedrängt.

„Ich habe gestern Abend und heute Morgen sämtliche Berichte und Memos durchgelesen und dabei bin ich auf einen Punkt gestoßen, den wir bislang völlig übersehen hatten. Ich habe versucht, euch zu erreichen."

Bohlan schaute durch das Fenster auf den Platz, der vor der Passage lag.

„Und, Tom, was war das Wichtiges?"

„Ich weiß, wer geschossen hat."

Gerding blickte Bohlan überrascht an.

„Was? Wer?"

„Es war dieser Psychiater. Dr. Lessing."

„Wie kommst du darauf?"

„Er stand draußen auf dem Platz, als ich meinen Wagen parkte. Ich bin an ihm vorbeigelaufen, als ich die Passage betrat. Außerdem passt das zu dem, was ich in den Akten entdeckt habe."

In diesem Moment wurde die Tür aufgerissen und Julia Will stürmte hinein.

„Wir haben Dr. Lessing festgenommen." Sie war ziemlich außer Atem und ihre Stimme klang gehetzt.

„Wo ist er?", wollte Gerding wissen.

„Jan und Walter halten ihn in Schach. Aber ich glaube, es geht keine Gefahr von ihm aus. Wir haben seine Waffe sichergestellt."

Miriam Faust parkte den Cayenne nur wenige hundert Meter vom Tatort entfernt auf einem Aldi-Parkplatz. Sie schaltete den Motor aus, stützte sich mit den Händen auf dem Lenkrad ab und verbarg den Kopf in beiden Händen. Sie spürte, wie ihr Körper zu zittern begann. Ihre Nerven lagen schon seit Tagen blank. Zu viel war passiert. Für manches trug sie die Schuld, das war ihr klar. Sie hatte mit hohem Einsatz gespielt und der Tag, an dem sie die Zeche dafür bezahlen musste, rückte unaufhaltsam näher. In den vergangenen Tagen hatte es die eine oder andere Minute gegeben, in der sie daran zweifelte, noch die Fäden ihres Spiels in den Händen zu halten. Nun musste sie feststellen, dass dem nicht mehr so war. Es war einiges außer Kontrolle geraten und sie war sich nicht mehr sicher, ob es ihr gelingen konnte, die Handlungshoheit wiederzuerlangen.

Dr. Lessing saß aufrecht auf dem Stuhl des Vernehmungszimmers. Er wirkte ruhig und gelassen.

„Warum haben Sie Oliver Faust erschossen?"

Der Psychiater lächelte.

„Weil er mir im Wege gestanden hat. Genauso wie Claudius Jäkel übrigens."

Will blickte überrascht, ebenso Steinbrecher, der neben ihr saß.

„Wie meinen Sie das?"

„So wie ich es sage."

„Hat Jäkel Ihnen auch im Wege gestanden oder haben Sie ihn auch …?"

„Ermordet. Sprechen Sie es ruhig aus. Man muss der Wahrheit ins Auge blicken können, Frau Kommissarin."

Will rutschte unruhig auf ihrem Stuhl hin und her.

„Aber, warum?"

„Weil sie mir im Wege standen, das sagte ich doch bereits."

„Bei was standen sie Ihnen im Weg?"

Dr. Lessing lächelte.

„Ich hätte Sie für intelligenter gehalten. Seit wann beschäftigen Sie sich mit diesem Fall? Sie haben wirklich viel herausgefunden, das muss man Ihnen lassen. Nur zum Kern sind Sie niemals gestoßen. Schade, dass Herr Bohlan außer Gefecht ist. Ihm wäre ein solcher Lapsus nicht passiert. Obwohl, bei seiner Entführung hat er sich auch ziemlich dämlich angestellt."

„Wollen Sie damit sagen, dass Sie auch für Toms, Herrn Bohlans, Entführung verantwortlich sind?"

Dr. Lessing lächelte wieder, verschränkte die Arme vor seinem Bauch und schaute Julia Will provozierend an.

Als Miriam Faust das Büro der Immobiliengesellschaft Rosenbaum betrat, war es bereits Nachmittag. Die schrecklichen Erlebnisse des späten Vormittags hatte sie sich weggeschminkt. Dies im Zusammenhang mit ihrem unglaublich guten schauspielerischen Talent führte tatsächlich dazu, dass man ihr kein bisschen der Selbstzweifel und Traurigkeit anmerkte, die an ihrem Innersten nagten. Sie stellte ihre Tasche neben dem Schreibtisch ab und machte sich auf den Weg zu Rosenbaums Büro, das nur wenige Meter weiter hinten im Flur lag. Als sie an die Tür klopfen wollte, merkte sie, dass diese nicht verschlossen, sondern nur angelehnt war. Eine unbekannte Stimme mit leicht spanischem Akzent drang nach draußen. Neugierig verharrte sie auf dem Flur und versuchte durch den Türspalt in den Raum zu schauen. Leider konnte sie nicht viel erkennen, dafür aber umso mehr hören.

„Dr. Lessing hat also beide Morde und meine Entführung gestanden?"

Bohlan schaute Will und Steinbrecher überrascht an. Die drei saßen in Bohlans Wohnzimmer. Draußen dämmerte es bereits.

„Ja, hat er."

„Und was nennt er als Motive für die Taten?"

„Er sagt, er sei mit Miriam Faust liiert. Aus diesem Grunde habe er sich auch von seiner Frau getrennt. Dann habe er aber herausgefunden, dass Miriam Faust sich auch mit Claudius Jäkel getroffen habe. Er habe das eine Zeitlang geduldet, dann aber nicht mehr. Der Mord an Jäkel passierte aus purer Eifersucht."

Bohlan fuhr sich mit der Zunge über die Lippe und dachte einen Moment nach.

„Wusste er denn auch von der Beziehung Fausts zu Rosenbaum?"

„Ja. Aber das sei eine andere Ebene. Das habe er toleriert, weil er wusste, dass es in erster Linie um finanzielle Dinge gegangen sei. Er hat ausgesagt, dass Miriam Faust krank sei. Deshalb habe er ihr viel verziehen."

„Krank in welcher Hinsicht?"

„Nymphomanie."

„Wie bitte?"

„Miriam Faust ist nymphoman veranlagt."

„Aha."

Will blätterte in ihren Notizen.

„Ich habe es mir ganz genau erklären lassen: In der Antike waren Nymphen lustige und sinnesfrohe Naturgöttinnen. Heute werden aber Frauen mit unersättlichem und zwanghaftem Drang nach Sex als nymphoman bezeichnet. Die Psychologie zieht Vergleiche zwischen Nymphomanie und anderen häufig bei Frauen vorkommenden Problemen wie Magersucht und Bulimie. Minderwertigkeitsgefühle, gestörte emotionale Bindungen und die Suche nach Nähe führen in einen Teufelskreis. Psychologen sehen das angepasste Verhalten von Frauen als einen möglichen Auslöser für die Sex-Sucht."

Will schaute auf. „Faust war bei Dr. Lessing in Behandlung. Dabei haben sie sich auch kennengelernt."

„Und Dr. Lessing hat das Wissen über ihre Krankheit ausgenutzt, um mit ihr in die Kiste zu steigen."

„Das bestreitet er natürlich."

Bohlan machte ein nachdenkliches Gesicht.

„Du schaust so skeptisch."

„Ja, das Geständnis passt nicht zum Leichenfund. Warum erschoss Dr. Lessing Jäkel nicht, warum hängte er ihn nackt an die Zimmerdecke?"

„Das habe ich ihn auch gefragt. Dr. Lessing hat ausgesagt, dass er Faust und Jäkel quasi in flagranti erwischt hat. Er hat Jäkel vor Fausts Augen umgebracht und an die Decke gehängt. Es sollte eine Art Lektion für sie sein."

Bohlan stand auf, holte eine Flasche Wasser aus der Küche und stellte sie auf den Couchtisch. Er schenkte zwei Gläser ein.

„Dann war er aber kein Einzeltäter, zumindest, was meine Entführung anbetrifft."

Will kratzte sich an der Stirn. „Ja, das stimmt natürlich. Das waren er und Faust gemeinsam. Sie waren das Pärchen, das dir aufgelauert hat."

Bohlan blickte überrascht. „Dr. Lessing und Faust sollen das gewesen sein? Niemals. Miriam Faust hätte ich drei Meter gegen den Wind erkannt."

„Schon mal was von Perücken und Verkleidung gehört?"

„Trotzdem."

„Tom, es war dunkel und du hast das Pärchen nur flüchtig gesehen."

„Also gut, gehen wir mal davon aus. Aber wie stand Oliver Faust ihm im Weg?"

„Oliver Faust muss versucht haben, die beiden auseinander zu bringen. Er hat massiven Druck auf Dr. Lessing ausgeübt, damit er die Beziehung beendet."

„Was hatte Faust gegen die Beziehung?"

„Das wusste Dr. Lessing auch nicht. Angeblich ging es dabei um die Geschichte Rosenbaum. Oliver Faust hatte die Beziehung seiner Schwester zu Aaron Rosenbaum initiiert. Sie war Bestandteil seiner Intrigen um Macht, Geld und Einfluss. Er hat dabei die sexuelle Veranlagung seiner Schwester ausgenutzt und sie mit Rosenbaum zusammengebracht. Er hatte wohl Angst, dass Dr. Lessing auch diese Beziehung beenden wollte. Er drohte Dr. Lessing, die Sache mit den falschen Gutachten auffliegen zu lassen und ihm alleine in die Schuhe zu schieben."

Julia Will griff nach ihrem Wasserglas und trank es in einem Zug leer.

„Ihr meint also, dass Dr. Lessing der Täter ist."

„Davon müssen wir nach seinem Geständnis wohl ausgehen. Er konnte den Tatort und auch die Art und Weise, in der Jäkel ermordet wurde, ziemlich genau beschreiben."

Bohlan strich sich über den Kopf. Dann stand er auf, lief an das Fenster und schaute auf das Wasser. Julia Will beobachtete ihn eine ganze Weile. Bohlan dachte nach und irgendetwas passte ihm nicht. Er hatte gehofft, neben dem Mord auch gleich einige Affären aufzuklären, um Beweise für die Korruption in Politik und Behörden präsentieren zu können. Nun sah alles mehr oder weniger nach einem komplizierten Beziehungsgeflecht aus.

„Bleibt nur eine einzige offene Frage: Was ist mit Robert Neumann?“

Es klang wie der Griff nach dem letzten Strohhalm, der vor dem Ertrinken retten konnte.

Miriam Faust trank den Champagner, den Aaron Rosenbaum ihr einschenkte, mit einer Mischung aus Verachtung und Vernichtungslust. Sie betrachtete den alten Mann, wie er sich vor ihr zum Narren machte. Sie spielte das gleiche Spiel wie in den vergangenen Monaten, ließ ihn nach ihrer Pfeife tanzen und gaukelte Lust vor. Hätte sie nicht am Nachmittag das Gespräch gleichwohl zufällig wie ungewollt mit angehört, sie wäre völlig arglos gewesen. Rosenbaum liebte sie mit der gleichen Hingabe, mit der gleichen Lust und Unersättlichkeit wie die Monate zuvor. Was spielte er für ein Spiel? Hatte er all das wirklich ernst gemeint, was er heute Nachmittag zu diesem ominösen Ausländer gesagt hatte? Sie wusste, dass sie vorsichtig sein musste.

Dienstag

Aaron Rosenbaum blickte nachdenklich an die mit Stuck verzierte Decke seines Schlafzimmers. Von Ferne drang das Plätschern des Duschwassers aus dem Badezimmer zu ihm. Irgendwo dudelte leise ein Radio vor sich hin. Der Immobilienmagnat ließ die vergangenen Stunden ohne Reue Revue passieren. Diese Frau war einfach unglaublich gut im Bett, dachte er. Auch wenn es heute anders gewesen war als sonst, mechanischer, nicht mit so viel Gefühl beladen wie in den vergangenen Monaten. Das galt jedenfalls für ihn. Sie hatte wohl nie wirklich etwas gefühlt, bei dem, was sie tat. Rosenbaum war fast geneigt, den Entschluss, der im Laufe der letzten Woche gereift war, zu revidieren. Er dachte an die vielen alten Männer, die er kannte und die nicht ansatzweise das Glück hatten, im fortgeschrittenen Alter noch einer so tollen Frau begegnet zu sein. Aber dann kamen die Gedanken zurück, die ihn zu seinem Entschluss geführt hatten. War das bisschen Sex den Preis wert, den er bezahlt hatte? Huren gibt es überall, murmelte er und stand auf.

Will und Steinbrecher machten sich auf den Weg zu Miriam Fausts Büro. Doch außer ihrer Mitarbeiterin trafen sie niemanden an.

„Wir wissen auch nichts. Seit gestern Mittag ist sie spurlos verschwunden. Für heute haben wir vorsorglich alle Termine abgesagt. Sie ist nicht erreichbar. Zu Hause und auf ihrem Handy meldet sich nur die Mailbox."

„Wann haben Sie sie zuletzt gesehen?"

„Das war gestern Vormittag. Eigentlich hatte sie einen Termin bei Aaron Rosenbaum wegen einer Immobilienangelegenheit. Kurz bevor sie gehen wollte, rief aber ihr Bruder an."

„Was wollte er?"

„Keine Ahnung. Frau Faust war etwas ärgerlich, weil sie in Eile war. Sie ließ sich das Gespräch aber trotzdem in ihr Zimmer legen und schloss die Tür."

„Was passierte dann?"

„Nach einiger Zeit verließ sie überstürzt das Büro und telefonierte währenddessen mit Dr. Lessing. Sie machte einen sehr aufgeregten Eindruck."

„Haben Sie irgendeine Idee, wo sie sich aufhalten könnte?"

Die Sekretärin grübelte einen Moment nach.

„Es gibt da ein Wochenendhaus in der Nähe von Schotten. Das hat sie von ihren Eltern geerbt. Manchmal hat sie sich dorthin zurückgezogen."

„Haben Sie genauere Angaben dazu?"

Die Sekretärin dachte einen Moment nach.

„Die Adresse kann ich Ihnen geben und ich glaube sogar, dass ich hier noch einen Schlüssel habe." Sie stand auf und ging zu einem Schlüsselkästchen, das an der Seite eines Büroregals angebracht war.

Das Wochenendhäuschen stand in einer Ferienhaussiedlung etwas außerhalb von Schotten inmitten eines recht großen bewachsenen

Grundstücks. Es war ein einfaches Holzhaus, in Dunkelbraun gestrichen mit geschlossenen Klappläden und einem Holzunterstand an der rechten Außenseite. Der Parkplatz vor dem Haus war leer. Keinerlei Gegenstände befanden sich im Garten oder auf der Terrasse. Will und Steinbrecher umrundeten das Haus, ohne auch nur eine Spur oder einen Hinweis auf Miriam Faust zu finden. Nichts deutete auf ihre Anwesenheit hin. Als die Kommissare wieder an der Eingangstür angekommen waren, zog Steinbrecher den Schlüssel aus der Tasche, den er von Fausts Sekretärin bekommen hatte und schloss die Tür auf. Er wusste sofort, dass eine Leiche auf ihre Entdeckung wartete. Der Geruch, der ihm in die Nase flog, war zu verräterisch. Er warf Will einen Blick zu und konnte an ihrem Gesichtsausdruck erkennen, dass auch sie schon Witterung aufgenommen hatte. Sie betraten das Häuschen und schlossen die Eingangstür hinter sich. Das Haus bestand aus einem kleinen Flur, von dem drei Türen abgingen. Die eine führte in ein kleines Bad, die andere in ein Schlafzimmer mit einen Doppelstockbett, die dritte in ein recht großes Wohnzimmer, mit Kochecke und Schlafsofa. Die Einrichtung war im Stil der siebziger Jahre. Alles war aufgeräumt, doch renovierungsbedürftig. Würde der süßliche Leichengeruch nicht alles überlagern, so wäre der Geruch nach Moder und Feuchtigkeit beherrschend. Steinbrecher konnte sich nicht vorstellen, dass sich Miriam Faust hier oft aufhielt. Einrichtung und Stil des Häuschens standen in einem zu krassen Widerspruch zur Eleganz ihres Büros. Vermutlich aber hatte sie das Häuschen – aus welchen Gründen auch immer – in dem Zustand gelassen, in dem sie es von ihren Eltern übernommen hatte.

„Hier riecht alles nach Leiche, aber wo ist sie?“, fragte Will.

Steinbrecher zuckte mit den Schultern. Die beiden Kommissare sahen sich noch einmal in allen Räumen um, ohne fündig zu werden.

„Vielleicht wurde Sie vor Kurzem …“, Steinbrecher erblickte, bevor er den Satz beenden konnte, eine kleine, fast unscheinbare Erhebung im roten Teppichboden, der zwischen Esstisch und Sofaecke lag. Er bückte sich, nahm eine Ecke des Teppichs und klappte sie zur Seite. Nun war klar, was die Erhebung des Teppichs ausgelöst hatte: der nicht heruntergeklappte Griff einer Falltür.

Als die Tropfen in das Wasserglas fielen, zitterte Rosenbaums Hand kurz. Er stand angezogen daneben und versuchte zu erkennen, wie die farblose Substanz sich mit dem Wasser zu mischen begann. Nach einer Minute ergriff er den Löffel, der auf dem Tablett gelegen hatte, und rührte mehrmals um. Er legte eine Rose neben das Glas und verließ den Raum.

Steinbrecher öffnete die Luke. Der Verwesungsgeruch, der bislang langsam durch die Ritzen gekrochen war, strömte nun ungehindert und mit voller Wucht nach oben. Steinbrecher und Will versuchten ihre Nase zu schließen, ein Unterfangen, das zum Scheitern verurteilt war. Direkt am Einstieg entdeckte Steinbrecher einen Lichtschalter. Dann stieg er, gefolgt von Julia Will hinab in den Keller. Er bestand aus einem einzigen großen Raum. Die Wände waren unverputzt und der Mörtel blätterte aus den Fugen. Feuchtigkeit und Kälte erfüllten den Raum und gaben ihm zusammen mit dem üblen Gestank einen furchteinflößenden Charakter. Die Lampe, die sich am Einstieg befand, warf nur ein schwaches schummriges Licht, sodass sich Steinbrechers Augen erst an die Dunkelheit gewöhnen mussten. Das Erste, was er sah, war ein breites Messingbett, das inmitten des Raumes stand und das als Ablagefläche für allerlei Folterwerkzeug diente: Peitsche, Lederriemen und Handschellen.

Ein Finger tippte auf Steinbrechers Schulter und ließ ihn erschaudern. Er drehte sich um und blickte in die aufgerissenen Augen seiner Kollegin, die in die hintere Ecke des Raumes starrte. Steinbrecher drehte den Kopf und schaute in die gleiche Richtung. Er erkannte schemenhaft ein Etwas, was der Form eines menschlichen Körpers verdächtig nahe kam, und das mit an Sicherheit grenzender Wahrscheinlichkeit der Ausgangspunkt des furchtbaren Gestankes war.

Tom Bohlan und Barbara Weber hatten in aller Ruhe gemeinsam gefrühstückt. Der Kommissar fühlte sich erholt und fit. Zwar hatte der Arzt ihn noch drei weitere Tage krankgeschrieben, doch das scherte ihn wenig. Barbara Weber hatte während des Frühstücks vergebliche Versuche unternommen, ihn zu einem weiteren Tag zu

Hause zu überreden. Die Sinnlosigkeit dieses Unterfangens war ihr von vornherein klar. Insgeheim verstand sie Bohlan, sie selbst hätte vermutlich genauso wenig wie er die Tage zu Hause verbringen können, wenn ein wichtiger Artikel zur Abschlussarbeit anstand.

Gemeinsam verließen sie das Hausboot und liefen zum Parkplatz. Dort küssten und umarmten sie sich kurz, bevor jeder in sein Auto stieg und zur Arbeit fuhr.

Gut zwanzig Minuten später betrat Bohlan das Kommissariat und traf dort lediglich auf Jan Steininger, der den Bericht über die Vernehmung von Dr. Lessing in den PC tippte. Seine Miene erhellte sich, als er Bohlan erblickte.

„Tom, na das ist mal eine positive Überraschung."

„Ich hab's zu Hause einfach nicht mehr ausgehalten." Bohlan zog einen Stuhl an Steiningers Tisch und setzte sich zu ihm. „Haben Sie dir den ganzen Schreibkram aufgedrückt?"

Steininger verzog sein Gesicht. „Ja, du fehlst eben an allen Enden."

Bohlan schmunzelte. „Ich fehle sicher viel, aber nicht beim Berichteschreiben. Wie weit seid ihr denn?"

„Wie es scheint, ist der Fall abgeschlossen. Wir haben den Mörder. Einige Punkte sind noch nicht geklärt, aber das wird schon."

Bohlan nickte und stand auf, um sich einen Kaffee zu holen.

„Was hältst du von Dr. Lessings Geständnis?", fragte er, als er am Kaffeeautomaten stand.

„Na ja, bisschen komisch ist das schon, aber sein Geständnis scheint glaubhaft und ist ziemlich detailliert."

Der letzte Tropfen Kaffee tröpfelte in die Tasse. Bohlan griff den Pott und drehte sich um. Steinbrecher saß kerzengerade auf seinem Stuhl und blickte Bohlan aufmerksam an.

„Es ist nicht immer alles so, wie es scheint", bemerkte Bohlan eher beiläufig und setzte sich wieder zu seinem Kollegen.

„Dr. Lessing hat Oliver Faust erschossen, das ist klar. Vielleicht war er auch an meiner Entführung beteiligt. Aber ich glaube nicht, dass er Claudius Jäkel ermordet hat."

„Aber er hat die Tat gestanden und wer soll es sonst gewesen sein?"

Bohlan trank einen Schluck und stellte den Pott vor sich ab. Einen Moment beobachtete er, wie sich das Crema des Kaffees am Rand der Tasse absetzte.

„Du findest das Geständnis doch auch etwas merkwürdig, oder?"

„Ja."

„Und warum?"

Steininger dachte einen Moment nach, bevor er antwortete.

„Die Todesumstände passen nicht zu dem Motiv Eifersucht."

Bohlan sah Steininger eindringlich und fordernd zugleich an. Der junge Kommissar fühlte sich ermutigt weiterzureden.

„Nehmen wir mal an, ich würde meine Freundin mit einem anderen im Bett erwischen, dann könnte ich mir vorstellen, dass ich im Affekt handelnd den Mann erschieße oder von mir aus auch ein Messer irgendwo reinjage. Aber der Tod an Jäkel sieht irgendwie inszeniert aus."

Bohlan nickte. „Er sieht nicht aus, wie im Affekt begangen. Er sieht geplant aus."

„Ja, genau."

„Nehmen wir mal an, Dr. Lessing hat den Mord an Jäkel nicht begangen. Wer könnte es sonst gewesen sein?"

Steininger machte ein nachdenkliches Gesicht und zuckte nach einiger Zeit mit den Schultern.

„Weiß nicht."

„Dann müssen wir anders fragen. Aus welchem Grund könnte Dr. Lessing ein falsches Geständnis abgegeben haben?"

Das Gesicht des jungen Kommissars hellte sich deutlich auf.

„Ah, jetzt weiß ich, worauf du hinauswillst. Er könnte nicht aus Eifersucht, sondern aus Liebe gehandelt haben."

„Genau. Und dann käme nur eine Person infrage, die er schützen wollte."

„Miriam Faust."

„Genau. Und wenn wir dann bedenken, dass Dr. Lessing nicht nur der Geliebte von Miriam Faust war, sondern auch ihr Psychologe, dann wird auch klar, weshalb er so detaillierte Kenntnisse über den Mord und seine Umstände hatte."

„Aber wer ist dann wirklich der Mörder?"

„Oder die Mörderin", ergänzte Bohlan.

„Du meinst also, dass Miriam Faust die Morde begangen hat."

„Dafür könnte einiges sprechen. Es könnte aber auch alles ganz anders sein." Bohlan machte ein geheimnisvolles Gesicht. „Wir müssen sie finden, bevor es zu spät ist."

Steinbrecher drückte den Schalter eines Scheinwerfers, der in der Ecke des Kellerraumes stand. Der helle Strahl brachte sogleich Licht in das Dunkel des Kellers. Das schemenhafte Etwas entpuppte sich als menschlicher Körper, der mit einer schwarzen Hundeleine um den Hals an einem Haken an der Decke aufgehängt war. Der Kopf steckte in einer schwarzen Maske und befand sich auf halber Höhe, die Knie berührten den Kellerboden. Der Oberkörper war halb aufgerichtet, der Kopf hing nach vorne und berührte fast die Brust. Abgesehen von der schwarzen Maske war der Körper nackt und es war unzweideutig eine männliche Leiche. Dunkelviolette Leichenflecke zeichneten sich auf ihm ab und zeugten davon, dass der Tod schon vor einiger Zeit eingetreten war.

Steinbrecher fasste die Maske des Toten mit spitzen Fingern an und zog sie langsam nach oben. Will schaute angewidert auf das Gesicht von Peter Neumann. Es wies zahlreiche punktförmige Blutungen auf und eine Spur von Speichel zog sich vom rechten Mundwinkel bis über das Kinn.

Steinbrecher wandte sich seiner Kollegin zu und wollte etwas sagen. Doch bei ihrem Anblick entschloss er sich dazu, sie möglichst schnell nach oben zu befördern. Er fasste sie an der Hand und zog sie mit aller Kraft die Treppe hinauf. Oben angekommen, bugsierte er sie nach draußen. Während sich Julia Will im Vorgarten erbrach, rief Steinbrecher im Kommissariat an, wo sich zu seiner Überraschung Tom Bohlan meldete.

Während Steinbrecher und Will auf das Eintreffen der Spurensicherung warteten, überlegten Bohlan und Steininger, wo sie mit der Suche nach Miriam Faust beginnen sollten. Da sie sich weder in ihrem Wochenendhaus noch in ihrem Büro befand, blieben nur zwei Möglichkeiten. Die erste war ihre Wohnung, die zweite war Aaron Rosenbaum. Sie fuhren als Erstes zu Fausts Wohnung, fanden diese verschlossen und verlassen vor. Als Nächstes begaben sie sich zu Rosenbaums Büro, wo sie die Auskunft erhielten, dass Rosenbaum sich zu Hause aufhielt und Miriam Faust seit zwei Tagen nicht da gewesen sei. Kurzentschlossen fuhren sie zu Rosenbaums Villa.

Ein Diener führte die beiden Kommissare in die Bibliothek. Aaron Rosenbaum saß in einem Sessel. Seine Beine lagen auf einem Hocker, auf einem Tischchen, das direkt neben ihm stand, verweilten eine alte Teekanne aus Porzellan und eine halbausgetrunkene Tasse.

„Herr Rosenbaum, Sie haben Besuch", sagte der Diener.

Rosenbaum schaute vom Wirtschaftsteil der Frankfurter Zeitung auf und blickte erstaunt.

Bohlan ging auf Rosenbaum zu, der die Zeitung beiseitelegte und sich erhob.

„Herr Bohlan, wenn ich mich recht erinnere", sagte Rosenbaum. „Nehmen Sie doch Platz."

Rosenbaum wirkte bei Weitem nicht so vital wie bei der letzten Begegnung, dachte Bohlan. Er setzte sich auf den ihm zugewiesenen Sessel. Steininger tat es ihm gleich. Rosenbaum sah die beiden aufmerksam, aber ein wenig desinteressiert an.

„Wir sind auf der Suche nach Miriam Faust", sagte Bohlan nach einiger Zeit.

„Und?" Rosenbaum wirkte teilnahmslos.

„Wir waren bereits in ihrer Wohnung, in ihrer Kanzlei und auch in ihrem Zweitbüro, das sich in Ihrer Immobilienagentur befindet. Niemand hat sie seit gestern Mittag gesehen."

Rosenbaum hob fragend die rechte Augenbraue.

„Können Sie uns vielleicht weiterhelfen?"

„In welcher Angelegenheit wollen Sie denn mit Frau Faust sprechen?"

„Wir haben in ihrem Wochenendhaus eine männliche Leiche gefunden."

„Aha." Rosenbaums Stimme klang ziemlich tonlos. Bohlan glaubte jedoch, ein leichtes Zucken im Gesicht des alten Mannes wahrgenommen zu haben.

„Also, können Sie uns weiterhelfen?"

Rosenbaum hob den rechten Arm und schob das Hemd ein wenig zurück, um einen Blick auf die goldene Armbanduhr werfen zu können. Der Anflug eines Lächelns flog über sein Gesicht.

„Sie ist in meinem Schlafzimmer. Ich glaube aber kaum, dass sie mit Ihnen sprechen wird", sagte Rosenbaum. Er griff zu einer Glocke, die neben der Teekanne stand und schüttelte sie. Einen kurzen Augenblick später öffnete sich die Tür und der Diener erschien.

„Bringen Sie die beiden Kommissare bitte in mein Schlafzimmer."

„Sehr wohl", antwortete der Diener.

Bohlan und Steininger erhoben sich. Als sie die Tür erreicht hatten, sagte Rosenbaum: „Bevor Sie mich verhaften, möchte ich noch mit zwei Menschen reden: meinem Sohn und meinem Anwalt."

Ein dumpfes, mulmiges Gefühl beschlich Bohlan.

„Okay", sagte Bohlan und zu Steininger gewandt: „Bleib du hier. Ich gehe alleine hoch."

Enrico Concalves schob einen seiner Pässe über den Tisch und blickte dem Beamten fest in die Augen. Dieser warf nur einen kurzen Blick auf die Papiere und gab sie Concalves zurück.

„Ich wünsche Ihnen einen guten Flug."

„Danke."

Concalves steckte den Pass zurück in die Innentasche seines Mantels, lächelte freundlich und ging Richtung Warteraum. Er setzte sich auf eine der Bänke und dachte an die Sonne des Südens und das Lachen seiner Kinder.

„Sie ist tot", sagte Bohlan lakonisch, als er zurückkam. „Warum haben Sie das getan?"

„Weil sie es verdient hat. Sie hat mich hintergangen, meine Frau in den Tod getrieben, meine Familie zerstört und sich mein Vermögen unter den Nagel gerissen."

Bohlan betrachtete den einst starken Mann, der jetzt zusammengefallen in seinem Sessel saß. Er versuchte, in Rosenbaums Gesicht zu lesen und seinen Gemütszustand zu ergründen. Eine Aufgabe, die ihm nicht leichtfiel. Rosenbaum war, das wusste Bohlan von den vorherigen Begegnungen, ein Mann, der seine Seele verschlossen trug und sich nicht gerne in die Karten schauen ließ. Nun wirkte er schlaff und ausgezehrt, doch Bohlan glaubte auch Anzeichen der Zufriedenheit erkennen zu können.

Als Michel Rosenbaum den Raum betrat, erhob sich der alte Mann und ging auf ihn zu. Michel Rosenbaum schaute seinen Vater hilflos an. Eine Mischung aus Verachtung und Restvaterliebe lag in seinem Blick. Für einige Sekunden schauten sie sich in die Augen. Dann umarmte der alte Mann seinen Sohn.

„Ich möchte dich um Verzeihung bitten", flüsterte Aaron Rosenbaum mit brüchiger Stimme. Eine Träne trat aus seinem Auge, und er hielt sich lange an seinem Sohn fest. Michel Rosenbaum ließ es geschehen und nach einiger Zeit drückte er die Arme fest um seinen Vater.

Bohlan wandte sich ab und zog Steininger aus dem Raum. „Ich werde dir jetzt ein paar Anweisungen geben. Stell bitte keine Fragen", flüsterte er ihm zu.

Steininger hörte ungläubig Bohlans hastig vorgetragenen Bericht, ohne wirklich zu begreifen. Als Bohlan endete und durch die Eingangstür verschwand, sah er seinem Kollegen wie in Trance hinterher. Zeitgleich trafen Spurensicherung und Gerichtsmedizin ein und marschierten schnurstracks in den ersten Stock.

„Was wird jetzt aus meinem Vater?", wollte Michel Rosenbaum wissen.

Steininger zuckte mit den Schultern, bevor er lakonisch antwortete: „Wir werden ihn ins Präsidium bringen. Sie können seinen Anwalt anrufen."

Aaron Rosenbaum, der wieder in seinem Sessel saß, beobachtete durch den offenen Türspalt die Szenerie, die sich in der Eingangshalle abspielte. Eigentlich war das alles gar nicht so schlecht gelaufen. Gut, für den Mord an Miriam Faust würde er büßen müssen. Doch insoweit vertraute er auf den Einfallsreichtum seiner Anwälte. Vielleicht würde auch der Innenminister beim zuständigen Richter ein gutes Wort für ihn einlegen. Die Frau, die er einst liebte, hatte für ihre Gier und ihren Undank mit dem Leben bezahlt. Und wenn er Kommissar Steininger richtig verstanden hatte, hatte sich der Mann, der Miriam ihm weggenommen hatte, selbst in Grund und Boden gequatscht. Dieser verdammte Dr. Lessing hatte doch tatsächlich die Schuld für den Mord an Jäkel auf sich genommen. Obwohl Rosenbaum schon einiges in seinem Leben erlebt hatte, so gab es immer wieder die kuriosesten Entwicklungen.

„Enrico Concalves?"

Concalves blickte erschrocken nach oben. Vor ihm standen zwei Polizeibeamte. Der Moment seiner Verunsicherung dauerte nur den Bruchteil einer Sekunde.

„Tut mir leid, Sie müssen sich irren."

„Bitte stehen Sie auf."

Concalves erhob sich langsam, während seine Augen versuchten, die Umgebung abzusuchen.

„Ich heiße Fidel Gomez."

„Können wir bitte einmal Ihren Pass sehen?"

Concalves zuckte mit den Schultern. Er griff langsam in die Innentasche seines Mantels und zog seine Papiere heraus. Während die Beamten seinen gefälschten Ausweis studierten, ratterten seine Gehirnwindungen auf Hochtouren. Was, wenn er auffliegen würde? Ein kurzer Moment des Schreckens lag über seinem Gemüt. Nein, das konnte nicht sein. Er war sich sicher, dass alles glatt gelaufen war, und sein Auftraggeber hatte ihm größten Schutz und Loyalität versichert.

„Wir müssen Ihre Identität überprüfen."

Die Worte trafen ihn ins Mark.

„Aber mein Flugzeug geht in wenigen Minuten."

In diesem Moment wurden seine Arme hinter den Rücken gerissen. Handschellen schnappten um die Handgelenke. Concalves konnte nicht begreifen, was geschah.

Tom Bohlan fuhr so schnell er konnte Richtung Flughafen. Eigentlich war keine Eile notwendig, denn er wusste, dass die Kollegen am Flughafen alles Menschenmögliche tun würden, um Enrico Concalves schnellstmöglich zu verhaften. Es gab nur zwei Möglichkeiten: entweder sie hatten es geschafft, oder das Flugzeug hob gerade mit dem Auftragskiller an Bord ab. Dennoch wurde der Kommissar von einer inneren Unruhe getrieben. Und die Frau, die auf dem Beifahrersitz saß, trug nicht gerade zur Beruhigung seiner Nerven bei. Bohlan hatte sich in Rosenbaums Haus kurzentschlossen zu einem kleinen Schauspiel verleiten lassen. Nachdem er Miriam Faust im Schlafzimmer gefunden und sie ihn über ihre neusten Erkenntnisse unterrichtet hatte, wollte er einen weiteren Fehlgriff unter allen Umständen verhindern. Faust hatte Rosenbaum am Abend zuvor zufällig belauscht, als dieser mit einem verwegen aussehenden Mann im Kaminzimmer zusammensaß. Mit einem Mal war es ihr wie Schuppen von den Augen gefallen, wer für den Tod von Jäkel und Neumann verantwortlich war. Natürlich hatte sich Rosenbaum die Finger nicht selbst schmutzig gemacht, sondern einen Profikiller damit beauftragt. Die Eifersucht des alten Mannes hatte die Leben der beiden Steuerfahnder jäh beendet. Und nun wollte er eine letzte Nacht mit ihr verbringen und sie dann vergiften.

Bohlan hatte sich die ganze Geschichte angehört und dann entschieden, Faust für tot zu erklären. Nur so konnte er sicher sein, dass Rosenbaum seinen Killer am Flughafen nicht noch warnen konnte.

„Sie glauben gar nicht, wie froh ich bin, dass dieser ganze Spuk vorbei ist", sagte Miriam Faust. „Ich dachte wirklich, ich sei eine zweifache Mörderin."

„Ich habe es auch geglaubt."

„Es sah auch viel danach aus. Das Schlimmste aber ist, wenn man selbst nicht mehr weiß, was passiert ist. Sie glauben gar nicht, wie ich mich gefühlt habe, als ich aufwachte und Claudius Jäkel über mir an der Decke hing. Ich konnte mir überhaupt nicht vorstellen, wie ich ihn dorthin befördert haben sollte, aber wer außer mir hätte das sonst getan haben können?"

Bohlan nickte. „Und wie war das bei Neumann?

„Ähnlich. Ich hatte ihn im Keller eingesperrt, um ihn ein wenig zu demütigen und mich oben ausgeruht. Dabei muss ich eingeschlafen sein. Als ich wieder in den Keller ging und dieses ganze Desaster gesehen habe, bin ich fast durchgedreht. Ich weiß, dass ich psychische Probleme habe, aber dass ich zu solchen Exzessen fähig sein sollte, war mir neu."

Für einen Moment schwiegen beide. Dann klingelte Bohlans iPhone. Als Bohlan sein Fahrzeug auf die rechte Fahrbahnspur lenkte, die Richtung Flughafen führte, sagte er: „Sie haben ihn gefasst."

Faust atmete hörbar auf.

„Dann ist Dr. Lessing also wirklich unschuldig."

„Was die Tode von Jäkel und Neumann angeht mit Sicherheit. Bleibt aber der Mord an Ihrem Bruder."

Faust schluckte. Diesen Aspekt hatte sie die ganze Zeit verdrängt.

„Wie lange wird er dafür bekommen?"

„Das muss der Richter entscheiden. Mit Glück ist er in zehn Jahren wieder draußen."

Faust stierte auf die Fahrbahn.

„Was haben Sie jetzt vor?"

„Ich weiß noch nicht. Eine richtige Therapie wäre vielleicht das Beste."

Mittwoch

Bohlan und Will saßen in Gerdings Zimmer, um die Marschroute für die Pressekonferenz abzustecken. Die Stimmung war gedämpft.

„Ihr werdet das routiniert hinter euch bringen und heute Abend machen wir im Capitol richtig einen drauf."

Bohlan blicke Will missmutig an.

„Du meine Güte. Das Konzert habe ich völlig vergessen. Ist das wirklich heute?" Bohlan erinnerte sich, dass Will vor ein paar Wochen Karten für eine bayerische Blaskapelle geordert hatte.

„Zieh nicht so eine Schnute, es wird euch gefallen. Garantiert."

„Kommen wir noch einmal zur Sache", setzte Gerding an. „Wir werden das so durchziehen, wie es das Innenministerium vorgeben hat. Das LKA hat sämtliche Akten beschlagnahmt. Wir können eh nichts mehr beweisen."

Bohlan schluckte. „Was ist mit Dr. Lessing? Ich meine, der könnte doch einiges aussagen?"

„Sieht leider nicht so aus, als ob er das tun wird. Der reitet sich nicht noch mal vorschnell in irgendwas rein. Seit gestern hat er auch noch einen neuen Anwalt. Dieter Abendroth."

Bohlan schluckte. Abendroth war so etwas wie die Crème de la Crème der Strafverteidigung.

„Was soll's. Wir haben unser Bestes gegeben. Es hat nicht gereicht."

Die Pressekonferenz fand wie gewohnt im Pressezentrum direkt über der Eingangshalle des Präsidiums statt. Die bauliche Ausgefeiltheit, die die Architekten als Kunst am Bau priesen, führte dazu, dass die Funktionalität erheblich litt. Auf der einen Seite des Raumes stand das Podium, an dem Bohlan, Gerding und der Innenminister saßen. Die Fläche bis zu den Handläufen der Treppe, die den Raum wie eine Mauer teilten, war mit allerlei technischen Gerätschaften der Fernsehanstalten zugestellt. Im hinteren Teil des Raumes saßen die Journalisten, die außer den Handläufen und den Kameras nur noch die Stirnpartie des Ministers sehen konnten. Da diese Situation aber seit über acht Jahren Normalität war, hatten sich alle damit abgefunden. Gerding übernahm die Begrüßung und gab dann das Mikrofon an Bohlan weiter, dem es oblag, die Details der Morde offenzulegen. Schließlich sprach der Innenminister von einer „absoluten menschlichen Tragödie im familiären Umfeld". Fragen der Reporter zu möglichen Zusammenhängen mit der Steuerfahnderaffäre oder Mobbing im Polizeidienst wies er mit einem siegessicheren Lächeln von sich. Davon sei ihm nichts bekannt. Allen Hinweisen in dieser Richtung sei akribisch und gewissenhaft nachgegangen worden.

Bohlan saß mit finsterer Miene daneben und schwieg. Aus den Augenwinkeln beobachtete er Gerding und konnte an seinem Gesichtsausdruck erkennen, dass er innerlich kurz vor dem Platzen war. Doch auch er übte sich in äußerster Beherrschung. Erste Regentropfen klatschten gegen die Scheiben des Präsidiums. Bohlan und Gerding beantworteten alle Fragen der Journalisten eintönig und emotionslos. Als die Pressekonferenz beendet war, standen sie auf. Der Innenminister bedankte sich mit einem breiten Lächeln für die hervorragende Ermittlungsarbeit, gab beiden die Hand und verließ das Präsidium. Bohlan blickte ihm düster nach und wusste, dass er eine Schlacht verloren hatte.

„Du solltest glücklich sein, stattdessen ziehst du ein Gesicht wie sieben Tage Regenwetter." Barbara Weber setzte sich neben Tom Bohlan aufs Sofa und gab ihm einen Kuss auf die Wange. Dann saßen sie eine Weile nebeneinander und betrachteten den Main.

„Wir haben die Mörder überführt, aber den Fall gelöst haben wir nicht", sagte Bohlan melancholisch.

„Du hast gehofft, die Korruption und die Machenschaften der Politik aufzuklären."

Bohlan nickte.

„Irgendwie schon. Aber dazu hat es nicht gereicht."

Weber strich ihm über die Wange, um Trost zu spenden.

„Wo ist eigentlich der USB-Stick?", fragte sie nach einiger Zeit.

„An einem sicheren Ort", knurrte Bohlan.

Weber überlegte einige Zeit.

„Wenn du willst, gib ihn mir. Ich habe da so einige Beziehungen zur Presse", sagte sie mit einer leichten Ironie in der Stimme.

Bohlan drehte seinen Kopf und lächelte Weber an.

„Vielleicht keine schlechte Idee. Ich werde darüber nachdenken."

Der Himmel schüttete sein ganzes Leid aus. Schon seit einigen Stunden ergossen sich wahre Wasserfluten über der Rhein-Main-Region. Es schien, als würde der Himmel seine Traurigkeit wegspülen wollen. Tom Bohlan lenkte seinen Wagen durch die Offenbacher City und hielt Ausschau nach einem Parkplatz. Das Capitol hatte er schon mehrere Male vergeblich passiert. Letztlich entschloss er sich dazu, eines der City-Parkhäuser anzusteuern. Doch auch hier war der erste Versuch zum Scheitern verurteilt. Rechtzeitig, bevor er die Schranke erreichte, warf er einen kurzen Blick auf die Öffnungszeiten und traute seinen Augen nicht. Das Parkhaus schloss tatsächlich bereits um einundzwanzig Uhr. „Offenbach ist halt doch tiefste Provinz", brabbelte er vor sich hin und legte kopfschüttelnd den Rückwärtsgang ein. Beim Auffahren auf die Fahrbahn stieß er fast mit einem vorbeirasenden Taxi zusammen, das ihn lautstark und unnachgiebig anhupte. Bohlan steuerte das nächste Parkhaus an, das tatsächlich bis ein Uhr nachts geöffnet hatte. Zufrieden stellte er seinen Wagen ab und lief durch den weiterprasselnden Regen, bis er das schützende Vordach des Capitols erreichte, wo Will, Steininger und Steinbrecher auf ihn warteten.

„Hätte ich mir auch nicht vorstellen können, mal auf ein Blasmusikkonzert zu gehen." Steinbrecher setzte einen Plastikbecher an und nahm einen kräftigen Zug Bier.

„Warts ab, das wird ganz anders, als du dir das vorstellst", sagte Will.

„Na hoffentlich, sonst musst du mit mir nächste Woche Musikantenstadl schauen."

Bohlan sah sich um und stellte beruhigt fest, dass er sich keineswegs über dem Altersdurchschnitt befand. Nachdem auch Steininger sein Bier ausgetrunken hatte, begaben sie sich in den Innenraum, wo wenig später die HipHop Musik abgestellt wurde und das Licht erlosch. Nebelschwaden tauchten die Bühne in ein undurchsichtiges Chaos. Dann marschierten fünf Musiker von Labrassbanda mit ihren Instrumenten ein. Schlagzeug, Bass, Trompete, Tuba und Posaune setzten gleichzeitig ein. Sofort war das Capitol von einem unvergleichlichen Rhythmus ausgefüllt, der ausnahmslos jeden im Saal mit Freude ergriff. Hände – wie von Geisterhand nach oben gezogen – begannen zu klatschen. Vor der Bühne wogten die Leiber der hartgesottenen Fans. Bohlan erblickte eine bunt gestreifte Wollmütze mit Bommel, die wild hin und her hüpfte.

„Ihr seids jo guod drauf", schrie der Sänger nach der ersten Nummer in das Mikrofon. Lautes Grölen war die Folge.

„Mir hamm zwoa echt harte Auftritte hinter uns. Vorgestern ham ma in Nürnberg gespült. Da wurd auch ma artig geklatscht. Gestern in Birchingen, des is im tiefsten Bayern, da stands die gonze Zeut mit verschränkten Arm und ausdruckslosem Gesicht drum rum. Habts a guod gespült, hams am Schluss gesagt."

Breites Gelächter. Dann setzte wieder die Kapelle ein und verwandelte den Saal in das reinste Tollhaus. Will tanzte ausgelassen, Steinbrecher ließ immerhin den Kopf im Takt rauf und runter nikken und Steininger bewegte die Hüften. Tom Bohlan stand eine ganze Zeit lässig an ein Geländer gelehnt, trank nach und nach sein Bier aus und beobachtete die Meute. Er merkte, wie die dunklen Gedanken, die immer noch in ihm steckten, langsam verflogen.

„Hey, Tom, komm doch mit nach vorne." Julia Will zog an seinem Ärmel. Bohlan blickte in die Augen seiner Kollegin, die freudestrahlend vor ihm stand.

„Bitte, Tom", bettelte sie.

„Also gut, dir zuliebe."

Den Rest des Konzerts verbrachte er neben Will. Erst mit dem Fuß wippend, dann mit der Hüfte wackelnd, schließlich ausgelassen tanzend, wie lange nicht mehr.

„Na, die Jungens sind spitze, oder?", bemerkte Will, als das Konzert beendet war und die Lichter wieder angingen.

„Ja, war eine gute Idee von dir." Ein Lächeln flog über Bohlans Gesicht. Sie kämpften sich durch die Menge nach draußen, wo Steinbrecher eine Runde schmiss. Als sie vor dem Capitol standen, das letzte Bier tranken und Steinbrecher sich eine Zigarette ansteckte, schaute Bohlan seine Kollegen nacheinander an.

„Ich bin echt stolz auf euch", sagte er und fügte nach einem Moment des Nachdenkens hinzu: „ Ansonsten sollten wir unseren Staat so nehmen wie er ist, das ändern, was wir ändern können und den Rest gelassen annehmen." Die anderen nickten ein wenig versonnen und Bohlan dachte an den einzigen Trumpf, den er noch hatte, den USB-Stick. Plötzlich musste er an Polizeiinspektor Kaspar denken und mit einem Mal wusste er, was zu tun war.

– Ende –

Röschen-Verlag

Das Fußballbuch des Jahres:

Es begann mit einem Traum, der sie niemals verließ. Mutig und beharrlich, das Ziel fest im Auge, den Zeitgeist gesellschaftlicher Veränderungen an der Seite, gingen sie auf eine Entdeckungsreise, die sie zur Eroberung des Fußballs führte.

Es erzählt Monika Staab, die schon im Kommunionkleid den Ball kickte, später das Elternhaus verließ, um sich mit dem Fußball die Welt zu erschließen. Sie war eine der ersten deutschen Fußball-Lehrerinnen, wurde mit dem 1. FFC Frankfurt zur erfolgreichsten Vereinsfußball-Trainerin und ist heute als „Entwicklungshelferin" in vielen exotischen Ländern dieser Welt dabei, Frauen und Mädchen das Tor zum Fußballglück öffnen zu helfen.

Monika Staabs Weg ist ebenso exemplarisch für die Entwicklung des Frauenfußballs wie der der SG Praunheim. Der kleine Frankfurter Vorstadtverein tauchte aus dem Nichts auf und sorgte dann für Furore. Der Sportjournalist Dieter Hochgesand erzählt aus den Zeiten, in denen er als Trainer die SG Praunheim in die neue Bundesliga führte – mit der blutjungen Steffi Jones als Torjägerin, Monika Staab als Teamkapitänin, einer verschworenen Schar begeisterter Spielerinnen, die vor über 2.000 Zuschauern den FC Bayern besiegten und dem dominanten FSV Frankfurt die Stirn boten. Übrigens: Aus der SG Praunheim ging dann der 1. FFC Frankfurt hervor.

ISBN: 978-3-940908-08-7 Hardcover · 164 Seiten, viele Bilder · 19,95 Euro

---

Eitle Staatsanwälte, unfähige Richter und Kollegen, dazu die immer wiederkehrende Frage: **„Wie können Sie solch einen Verbrecher verteidigen?"**
Der Frankfurter Staranwalt Edgar Liebrucks beschreibt hier 20 seiner teils unglaublichen und spektakulären Fälle, bei denen er Mörder, Vergewaltiger und nicht zuletzt die „Jugo-Mafia" zu seinen Mandanten zählt.

„Ein Muss für alle Krimifreunde, die einen ungewöhnlichen und auch beängstigenden Blick hinter die Kulissen der Justiz wagen möchten".

ISBN: 978-3-940908-06-3
Kriminal-Sachbuch · Taschenbuch · 425 Seiten · 12,95 Euro